東川篤哉

# 探偵部への挑戦状

## 放課後はミステリーとともに

実業之日本社



実業之日本社文庫

もくじ

# 探偵部への挑戦状
## 放課後はミステリーとともに

# 霧ケ峰涼と渡り廊下の怪人

一

恋ケ窪《こいがくぼ》といえば、国分寺《こくぶんじ》の西にあって、武蔵野《むさしの》の面影をいまに残す由緒正しき住宅街。一方、鯉ケ窪《こいがくぼ》学園高等部といえば、ユニークな教師とユーモア溢《あふ》れる生徒、そしてユーウツな犯罪の数々で最近ぐっと知名度を上げた由緒怪しき私立高校だ。犯罪といっても、血で血を洗う連続殺人の舞台になったわけではない。せいぜい視聴覚資料室からビデオが盗まれたとか、美術室で不良が石膏《せっこう》像の下敷きになったとかいうレベル。早い話、人が死なない程度の犯罪ばかりが、この学園では頻発《ひんぱつ》している。

特に、僕が副部長に就任したこの春以降、事件の発生件数が急上昇したことは見逃せない事実だ。どうやら過去の名探偵たちがそうであるように、奇妙な事件を身近に引き寄せてしまう磁場というか見えざる力というか悪運みたいなものが、この僕にも備わっているらしい。副部長としては慶賀すべき現象だ。なにせ、事件に遭遇しない探偵なんて、流れの良い水洗トイレに置かれたゴム製吸引器具みたいなもの。要するに出番がないのだ。

え、探偵とか副部長とか意味不明？　あ、そっか。そこから説明しないと駄目だね。僕こと、霧ケ峰涼《きりがみねりょう》は鯉ケ窪学園探偵部の副部長だ。探偵部というのは、探偵小説同好会だとかミステリ研究会などといった趣味の集まりとは似て非なる存在。僕らは、ただひたすら現実の事件に首を突っ込み、たとえ警察につまみ出されようとも、容疑者にうるさがられようとも、教師たちの冷たい視線に晒《さら》されようとも、飽くなき好奇心と野次馬根性で事件解決に邁進《まいしん》する。そんな不撓《ふとう》不屈の精神を持った素人《しろうと》探偵たちの集団である。その存在は、もはや鯉ケ窪学園の名物もしくは迷惑、あるいは粗大ゴミとも噂《うわさ》されるほどだ。

で、そんな探偵部で副部長を務める僕は、霧ケ峰涼という名前のせいで男子やエアコンに間違われやすいけれど、その実態は正真正銘の女子高生。国分寺の空の下から、遠く広島はマツダスタジアムの応援席に思いを馳せつつ、いつかカープがセ・リーグの三位に滑《すべ》り込む日のくることを、日々祈り続けるごくごく普通の十六歳。決め球は犯罪者をのけぞらせる鋭い推理力と、男子のハートを直撃する明るい笑顔、あとは親しみやすい人柄、かな？

まあ、それはさておき、さっそく本題に入ろう。実は、つい先日も興味深い事件があったんだ――

それは鯉ケ窪学園、秋の三大イベントのひとつである体育祭を二日後に控えた、十月某日の出来事だ。ちなみに秋の三大イベントというのは、体育祭と文化祭、あとのひとつがなんなのかは、実は誰も知らない学園の七不思議なのだが、それはともかく——

一大イベントが間近ということで、学園の雰囲気は全体にフワフワしていたように思う。美術や音楽の授業が急遽《きゅうきょ》、体育の授業に振り替えられたり、二年生全体で体育祭の予行演習などがおこなわれたり、あるいは一年生がこぞこそと集まって上級生を打ち破る秘策を練ったりする日々。要するに、通常とは少し違った学園生活が繰り広げられる、そんなさなかの放課後、午後四時ごろのことだ。

僕は親友の奈緒《なお》ちゃんこと、高林《たかばやし》奈緒子とともに帰宅の途につくところだった。

下校時刻が遅くなったのは、ホームルーム終了直後に降り出した雨のせいだ。傘のない僕は奈緒ちゃんを誘って図書室で雨宿り。そして読書。やがて本に飽きて雑談。でもって「図書室でお喋《しゃべ》りすんな！」と図書委員に怒鳴られた僕らは、神聖なる書物の殿堂を半ば強制的に追い出されたのだった。

外に出てみると、幸い雨はすっかりやんでいた。僕と奈緒ちゃんはぬかるんだ地面を避けるように、舗装された道を選んで校舎の脇を歩く。すると突然、親友は足を止め、なにかを警戒するようにあたりを見回した。

「ねえ涼、いま、なにか変な音、聞こえなかった？」

場所は第三校舎の縁のあたりだ。第三校舎には家庭科室や音楽室、それから理科の実験室などといった特別教室が入っている。僕は奈緒ちゃんの質問に答えていった。

「変な音!?　いや、気付かなかったけど。実験室で爆発でもあったんじゃない？」

ちなみに、第三校舎の実験室では、放課後に科学部の生徒が雁首揃《がんくびそろ》えて、新型爆弾の開発に余念がないのだとか。嘘《うそ》か真《まこと》か、そんな噂が校内では普通に流れていたりする。

「ううん、爆発音じゃなくて、ガツンっていう衝撃音だった。それと、男の悲鳴みたいな声も聞こえたようだったけれど……」

キョロキョロと周囲を見回す奈緒ちゃんは、「中庭のほうかしら」といって第三校舎の縁を回りこみ、中庭を覗《のぞ》き込む。

中庭というのは第三校舎と第二校舎の間にある、中途半端な空間のことだ。庭といっても、べつに芝生が敷かれているわけでも花が植えられているわけでもない。単に剝《む》き出しの地面が広がるだけの空間。その中央には、第三校舎と第二校舎を繋《つな》ぐ一本の渡り廊下がある。

幅二メートル長さ十メートルほどのコンクリートの廊下。その真上には鉄柱で支えられたトタン屋根。廊下の側面には高さ一メートルぐらいの板塀があって、廊下と中庭とを仕切っている。ただし廊下の中間付近だけは、その板塀が一部途切れている。廊下を挟んだ中庭の両側で通り抜けができるようになっているのだ。

そんなふうに板塀の途切れた場所に、詰襟《つめえり》の学生服を着た男子三人の姿が見える。三人は揃って腰をかがめた恰好《かっこう》で、心配そうになにかを覗き込む仕草。よくよく見れば、三人に囲まれるような形で、もうひとりの人物が渡り廊下に横たわっているのが判《わか》る。同じく学生服姿の男子だ。あんな場所に、たとえ冗談でも寝転がる男子は普通いない。「誰か倒れてるみたいだね」僕は持ち前の好奇心で親友の背中を押した。「きっと、なにか事件だよ。いってみよう！」

僕と奈緒ちゃんは渡り廊下を目指して、中庭を小走りで進んだ。雨上がりの中庭はたっぷりと水を吸った地面のせいで走りにくい。一歩踏み出すごとに、靴《くつ》が地面に沈み込む。僕らは少し手間取りながら問題の渡り廊下にたどり着いた。

中腰の男子三人がいっせいに僕らのほうを振り向く。「なんだ、高林と霧ケ峰か」三人の中でいちばん体の大きな男子が僕らの名を呼んだ。同じクラスの須藤和也《すどうかずや》だ。細長い顔にいっぱい汗を浮かべた彼の顔は、洗ったナスビのよう。他の二人も同じく二年生で顔には見覚えがあったが、違うクラスなので名前は知らない。

奈緒ちゃんが須藤君の顔を見詰めて、「どうしたの?」と事情を聞く。すると彼は答える代わりに黙って視線を下に落とした。彼の視線に導かれるように、僕たちは足元に横たわった男子に目をやる。渡り廊下のコンクリートの上で仰向《あおむ》けの状態で長々と寝そべった制服の男子。その顔を見た瞬間、「――げ！」僕は思わず下品な叫び声をあげ、自然と身体《からだ》が回れ右。

こっそり逃げ出そうとする僕の背中を、奈緒ちゃんが呼び止めた。

「涼、どこいくの⁉」

ピクリと背筋を震わせて僕は足を止める。そうだ。彼女を置いて逃げるわけにはいかない。僕は奈緒ちゃんの手をむんずと摑《つか》むと、「こっちきて！」

彼女を渡り廊下の端まで引っ張ると、これ以上ないほどの真剣さで説得を試みる。

「奈緒ちゃん、この件には、あんまり関わらないほうがいいよ。奈緒ちゃんも知ってるでしょ、あれが誰かぐらい」

僕は渡り廊下の真ん中で寝そべる男子を指差しながら叫んだ。「彼、陸上部の足立駿《あだちしゅん》介《すけ》君だよ。触《さわ》ったら、怪我《けが》するよ」

「知ってるわよ、足立君ぐらい。『鯉ケ窪学園の陸の王者』でしょ。この前、自分でいってたもん」奈緒ちゃんは愉快そうにいうと、にっこり微笑《ほほえ》んで、「でも大丈夫、ほら、足立君、ぴくりとも動かないじゃない。いまなら、触っても刺されたりしないって」

奈緒ちゃん、『陸の王者』に対して、まるでムカデかクラゲ並みの評価。そんな恐《こわ》いもの知らずの彼女は、平然と渡り廊下の中央へと舞い戻る。

仕方がない。僕は諦《あきら》めの溜《た》め息を吐《つ》いて、彼女の後に続いた。あらためて倒れた男の顔を覗き込む。残念ながら間違いない。陸上部部長、足立駿介だ。

ちなみに、知っている人は知っていると思うけど、僕が彼と関わるのは今回が二回目。前回、関わったのは九月の事件だった。校庭の砂場で、何者かに後頭部をぶん殴《なぐ》られたかのごとく、昏倒《こんとう》していたのが足立駿介だった。その事件は僕の活躍でもって、すでに解決済みだが、その同じ彼が、再び僕の目の前で倒れている。しかも、よくよく見れば、その額《ひたい》にはなにかで殴られたような傷が見える。傷口は角ばった棒が食い込んだように、直角にへこんでいる。わずかながら出血も見える。

だが、死んでいるわけではないらしい。半開きの口からは、規則正しい呼吸音が漏《も》れていた。

それにしても九月十月と、二ヶ月連続で頭に傷を負い、気絶した状態で登場するとは、さすが足立駿介というべきだろう。『高校陸上界のスーパーヒーロー』と自分で豪語するだけあって、確かに彼はなにかを持っている。あまり羨《うらや》ましくない、なにかを。

「まさか、あなたたちが殴ったの？」奈緒ちゃんが疑惑の視線を須藤君たちに向ける。

「ち、違うよ！　お、俺《おれ》たちはただ――」

須藤君を初めとする、三人の男子がいっせいに口を開きかけた、そのときだ。

いままで気を失って倒れていた足立駿介が、「むーん」とひと声呻《うめ》き声を発して顔を顰《しか》めた。どうやら気がついたらしい。おもむろに目を開けた彼は、自分の置かれた立場が理解できない、といった表情。ゆっくり上体を起こしながら、彼は二三度首を左右に振って、それから突然、「痛たたた……」と後頭部を右手で押さえた。

スーパーヒーローを気取る足立駿介の一挙手一投足はすべて芝居がかっているため、

真実と演技の境目を判断するのは難しい。だが、後頭部を痛めているのは事実のようだった。おそらく、仰向けにひっくり返った際に、コンクリートの廊下で強打したのだろう。額に打撲傷を負い、後頭部にもダメージを受け、それでも全然死なない足立駿介は、実は受身の天才なのかもしれない。

「ここは……ここはどこだ？」

と、例によって芝居がかった仕草で、彼は周囲を見回した。

「ここは渡り廊下だよ。第三校舎と第二校舎の間の中庭の」

僕が答えてやると、彼は僕ら女子二人の顔を交互に見やって、

「なんで、霧ケ峰と高林が、ここに？」それから男子三人のほうを向くと、「おまえら、なにやってるんだ？」とキョトンとした表情。まるで状況が把握できていない様子だ。

「なにって……」最初、驚くような表情だった須藤君は、ふっと笑みを浮かべると呆《あき》れたように肩をすくめた。「それは、こっちの台詞《せりふ》だろ。おまえこそ、なんでこんなところで伸びてんだよ。転んで頭でも打ったのか」

揶揄《やゆ》するようにいわれて、陸の王者はプライドを傷つけられたらしい。

「転んで頭でも打ったのか、だと!?　冗談じゃないぜ」勢いよく反論しかかった彼は、なぜか急に不安な顔になって、「俺は転んで頭を打った……のか？」と逆に聞き返す。

なにいってるの、こいつ!?　僕は冴《さ》えない表情の彼に問いただした。

「転んだか、誰かに殴られたか、自分のことだから自分で判るでしょ」

するとと足立駿介は額の傷に手をやりながら、しばし黙考。そして再び顔を顰めた。

「あれ⁉ なんでだ⁉ いや、判んねえ……俺、なんでここにいるんだっけ……」

僕と奈緒ちゃんは思わず顔を見合わせた。

ひょっとして、これが噂の記憶喪失ってやつ！

さすがの奈緒ちゃんも心配になったのか、彼の顔を覗き込むように聞く。

「ちょっと大丈夫？ まさか、自分の名前とか忘れてないでしょうね？」

「名前だと⁉」彼は一瞬考え込むように沈黙。やがて自信に満ちた顔を上げると、運動靴を履《は》いた両足ですっくと立ち上がり、自分の胸を親指で差して答えた。「ふん、馬鹿にすんな。俺の名前は足立駿介。陸上部が誇る新世紀のスーパーヒーローだぜ」

「ほッ、よかった」「いつもと同じだね」

僕と奈緒ちゃんは揃って胸を撫《な》で下ろす。

本当は、いつもと同じじゃ困るんだけどね。

# 二

「ともかく怪我をなんとかしなきゃ」僕はもっともらしく提案した。「奈緒ちゃん、足立君をいったん保健室に連れていって、そこで隔離――いや、傷の手当てを！」

「いいけど、涼はどうすんのよ？」

「僕は、彼らから詳しく事情を聞きたいから」

小声で囁《ささや》きながら、僕は須藤君他二名をチラリと横目で見やる。奈緒ちゃんは、判ったというように頷《うなず》き、二人は揃って保健室へ。

嫌々ながら肩を貸す奈緒ちゃん。一方の足立駿介は「必要ないぜ」といいながら、女子に優しくされて明らかに嬉《うれ》しそうな顔。迷惑を被った奈緒ちゃんには、あとでなにか奢《おご》ってあげなくちゃ。

そんなことを思いながら、僕は後に残った三人の男子に向き直った。

「さてと、これで厄介者はいなくなったね」念のためいっとくけど、厄介者とは奈緒ちゃんではなくて足立駿介のことだ。「ところで君たち、足立君とはどういう関係？　友達なの？」

「まあ、友達は友達だが」と須藤君が答える。「俺たちは三人とも陸上部員なんだよ」

「へえ、そうなんだ」それは大変だね、とつい口にしそうになる。「もう部活は終わったの？」

「今日は雨だったから、練習は短縮バージョンだったんだよ。体育祭も近いしな」

「なるほどね」頷いた僕は、ズバリと核心に迫った。「ところで、いまのうちに自首する考えはない？」

「自首!?　なんのことだ」須藤君が長い顔を僕のほうに突き出していう。「俺たちが、足立に怪我を負わせたっていいたいのか。そんなことないよなあ、川田《かわだ》」

川田と呼ばれた男子は、小柄で童顔。繁華街で中学生に間違われてカツアゲされそうなタイプ。そんな川田君は、いきなり話を振られて驚いたのか、上擦《ず》った声をあげた。

「そ、そうだ。僕らは関係ない。僕らは、ただ渡り廊下で倒れている足立君を見つけただけなんだから。ねえ、児島《こじま》君」

三人目の男子の名前は児島というらしい。やはり小柄だが、がっちりして安定感のある身体つき。顔だちも岩のようにゴツゴツしている。繁華街で年配者と間違われて、「ちょっと、火、貸して」とか、いわれそうなタイプだ（印象は、あくまでも僕の独断だが）。

そんな児島君は川田君の話を引き取るように説明した。

「そうだとも。俺たちは普通の第一発見者だ。俺たち三人は校舎の外の舗道を歩いている最中に男の悲鳴みたいな声を聞いたんだ。声は中庭から聞こえてきたようだった。そこで、中庭の様子を窺《うかが》うと、渡り廊下で男が倒れていた。俺たちはすぐさま駆け寄った。倒れていたのは足立だった。ただ、それだけのことなんだよ」

「ふーん」いちおう頷ける話だ。というか、話の内容自体は、僕と奈緒ちゃんが取った行動とほとんど変わらない。そこで、いちおう念のために聞いてみた。「君たちが、男の悲鳴を聞いたっていうのは、どのあたり？」

須藤、川田、児島の三人は揃って、指先を同じ方角に向けた。それは僕らが駆けつけた側とは、正反対の方角。判りやすくいうなら、校門側から中庭を突っ切って渡り廊下に駆けつけたのが、僕と奈緒ちゃん。一方、彼らはそれとは逆。校庭側から中庭を突っ切り、僕らよりも一足先に渡り廊下にたどり着いた、というわけだ。

そういわれると、特に不自然な点はないけど、本当に本当か？

僕はあらゆることを疑う名探偵の慎重さでもって、彼らの指差した方角に目をやった。

水を含んだ地面には、綺麗《きれい》に並んだ三人分の足跡がくっきりと残っている。三組の足跡は、ほぼ一直線。交わったり重なったりする部分は見あたらない。だいたい同じような歩幅の足跡が三列ほぼ平行に並ぶ、実に明瞭な足跡だった。それらの足跡は、中庭を出たところの舗装された歩道まで、途切れることなく続いていた。

僕は鞄《かばん》の中からデジカメを取り出し、念のために足跡の様子を撮影した。シャッターを押す一方で、僕は三組の真ん中に位置する大きな足跡を指差して聞いた。

「これは須藤君の足跡だよね」

ああ、そうだ、といって須藤君は自ら靴の裏を見せた。靴底の模様は、確かに足跡と一致している。となると、須藤君の両側に並んで走っている足跡が、川田君と児島君のものらしい。念のため、靴底を見せてもらって照合してみたところ、やはり間違いはなかった。要するに、地面に残っている三組の足跡は、目の前にいる三人のものだ。もちろん、渡り廊下を挟んだ反対側の中庭には、僕と奈緒ちゃんの二組の足跡が残っている。

僕は、それらのすべてを写真に収め、そしていまさらのように首を傾《かし》げた。

「ということは、あれ⁉ 足立君の足跡はどこに……」

不思議そうに地面を見詰める僕に、須藤君が適切なアドバイス。

「足立は、校舎の出入口から、この渡り廊下にやってきたんじゃないのか。だから地面に足跡はない。べつに不思議でもなんでもないだろ」

「ああ、それもそうか」納得しながら、僕は渡り廊下の端と端を交互に見やる。第二校舎、もしくは第三校舎の出入口から足立駿介は現れて、渡り廊下の真ん中で災難に遭遇した。確かに、そう考えるのが正解っぽい。しかし、待てよ――

念には念を入れて、僕は第二校舎の出入口に歩み寄る。そこには無骨な両開きの鉄扉がある。僕はそのノブに手を掛けて回してみる。「――う！」

ノブは回らなかった。扉に鍵《かぎ》が掛かっているのだ。放課後の四時過ぎだから、使用頻度の高くない出入口はすでに施錠されているらしい。ならば、と思い第三校舎の出入口をチェック。思ったとおり、こちらの扉も施錠済みだった。僕は首を傾げて、三人の男子のもとに舞い戻ると、ただいまの調査の結果を報告した。

「要するに、さっき須藤君がいったことは間違い。足立君は校舎から、この渡り廊下にやってきたんじゃないってことだね。考えてみれば、須藤君の説はおかしいよ」

「ど、どこがだよ」

「だって校舎から渡り廊下にやってきたなら、足立君は上履きを履いていたはず。でも彼が履いていたのは運動靴。つまり、足立君は校舎から現れたんじゃないってこと」

「う、そうか……」須藤君は渋々ながら頷き、「じゃあ、足立はどこから現れたんだ？ 見てのとおり、地面には俺たち三人とおまえら女子二人の足跡しかないんだぞ」

確かに、ここは考えどころだ。足立駿介は渡り廊下で何者かに殴打されたらしい。だが、雨上がりの中庭には、彼が渡り廊下にやってきたときの足跡がない。このことに、合理的な解釈を加えるとすれば、それはどのようなものか。

腕組みして宙を見上げる僕。僕を真似《まね》するように、三人の男子たちも腕を組む。すると、突然、なにか重大な事実を発見したように、童顔の川田君が頭上を指差していった。

「そうだ。渡り廊下には屋根がある。足立君はここで雨宿りしていたんじゃないかな。だから、地面の足跡は雨に洗い流された」

川田君の考えを聞き、須藤君と児島君もすぐさま同調した。

「おお、川田のいうとおりだ！」「確かに、それなら足跡は残らないな！」

これで万事解決、というように勝手に盛り上がる三人組を、僕は冷ややかに見詰めた。

「ちょっと待ってよ。雨宿りなら、雨が上がるまでのことでしょ。雨がやめば、すぐに下校するか違う場所に移動するかしたはず。でも足立君は、そうはしなかった。彼は雨が上がった後も、ここにいたみたい。それは、どうして？」

「どうしてって……」児島君がごつい顔をさらに強張《こわば》らせながらいう。「そりゃあ、いろいろあるだろ。居眠りしていた、とか。人を待っていた、とか」

「居眠りはないと思うけど、人を待っていたっていうのは充分考えられるね。足立君は渡り廊下で雨宿りしながら、携帯で誰かと連絡を取った。で、渡り廊下で待ち合わせをした。だから雨が止《や》んでも、その場に居続けた。そして凶行に遭《あ》った。これなら、足跡の問題は解決だね。足立君の足跡がないのは雨が洗い流したから。そして、待ち合わせの相手は、もちろん君たち三人。そして、足立君は額を角ばった凶器で殴られて……」

一足飛びに結論を語りだす僕。これにはさすがに男子三人が、いっせいに声をあげた。

「待て待て！」「待て待て待て！」「待て待て待て待て！」

三人もいるから「待て」が異常に多い。いわれたとおりに僕が待っていると、彼らは一様に気色ばんだ顔でそれぞれに言い返してきた。

「いっただろ、俺たちはただの第一発見者だって！」と、須藤君。

「渡り廊下で足立と待ち合わせなんか、するかっての！」と、児島君。

正直、感情的に声を荒らげているだけで、まともな反論にはなっていない。しかし、三人目、童顔の川田君の指摘は、ひと味違った。彼は僕の目を見詰めて、こういったのだ。「角ばった凶器って、例えば角材みたいなもの？　だけど、そんなものどこにあるのさ？」

いわれて、僕は言葉に詰まる。確かに、見渡した限りでは、渡り廊下にもその周辺にも角材の類はない。では、目の前にいる三人の男子が、角材を隠し持っているのか。いや、それはあり得ない。三人は全員手ぶらだ。鞄ひとつ持っていない。

ならば、角材風の凶器を学生服の下に隠し持っているのでは？

疑惑の視線で見詰める僕。すると彼らは、こちらの考えを敏感に感じ取ったらしい。

「お、疑ってんのか？」「いいぞ、ほら見ろ、見ろ！」「なにも隠してないだろ！」

僕が要求するより先に、彼らは自発的に上着を脱ぎ、ズボンをパンパンと叩《たた》いて、なにも隠し持っていないことをアピールしてきた。彼らが凶器を持っていないことは、その自信満々の態度で判る。では、いったい凶器はどこに？

腕組みして地面を見渡す僕。だが、待てよ。目の高さより低い場所は人目に付きやすい。隠し場所として相応《ふさわ》しいのは、むしろ目線よりも上。そう、盲点は屋根の上だ。

思い立った途端、自分の目で確かめてみたくなるのは探偵の性《さが》。

僕はいったん中庭に出て助走の間隔を取ると、すぐさま駆け出し、「えい！」とばかりに屋根に向かってジャンプ！

するといい、頭上に伸ばした両手の指先が、屋根の端に取り付けられた雨樋《あまどい》にしっかり掛かった。こうなれば、もう大丈夫。

「おいおい、なにやってんだ」「無茶しやがる」「それでも女子か」

失礼な。これでも女子である。ざわめく男の子たちを無視して、僕はあっという間に渡り廊下のトタン屋根に上りきった。この程度の運動能力がなければ、探偵部の副部長は務まらないのだ。

しかし屋根に上がってはみたものの、そこに広がる光景は期待したようなものではなかった。

目に付くものといえば、青いトタン板に張り付いた濡《ぬ》れ落ち葉ぐらいのもの。角材のようなものが屋根の上にゴロンと転がっている、などということはなかった。だが、諦めきれない僕は、それでもなにかないかと観察を続ける。

すると気になる発見があった。先ほど、僕が指を掛けた雨樋だ。その形状はよくある半円形ではなくて長方形だった。ちょうど、角材がすっぽり収まるような長方形の雨樋。凶器の隠し場所としては、うってつけだ。背の高い須藤君あたりが、精一杯腕を伸ばせば、手が届きそうな高さでもあるし——これはもう、正解に違いない。確信を持った僕は、さっそく屋根の端に移動して、一直線に伸びる雨樋を調べた。

だが、見事なまでになにもなかった。つい先ほどまで、雨に洗われていた雨樋には、葉っぱ一枚見つけることができない。ならば——と思い、もう片一方の雨樋も調べてみたが、そちらも同様だった。角材が隠されているなんてことは、まったくない。

どうやら僕の推理は空振りだったらしい。そこで僕は、屋根の下に顔を覗かせ、そこにいる男子に向かって、「あ、見て見て、あそこ!」と、なんでもない方角を指差す。

なんだなんだ⁉　と男子が気を取られている隙《すき》に、僕は屋根の上からひらりと地上に舞い降りた。こういう場面で、いちいち気を遣《つか》うあたりが、女の子ならではだなあ、と僕は思う。

それはともかく、これは困った状況だ。現場に凶器がない、ということは、それは犯人が持ち去ったと考えるべきだろう。あるいはもしも、ここにいる三人の男子が犯人だとするならば、彼らは角材風の凶器を用いて足立駿介をぶん殴った後、この渡り廊下にいながらにして、その凶器をごく短時間で消し去ったということになる。

そんな芸当が可能だろうか。

答えは否だ。この渡り廊下とその周辺という限られた状況の中では、凶器を隠すことは難しい。消し去るのはなおさら不可能だ。

「いや、だけど、なにかやり方があるのかも……」

僕の頭にふいにミステリマニアっぽい妄想が浮かぶ。例えば——

凶器は角材ならぬ角ばったドライアイス。犯人はドライアイスで足立駿介をぶん殴った後、その凶器を中庭に放置。僕がこうして推理を繰り広げている間に、ドライアイスは気化して二酸化炭素となり空気中に消えた、とか。

「いやいや……」僕は妄想を振り払うように、ひとり首を振った。

ドライアイスだって!? そんな凝《こ》った凶器、普通の高校生に扱えるわけがない。だいたい、どこに売ってるんだ、ドライアイスの角材なんて。業者に注文するのか?

「おい霧ケ峰、どうなんだ。凶器はあったのか。なかったんだろ!」最後通牒《つうちょう》を突きつけるかのように、須藤君が正面から僕を睨《にら》みつける。「どうだ。これでも、俺たちが犯人だっていえるのか、ああん?」

「………」悔《くや》しい。ナスビのような須藤君の顔が、これほど強気に映るなんて!

僕は言い返すこともできず、黙り込むしかなかった。

## 三

結局、翌日になっても足立駿介の失われた記憶は戻らなかったらしい。お陰で、彼が渡り廊下でどんな凶行に遭遇したのか、いまだ判然としないままだ。けれど正直いって、陸上部部長の災難など、一日経《た》ってみれば、どうでもいいことのように思えなくもない。

そんな気分で迎えた昼休み。お弁当を食べ終えた僕は、後はのんびり昼寝でもするつもり。ところが、そんな僕のところにクラスの男子がやってきて、困り顔でこういった。

「おい霧ケ峰、なんかよく判んないけど、『新世紀の名探偵』って奴がきて、『ボクっ娘ワトソンを呼べ』っていってるぞ。たぶん、おまえのことだよな。相手してやれよ、邪魔だから」

そういって彼は、梅雨空《つゆ》を眺めるような目で教室の入口を見やる。

そこに奴の姿があった。

傷を負った頭に妙にカッコつけた感じで斜めに包帯を巻いた男子。自称『新世紀の名探偵』の正体は、いうまでもなく足立駿介である。僕と目が合うと、彼はまるで親しい間柄であるかのように、「よお！」と軽々しく片手を上げて挨拶《あいさつ》。僕は密《ひそ》かに溜め息だ。

どうやら僕は、またしても彼の相棒をやらされるらしい。

数分後、僕と足立駿介の即席探偵コンビは、昨日の現場となった渡り廊下にきていた。天気は晴れて、気温も高い。昨日水浸しだった中庭の地面は、すでに乾いている。昨日は鮮明だった足跡も、いまはもうその痕跡が辛うじて窺える程度である。

「さてと、それじゃあ昨日の状況を詳しく教えてもらおうか。あれから、いろいろ調べたんだろ。俺が保健室で治療を受けている間に」

「まあ確かに、いろいろ判ったけどね」

そういって僕は、彼の知らない調査結果をギュッと凝縮して三分で彼に伝えた。で、彼はそれを理解するのに十五分の時間を要した。昼休みが二時間あっても足りない、と僕はうんざり。一方、名探偵を気取る彼は、しばし腕組みして考えるフリをした挙句、いきなりポンと手を打った。

「判った。犯人はやはり須藤たち三人だ。凶器はどこに消えたのかって？　そんなことも判らないのかい、ワトソン君」そして、彼は余裕の笑みを浮かべながら、人差し指を立てた。「ふふん、なにを隠そう、犯人が用いた凶器はドライアー――」

「あ、それ無理だから。べつの線で考えてね」

「………」自称名探偵は憮然《ぶぜん》として黙り込んだ。「そうか。判った。確かにドライアイスの凶器では前世紀のミステリだよな。新世紀の名探偵が口にすべきトリックじゃなかったぜ」

もはや陸上部部長の言葉とは思えない。ある種の探偵馬鹿が、ここにもいたわけだ。

呆れる僕をよそに、足立駿介は渡り廊下と周囲に広がる中庭の様子を確認。やがて、昨日の僕と同様に渡り廊下のトタン屋根に目をつけると、やはりこれも昨日の僕と同様に、少し助走を付けてから、「えいや！」とジャンプ。そうして雨樋の縁にしがみついた彼は、それから一分以上その状態でもがき苦しんだ末に、「お、おい、霧ケ峰、俺の身体を押し上げろ！」

「……なにそれ、命令？」僕は腕を組んだまま、冷ややかな反応。

「いや、命令じゃない。お願いだ。頼む！」

やれやれ。この程度の運動能力でも、陸上部の部長は務まるのかい。探偵部以下だね。

心底呆れながら、僕は彼の身体をアシスト。お陰でようやく屋根に上がれた彼は屋根のてっぺんまで上ってご満悦。そんな彼の姿を見て、僕はピンときた。ははん、判ったぞ。これはスーパーヒーロー足立駿介が屋根から無様に転がり落ちて、「痛てて……」と地べたに四つん這《ば》いになる、そんな新世紀のギャグ場面だな、きっと。まあ、本格ミステリにも息抜きは必要だよね。

と他人事のように、ぼうっと考えていると——

「そんなところでなにやってるの！　危ないでしょ！」と突然、背後から女性の警告。

びくりとして振り向くと、第三校舎の一階の窓から顔を覗かせているのは、若い女性教師。音楽の倉本美奈子《くらもとみなこ》先生だ。と、そこまで認識した、次の瞬間！

「わわ、わあぁぁぁ——ッ」と、今度は背後から男の絶叫。

びくりとした僕は、その直後、屋根から無様に転がり落ちてきたスーパーヒーローの巻き添えを食い、「ぐヘッ」と乙女にあるまじき呻き声。気がつけば「痛てて……」と地べたに四つん這いになっていた。くそ、こういう展開が待っていたなんて——

やっぱり本格ミステリに息抜きなんかいらない、と僕は思った。

惨劇の直後。僕らは第三校舎の音楽室にいた。倉本美奈子先生が僕らに注意を促す。

「足立君。屋根に上っては駄目よ。危険だから。それから霧ケ峰さん、足立君が屋根に上がっているときに、その真下でぼうっとしていたら駄目よ。もっと危険だから」

はい。いまの一件で身をもって知りました——。僕は倉本先生に目で頷いた。

「ところで、あなたたち、あんなところでなにをやっていたの?」

聞かれて、僕はまた昨日の状況説明に三分間を費やした。倉本先生は三分間でそれを理解した。先生がもの凄《すご》く賢く見えた。そんな倉本先生は、「事件と関係あるかどうか、知らないけれど」と前置きして、僕らにこんな情報をもたらしてくれた。

「事件のあったちょうど午後四時ごろに、中庭を通っていった人物が、ひとりいたわよ。この音楽室の窓から見えたから間違いないわ」

「え!?」僕は引っ掛かるものを感じて確認した。「先生、あのときここにいたんですか。渡り廊下に出る扉は鍵が掛かっていましたけど……」

「裏口は開いてたわよ。第三校舎が完全に無人だったわけじゃないもの」

「そうだったんですか」納得した僕はあらためて質問した。「で、中庭を通っていった人物ってどんな人でした?」

「男子生徒よ。学ラン姿だったから。顔はよく見ていないけど、背が高い生徒だったと思う」

「背が高いっていうと、須藤君とか？」

　音楽室の面した中庭は、渡り廊下から見て校庭側。すなわち、須藤、川田、児島の三人の足跡が残っていたほうの中庭だ。ということは先生が見た人物というのは、三人の中の誰かだろう。いちばん背が高いのは須藤君だ。この考え方に間違いはないはずなのだが、しかし倉本先生はアッサリ首を左右に振って、こういった。

「須藤君って、霧ケ峰さんと同じクラスの男子よね。違うわ。彼じゃない。彼はそれほど背が高いわけじゃないでしょ。わたしが見たのは、もーっと背の高い男子よ。一九〇センチ以上はあったんじゃないかしら。それが中庭の真ん中あたりを小走りで通っていったの」

「ちょ、ちょっと待ってください」僕は焦《あせ》って先生の話を遮《さえぎ》った。「それは本当ですか。本当に、その人物は中庭の真ん中あたりを通っていったんですか」

「だいたい、真ん中あたりだろうってことよ。正確にいうと、わたしの座っていた位置からは窓枠が邪魔になって、その人物の下半身は見えていなかったの。わたしが見たのは上半身だけ。それでも、中庭の端っこを通っているか、真ん中あたりを通っているかぐらいは、感覚的に判るでしょ。ええ、間違いないわ。もの凄く背の高い男子生徒が、中庭の真ん中あたりを通っていったの。わたしも一瞬、びっくりして、『あれ、あんな背の高い男子、うちの学校にいたかな』って、そう思ったぐらい」

倉本先生の話は、ある部分は不確かながら、まったくの見間違いとも思えない。しかし、彼女の話が事実だとすると、まったく辻褄《つじつま》の合わない部分が生じてくる。それは、足跡だ。

中庭に残された足跡は三組だけ。それらは須藤、川田、児島の足跡だと、すでに調べはついている。ということは、どうなる。先生が見た長身の男子生徒は、濡れた地面に足跡を残さないまま、中庭の真ん中を通り過ぎていった、というのか。

なんだ、それは。空中浮揚する二メートル近い怪人か？

ゾッと背筋に悪寒が走る。そんな僕の傍らでは、足立駿介が、よし判った、といわんばかりに大きく頷く仕草。そんな彼は倉本先生に向かって、指を一本立てていった。

「いや、確かにいるぜ、先生。うちの学校にも背の高いネズミ野郎が一匹な！」

足立駿介いうところのネズミ野郎は、バスケ部員らしい。昼休みは大抵、体育館にいてボールとじゃれているそうだ。バスケットボールとじゃれるネズミは珍しいので、僕も多少の興味を持って体育館へと足を運ぶ。扉を開けて中に入ると、そこではバスケ好きな男子連中が、好き勝手なルールでバスケに興じている。ボールが床でバウンドするリズミカルな音が小気味よい。

そんな中、ひと際目を引く長身の男子が約一名。一心不乱にシュート練習中である。

足立駿介はまっすぐその男子を指差した。「見ろ。あれが学園一の大型ネズミだ」

「なんだ、ネズミって根津《ねづ》君のことか」

根津広明《ひろあき》はバスケ部の主将。背が高くて実力も確かだから女子にファンが多く、その分男子に敵が多い。男子にも女子にも敵が多いどこかの部長とは、その点が大きく違う。

「根津君は確かに背が高いけど、一九〇センチってことはないんじゃないの。それに、足立君もとっくに気付いていると思うけど、倉本先生の話はちょっと辻褄の合わない点があって……」

しかし、僕の言葉を最後まで聞かずに、彼は根津君を大声で呼びつけた。

「おいこら、この大型ネズミ野郎！　ちょっと話、聞かせろや！」

「なにこら、この小型ネズミ野郎！　文句でもあんのか、おら！」

ボールを床に叩きつけ、根津君が大股で歩み寄ってくる。足立駿介も同様に歩み寄り、

「聞きたいことがあるってんだ、このドブネズミ野郎！」

「それが人にモノを聞く態度か、このハリネズミ野郎！」

どうでもいいけど、ネズミであることは二人とも否定しないの？　体育館の片隅で額を突き合わせる両雄を見ながら、僕の脳裏に《どっちもどっち》という言葉が浮かぶ。

うことだ。

ただひとつ確かなことは、二人の間に極めて低レベルなライバル関係が存在するということだ。

「で、なんだよ、聞きたいことって。体育祭の作戦なら教えてやらないぞ」

「それはいい。こっちも秘策を用意しているからな」足立駿介は意味不明の強気な笑みを浮かべて、「それより、聞きたいのは昨日の夕方のことだ」

「そういや、おまえ、渡り廊下で誰かに気絶するほどぶん殴られたんだってな。女子がゲラゲラ笑いながら話してるのを聞いたぞ。なんていうか——気の毒だったな」

気の毒とは、どっちの意味だろうか、と僕は首を捻《ひね》る。たぶん両方の意味だろうけど。

「余計な情報はいい」足立駿介は憮然とした表情で、相手の言葉を遮った。「それより、おまえの話だ。昨日の午後四時ごろ、その渡り廊下の近くで、おまえの姿を目撃した人物がいるんだが、心当たりはあるよな?」

「勝手に決めるな」根津君は声を荒らげて答えた。「昨日の午後四時ならバスケ部の練習中だ。俺は体育館にいた。その人が目撃したのは俺じゃない。きっと見間違いだな」

「いや、確かにおまえに間違いないと、倉本先生はいっていたぜ」

こらこら、情報の出所をばらすなんて、最悪な探偵だな、足立駿介! しかも、その情報自体、脚色されているではないか。見ていられなくなった僕は、慌《あわ》てて話に割り込んだ。

「待って。倉本先生は根津君で間違いない、なんていっていないよ。ただ、身長一九〇センチ以上ありそうな、背の高い男子を見たっていってるだけ」

「だが、この学園で身長一九〇センチ以上ある男子っていったら、こいつぐらいのもんだぜ」

「馬鹿、そいつは俺じゃない。俺は一八七センチしかないぞ」といって、根津君は逆に質問した。「それとも雨上がりの中庭に俺の足跡でも見つかったのか。自慢じゃないが、俺の足跡はでかいぞ。あれば必ず目立つ。さあ、どうなんだ？」

あったのか、なかったのか。にじり寄るようにしながら、返事を求める根津君。

信じがたい話だが、粗忽《そこつ》な素人探偵は、このとき初めて足跡の矛盾に気付いたらしい。

「――う、そういえば！」

と、いまさらのように言葉に詰まると、援護を求めるように、こちらに視線を送る。

僕は肩をすくめて、真実を語るしかない。「根津君の足跡はなかったね」

「なんだ。じゃあ、俺は無関係じゃんか。変な濡れ衣《ぎぬ》着せないでくれよな」

そういって話を切り上げた根津君は、再びコートに戻り、シュート練習を再開した。

往生際の悪いスーパーヒーローは、去り際にひと言、

「この借りは、明日の体育祭で返すぜ！」と大見得を切って体育館を後にした。

彼は体育祭でなにをしでかす気なのか。僕はちょっと心配になった。

# 四

翌日は鯉ケ窪学園体育祭の当日。雲ひとつなく晴れ渡った秋空のもと、生徒たちは真《ま》鯉《ごい》組と緋鯉《ひごい》組に分かれて熱いバトルを繰り広げた。徒競走、障害物競走、クラス対抗リレー等々、プログラムは順調に進む。そんな中、僕の見せ場は鯉ケ窪学園名物、二年女子による棒倒しだ。

念のため説明すると、棒倒しという競技は二つに分かれたうら若き乙女の大群が、互いの陣地に高々と長大な棒をおっ立てながら、相手の立てた棒をあの手この手でなんとか倒そうと肉弾戦を繰り広げるという、実にシンボリックなゲームである。これを最初に考えた人は、いったいどんな欲求不満を抱えていたのかと疑いたくなるほどだ。

そんな棒倒しで、僕は緋鯉組の攻撃班の一員として大奮闘。真鯉組の防御をかいくぐり、誰よりも早く棒の先端によじ登ると、あっという間に敵は戦意を喪失。僕がしがみついた棒は、見る見る斜めになって、ついに倒れた。緋鯉組の勝利。最大の功績をあげ、ピースサインで歓声に応える僕に対して、観客席の男子からは「どんな欲求不満を抱えてんだ、あいつ！」という、失敬な声が漏れ聞こえた。なんとなく、そういうふうに見えたらしい。

それはともかく、棒倒しが終われば、僕の出番は終了。あとは想い出作りに徹するのみ。というわけで体育祭の風景をデジカメでパチリパチリと撮っていたところ、

「やあ、霧ケ峰君、ちょうどよかった。ちょっと、こっちにこないか」

と、僕を手招きする男性の姿。大会本部席の片隅に座る男性教師。彼こそは我らが探偵部の顧問、石崎浩見《いしざきひろみ》先生である。変わり者の生物教師らしく、体育祭の本部席でも白衣姿だ。きっと運動するための服装を持ち合わせていないに違いない。そう思いながら眺めていると、先生は僕の視線の意味を敏感に感じ取ったらしく、

「いや、僕がわざわざ白衣を着ているのは、これからおこなわれる借り物競走で、一年女子に貸してあげる約束がすでに交わされているからだよ」

と、借り物競走のやらせの裏側を暴露。でも、まあいいか。どうせ借り物競走だし。

「ところで、霧ケ峰君」先生は僕に本部席の椅子を勧めながら本題に入った。「渡り廊下で奇妙な事件があったらしいね。噂では聞いてるんだが、君の口からもぜひ詳しい話を――」

「まあ、聞いてくださいよ！」先生に求められるまでもない。僕だって、誰かに話したくてウズウズしていたのだ。「出たんですよ、渡り廊下に空飛ぶ怪人が！」

僕は一昨日の放課後に起こった奇妙な事件について、石崎先生に詳しく語った。渡り廊下で足立駿介が頭に怪我を負わされたこと。第一発見者の男子三人には、怪しい素振

りがみられたこと。しかし、現場から凶器は見つからなかったこと。そして翌日、倉本先生の口から、謎の長身男子の存在が語られたこと。しかし、その生徒の足跡は中庭には見当たらなかったこと、等々――

それらのことを語り終えた僕は、腕組みしながら問題点を整理した。

「僕は例の三人組が怪しいと思うんですよね。でも、彼らが犯人なら凶器をどうやって消し去ったか、という謎が残る。一方、足立君はバスケ部の根津君を疑っているみたい。だけど彼が犯人なら、中庭に足跡を残さずにどうやって移動できたのか、という謎が残る。結局どっちに転んでも、謎は残るんですよね」

「ふむ、確かに奇妙な事件だね」そういう石崎先生は、僕が手にしたデジカメに目を留めた。「霧ケ峰君、そのデジカメには、中庭で撮影した足跡の写真が残されているんだね。だったら、僕にも見せてもらえないか。なにか判るかもしれない」

もちろん、僕としても望むところだ。さっそく、足跡を撮影した現場写真をデジカメの液晶画面に映し出し、それを先生に差し出す。先生はその液晶画面を食い入るように見詰めると、やがて「うう！」とか「むむ！」などの唸《うな》り声を発して、興奮を露《あらわ》にした。

しかし、あの足跡の写真にそれほど重要なものが写っていただろうか、と僕はむしろ疑問に思う。写真には、須藤君たちの足跡が三列並んで写っているだけだと思うのだが。

と、そのとき――

「すみませーん、石崎先生！　白衣、貸してくださーい！」

ニコニコしながら本部席に駆けつけたのは、ポニーテールが可愛《かわい》らしい借り物競走の一年女子。

ところが、液晶画面に夢中の石崎先生は、「ああ、駄目駄目！　いま、それどころじゃないんだ！」と、交わしたはずの約束をすっかり忘れて冷たい態度。

思わぬ拒絶にあった一年女子は「ええ〜ッ、そんな〜ッ」と、オロオロしながら泣き顔で本部席を去っていった。「だ、誰か、白衣を、白衣を〜ッ」

「…………」体育祭の校庭で他の白衣を捜すのは至難の業だろう。僕は彼女に同情を禁じ得ない。「酷《ひど》いです、石崎先生！　あれじゃ一年生がかわいそう！」

「ん⁉　いま誰かきたのかい。あ、そう。――ま、いいじゃないか。どうせ借り物競走だし」

そういう石崎先生は問題の液晶画面を、あらためて僕に示した。「そんなことより、この足跡なんだけど、君はどう思う？　僕は非常に奇妙な足跡だと思うんだけどね」

「奇妙、ですか⁉　三つの足跡はどれも綺麗で、重なり合う部分もなくて、細工の痕跡もありません。なんの問題もないように思いますけど」

「いや、そこだよ、まさに問題なのは」石崎先生は画面を指差していった。「確かに、この足跡は綺麗だ。重なり合う部分がない。三組の足跡はほぼ平行した三列を描き出している。おまけに三人の歩幅まで、ほぼ揃っているように見える。これは綺麗過ぎないだろうか」

「綺麗過ぎる⁉　そうでしょうか。ミステリ小説では、ときどき見かけますよ、こういう足跡……」

「そりゃミステリ小説の中では、話がややこしくならないように、足跡の一本一本を重ならないように書くさ。そのほうが図面だって描きやすいし、読者も状況を理解しやすいだろ。だけど、僕らが扱っているのは現実の事件だ」

「……えーっと、はい、確かに、これは現実の事件ですけど、それがなにか？」

「現実の事件において、三人の男子高校生が異常を察知して、いっせいに渡り廊下に駆けつけたとする。その場合、地面にこんな綺麗な三列の足跡が残るだろうか。いや、それはない。体格も運動能力も違う三人が、こんなに横一列で併走したような足跡を残すわけがない。そうだろ？」

「なるほど。いわれてみれば確かに、これは綺麗過ぎるかも……」僕はあらためてデジカメの画面を見詰めた。「じゃあ、これは捏造《ねつぞう》された足跡ってこと⁉　須藤君たち三人は、わざと自分たちの足跡が重なり合わないように、綺麗な足跡を残したってことですか。なんのために？　ひょっとして、なにかのトリック？」

「いや、それも変だ。それだったら、歩幅はバラバラでいいはずだし、三組の足跡が平行になっていなくても構わないだろ。僕が思うに、この三組の足跡は、トリックでも捏造でもない。ただ、ある特殊な状況のもとで、自然に出来上がったものなんだよ。ある特殊な状況というのは――ほら、出てきたよ、あれだ！」

石崎先生が指差したのは、遠く離れた入場ゲート。そこから、いままさに姿を現したのは、体育祭における最大の人気種目である、あの競技に参加する二年生男子の隊列だ。鯉ケ窪学園体育祭の最終プログラムにして、大会のメインイベント。それは――

「騎馬戦、ですか……」

念のために説明すると、騎馬戦というのは二つに分かれたむくつけき男子の大群が、四人ひと組の騎馬で軍団を編成し、合図とともに真っ向ぶつかり合い、相手の騎手を落馬に追い込むか、もしくは騎手の鉢巻を奪い取ることで、雌雄《しゆう》を決するという伝統的ゲーム。

この血沸《わ》き肉踊り、校長先生も本部席で拳《こぶし》を振るわせるという肉弾戦は、学校の体育祭以外の場所では、まず目にすることができない貴重なイベントである。

「騎馬戦では、『馬』になる三人は三角形を描くような位置関係になるだろ。だから、三組の足跡は重ならない。かといって手を繋ぎあっているから離れすぎることもない。三組の足跡はどこまでも平行に続く。足並みを揃えたほうがスムーズに進めるから、三人の歩幅は自然と同じぐらいになる。どうだい。中庭にあった足跡の特徴と一致しているだろ」

「なるほど。つまり須藤君、川田君、児島君、この三人が『馬』の役目というわけですね。ということは、その『馬』に乗っていた『騎手』というのは……」

「それは、もうすぐ判ると思うよ。ほら、出てきた！」

石崎先生が再び入場ゲートを指差す。

緋鯉組の最後に登場したのは、須藤、川田、児島の三人によって形作られた『馬』。そして、その上で異様なほど姿勢をよくし、前を見据えている人物こそは足立駿介、その人だった。トレードマークの真っ赤なランニングシャツに真っ赤な短パン。頭には白い包帯。その上に深紅の鉢巻をした足立駿介は、完全に緋鯉組の総大将気取りである。

馬上でピンと背筋を伸ばす彼の姿。その頭の位置を見て、僕はハッとなった。

「ひょっとして、倉本先生が見た、二メートル近い長身の男子生徒というのは……」

「そう、もちろん、彼、足立駿介君だよ。三人の男子が作った『馬』の上に跨《また》がっていたから、頭の高さが二メートル近かったというわけだ。そして当然のことながら、『馬』に乗っている足立君の足跡は、中庭にはいっさい残らない。地面に残るのは『馬』の足跡だけだ」

なんということだ。空中浮揚する怪人の正体は、他ならぬ足立駿介だったわけだ！

まあ、ある意味、彼も怪人といえなくもないが――

そんなことを思っているうちに、いきなり騎馬戦開始を告げる号砲が鳴った。両軍の騎馬がいっせいに前方に押し寄せ、激しくぶつかり合う。迫力の光景を眺めながら、僕は先生に尋ねた。

「足立君と、他の三人は中庭で騎馬戦の真似事をしていた、ということですか。それって、いったいどんな意味があるんでしょうか」

「意味⁉」石崎先生は半笑いの顔で断言した。「意味なんてないよ。男子高校生が放課後にやらかした悪ふざけさ。まあ、敢《あ》えて意味を見出すとするなら、きたるべき体育祭の本番に向けての練習ともいえるだろうけどね。いずれにしても、須藤君たち三人が『馬』となり、足立君を乗せて渡り廊下のほうへ向かって中庭を進んだ。そんな彼らの上半分だけを倉本先生が目撃したというわけだ」

「なるほど。そしてその直後、渡り廊下で須藤君たち三人は足立君を襲った――あれ⁉」

僕は首を捻り、石崎先生は肩をすくめた。

「それじゃあ、話は元に逆戻りだ。角材みたいな凶器は、どこに消えたんだい？」

「そうですよね。じゃあ、どう考えればいいんでしょうか」

「簡単だよ。想像してごらん。三人の男子が『馬』となり、足立君を乗せて中庭を進む。

途中に渡り廊下がある。『馬』はこれを横切ろうとするだろ。すると――ガツンだ！」

「ガツンって――ああ！」

僕の脳裏に渡り廊下での惨劇の場面が、ありありと浮かんできた。

「判っただろ。そう、渡り廊下には屋根がある。女の子でもよじ登れるほどの低い屋根だ。屋根の端には雨樋があって、それはよくある半円形のものではなくて、長方形の雨樋だ。そこに『馬』に乗った足立君がやってくる。彼の頭は地上二メートル近い位置にある。そこで、なにが起こったか」

「足立君は雨樋の角に額をぶつけたんですね！」僕は思わず手を打った。「そっか、凶器は雨樋だった。凶器は消えたんじゃなくて、ずっと僕らの頭上にあったんですね！」

「そのとおり。そして足立君は衝撃のあまり落馬した。渡り廊下の真ん中付近でね。彼は背中からコンクリートの廊下に叩きつけられ、今度は後頭部を打って気絶した」

「そこに、僕と奈緒ちゃんが駆けつけた」

「そういう流れだね。須藤君たちは自分たちの悪ふざけが、思わぬ事態に発展して、びっくりしていたはずだ。しかし、ここで彼らにとって理想的な展開が開けた。須藤君たちが事実を語るよりも先に、足立君が目を覚ましたんだ。そして彼には自分の身になにが起こったのか、まるで記憶がなかった。須藤君たち三人の姿を見ても、『おまえら、なにやってるんだ？』と、逆に聞き返すほどだった。だったらなにも自分たちから本当のことを話すことはない。暗黙のうちにそう決断した三人の男子は、君たちの前で、普通の第一発見者のふりをした、というわけだ」

「どうして、そんな嘘をつくんです。足立君が雨樋に頭をぶつけたのなら、それは事故じゃないですか。須藤君たちが、わざわざ無関係を装うこともないでしょうに」

「まあね」といって、石崎先生は意味深な笑みを浮かべた。「逆に考えるなら、一見事故に見えて、それは事故ではなかったのかもしれないね」

「あ！　じゃあ、須藤君たちは、足立君が雨樋に頭をぶつけるように、わざと……」

足立駿介の身体を、『馬』である自分たちがほんのわずか持ち上げてやる。それだけで、彼が雨樋に頭をぶつける確率は飛躍的に高まるのだ。それぐらいの悪意は、あの三人にもあって不思議はない。

「まあ、そういったことも考えられるということだね。須藤君たちは、陸上部の部員なんだろ。どちらかというと部長の足立君に虐《しいた》げられる側の存在だったはずだ。そして足立君はあのとおり、桁外《けたはず》れの天狗《てんぐ》――いや、スーパースターだ。いつか仕返しを、と須藤君たちが前々から機会を窺っていたとしても不思議じゃないだろ」

「確かに、全然不思議じゃありません」それは、僕にもよく判る。

「といっても、彼らの悪意を証明することは難しいけどね」

「というより、不可能ですよね。やられた張本人が、なにも覚えていないんだから」

「うむ。これは案外、須藤君たち三人の完全犯罪と呼ぶべき事件かもしれないな」

事件の絵解きを終えた石崎先生は、三人に対して、非難するというよりも、むしろ感心したような口ぶりだ。「——おっと、そんなことを喋っているうちに、騎馬戦は佳境に入ったようじゃないか。どっちが勝ってるのかな」

そういって、石崎先生は本部席から身を乗り出す。確かに先生のいうとおり、校庭で繰り広げられる騎馬戦の熱闘はすでに最終段階を迎えつつあった。いつの間にやら残っている騎馬は八騎のみ。それがやがて四騎となって、ついには二騎となった。

一対一の直接対決で両軍の雌雄が決するという最高の場面に、会場の盛り上がりは最高潮。まるで誰かが筋書きを用意していたかのような展開の中、残った騎馬は誰かと思い、目を凝らしてよくよく眺めてみると——おお、これはどうしたことだ！

真鯉組はバスケ部主将、根津広明。緋鯉組は陸上部部長、足立駿介。

低レベルなライバル関係にある二人の肩に、いまや体育祭優勝の行方《ゆくえ》が掛かっていた。一瞬、固唾《かたず》を吞《の》むように静まり返る校庭。馬上で互いを睨《にら》みつける両雄。緊張の高まる中、おもむろに足立駿介が挑発的な言葉を発した。

「やい、根津広明！　ここまできたら鉢巻を奪い合うなんてケチな勝負はナシだぜ！」

「おう、望むところだ足立駿介！　最後まで立っていられたほうの勝ちだ。いいな！」

「よっしゃ、こいやあ、このドブネズミ野郎！」

「てめえ、潰《つぶ》してやる、このハリネズミ野郎！」

勢いをつけて、正面から真っ向ぶつかりあう二騎。思いがけないド迫力に、見詰める観衆の間にどよめきが走る。果たして、勝利の女神はどちらに微笑むのか。

誰もがそう思った、次の瞬間――「とったぜ！　勝った、勝った！」

いきなり足立駿介の勝利宣言。見ると、彼の手にはしっかりと真鯉組の黒い鉢巻が握られていた。呆然《ぼうぜん》として頭を抱える根津広明。観衆からは、「鉢巻を奪い合うなんてケチな勝負はナシっていったのは誰だっけ？」と大いなる疑問の声。それでもルール上、審判員は仕方なく緋鯉組の勝利を宣告する。一瞬、間があって、緋鯉組から微妙な歓声があがった。

「ぼ、僕、同じ緋鯉組として恥ずかしいです」

「いやいや、足立駿介、なかなかの人物かもしれないぞ――おや」

石崎先生が、ふいに眉を顰《ひそ》める。つられて僕も校庭を見やる。

つい先ほどまで勝利の余韻に浸《ひた》りながら歓声と罵声を浴びていた足立駿介が、いつの間にか鬼の形相だ。騎馬の上から須藤君の首根っこを右腕で締め上げている。それればかりか、右足は川田君の顎を蹴《け》り上げ、左手は児島君の髪の毛を掴んでいる。仲間割れの大乱闘だ。慌てた本部席から数名の教師が飛び出す。訳が判らない観衆も、なんだか面白そうなので懸命に野次を飛ばす。

怒り狂う足立駿介と、恐怖におののく須藤君ら三人。両者の対照的な様子を見て、僕はだいたいの事情を察した。

「……足立君、騎馬戦やって記憶が戻ったみたい」

「ああ、本当の敵が誰か、ようやく気がついたようだね。やはり、僕の推理は正しかったというわけだ」

そういう石崎先生は乱闘を止めに入るわけでもなく、ただ見詰めるだけ。足立駿介の怒りは収まらない。須藤君たちも反撃する。教師が乱闘の鎮圧に乗り出す。無関係な生徒も騒ぎに参加する。

三年生も一年生も、男子も、女子も、秀才も不良も。そして僕も――

こうして、今年度の鯉ケ窪学園体育祭は、華々しく幕を閉じたのだった。

# 霧ケ峰涼と瓢箪池の怪事件

一

我らが母校、鯉ケ窪学園における秋の三大イベントといえば、一に体育祭に二に学園祭、最後のひとつは現在考え中、なのだそうだ。ちなみに三つの中の最初のひとつ、十月に開催された体育祭は大乱闘の末に華々しく幕を閉じたのだが、その熱気と興奮も冷めやらぬうちに、月は替わり現在は十一月。まともな季節感を持つ高校ならば、学園祭の時期だ。——というわけで秋の恒例行事第二弾は、鯉ケ窪学園高等部学園祭、通称『鯉高祭』である。

今年の『鯉高祭』は例年どおり地元の名門、早稲田《わせだ》実業の学園祭と重ならない週末を選んで、賑々《にぎにぎ》しく開催された。早実とカブると、お客を全部そっちに持っていかれちゃうからだ。

初日の土曜日は快晴の天気にも恵まれて、まあまあの盛況。日ごろ生徒たちが勉学に励む教室も、この日ばかりは様相を一変させている。

ある教室は純喫茶となって薫《かお》り高い珈琲《コーヒー》を振舞い、ある教室は不純喫茶となってコスプレ女子校生が水商売まがいの接客術を披露する。化学教室では科学部の面白実験イベント『ゆかいなかがく』が催され、親子連れが歓声を響かせる。その一方、地学教室では非科学部の企てた恐怖のお化け屋敷『緋鯉《ひごい》惨殺館』が人気を集め、多くのカップルがその犠牲となった。

ちなみに「非科学部」というのは、名前のとおり非科学的な現象（幽霊、ＵＦＯ、ネッシー、ツチノコ……）について研究を続けるマニアなクラブ。顧問はもちろんＵＦＯを愛してやまない地学教師、池上冬子《いけがみふゆこ》である。

学園の中庭に目を移せば、そこにはいかにも学園祭らしく数多くの出店が並んでいる。各クラブが苦しい経済状況の中で、なんとか活動資金を得るべく出店しているのだ。

したがって、誰もが口を揃《そろ》えていうのは、

「赤字なんて言語道断！」「悪くてもトントン⁉」「あわよくばボロ儲《もう》け？」

とまあ、そんな具合だから、結果的に毎年似たような屋台が軒《のき》を連ねることになる。

タコ焼き、イカ焼き、磯辺焼き、あるいは焼きイモ、焼きそば、焼きリンゴ――《焼き系メニュー》の屋台が熾烈《しれつ》な競争を繰り広げる中庭は、ソースと醤油《しょうゆ》とゼニの匂いが渦《うず》巻くジャンクフードのワンダーランドと化している。

もちろん、中には厳しい競争を避《さ》け、《焼き系メニュー》以外の独自路線で勝負するサークルもある。ソフトボール部のソフトクリーム、米国文化研究部のアメリカンドッグなどはイメージどおり。気象観測部の綿菓子というのは、たぶん空に浮かぶ雲が綿菓子に見えたから、という安易な発想から生まれた屋台に違いない。だが、そんな中――

敢《あ》えてド真ん中の《焼き系メニュー》で真っ向勝負を挑む無謀な集団が、ここに！

そう、我らが鯉ケ窪学園探偵部である。メニューはもちろん「お好み焼き」だ。

「なぜなら、一枚のお好み焼きの中には、タコ焼きとイカ焼き、焼きそばの要素が全て含まれている。まさにキングオブ焼き系。これぞ、勝利の味だ！」

そう豪語するのは、探偵部料理長——じゃない、探偵部部長の多摩川流司《たまがわりゅうじ》先輩だ。

両手にコテを構え鉄板に向かう彼の背中からは、暑苦しいほどの気合がほとばしっている。探偵部部長に、なぜこれほど鉄板がよく似合うのかは、ここでは説明しない。

一方、その隣《となり》には凄《すさ》まじい勢いで包丁を振るい、大量のキャベツを切りまくる男の勇姿があった。

「ごちゃごちゃ能書き垂れてる暇《ひま》があるんやったら、ちゃんと焼かんかい！　出来損《そこ》ないばっかり作りおって、このヘタレ鉄板奉行が！」

と、関西弁で部長を罵倒する彼こそは、探偵部のナンバー2、八橋京介《やつはしきょうすけ》先輩だ。

ただしナンバー2＝副部長ではない。副部長はなにを隠そうこの僕、霧ケ峰涼《きりがみねりょう》。花も恥じらう十六歳の二年生女子。チェックのミニスカートに紺のハイソックス、白いブラウスの袖をまくって凛々《りり》しく鉄板に向かう姿は、「さすが探偵部副部長！」と評判だ。

まあ、この集団に長くいれば、誰だって鉄板関係には強くなる。探偵部とは、そういう組織なのだ。

ところで、探偵部には僕と同学年の赤坂通《あかさかとおる》という男子もいるのだけど、彼はどこ？

「ああ、あいつは池上先生の『緋鯉惨殺館』に貸出中だ」多摩川部長が説明する。

すかさず八橋さんが包丁片手に補足説明。「真鯉の腐乱死体の役、らしいで」

「へえ、大変そうですねえ……真鯉の腐ったヤツかあ……」

でも、それって怖いかな？　いったい、どんなお化け屋敷なの？　ま、いいか――

「それにしても僕、こうして学園祭で部長や八橋さんと一緒にお店を出せるなんて感激です。ていうか、なんだか二人に会うのは今日が初めてみたいな……そんなことない？」

「馬鹿な。野球部のグラウンドからベースが盗まれた事件のときに、会っただろ」

「会ってませんよ。校舎の屋上から女子が墜落した事件のときに、会いましたっけ？」

「いいや、会ってへんな。なんでやろ。同じ探偵部やのに……謎や」

まさにミステリ。僕らは揃って首を傾《かし》げたが、納得のいく答えは見つからない。

「ま、たぶん、偶然すれ違っていたんでしょうね」

曖昧《あいまい》な結論でお茶を濁《にご》した僕は、気を取り直して、お好み焼きのパック詰めにかかる。

ちなみに、この屋台のメニューは三種類。ひとつは多摩川部長が焼く「広島風お好み焼き」。ひとつは八橋さんが焼く「関西風お好み焼き」。最後のひとつは部長が鉄板の上で返し損なって「グシャ！」となってしまったお好み焼きを「ワーッ！」と適当に掻《か》き回してソースで味付けしたもの。敢えていうなら「『広島風お好み焼き』風キャベツ炒《いた》め」だ。ワケあり商品なので値段は安く、味はお好み焼きと変わらない。お買い得商品だが、これが売れれば売れるほど、探偵部の赤字が膨《ふく》らむという悩ましい商品でもある。そんなキャベツ炒めをパック詰めする僕の前に、見知らぬ男子生徒が現れた。

ひょろりと背が高く、髪の毛は長めの茶色。学ランを第二ボタンまで外して着崩している。切れ長の目と鼻筋の通った顔立ち。イケメンだが、どこか軽薄そうな顔の男子だ。

「よお、多摩川、なんだ、今年もお好み焼きの屋台か。まあ、いいや。ひとつ貰《もら》おう。君、そこのやつを一個——あ、いや、それじゃなくて、キャベツ炒めのほうね」

「……ちぇ」誰だ、この買い物上手なイケメン野郎は。「ども、二百五十円でーす！」

サンキュ、といって商品を受け取る一方、男は五百円玉を差し出す。僕がそれを受け取り、二百五十円のお釣りを返す。たったそれだけのやり取りの中で、男の指先は三度僕の手に触れた。これは相当な女好きに違いないと僕は睨んだが、たぶん間違ってはいない。

それが証拠に、いまも彼の左腕には、ひとりの小柄な女子がまるでぶら下がるような恰好で、腕を絡《から》ませている。うちの学園の制服姿だ。尻軽女、という言葉が一瞬脳裏を横切ったのは、一緒にいる男が軽薄な女好きのせいだろう。彼女ひとりで黙《だま》っていれば、膨らんだ頬《ほお》が可愛《かわい》い、普通の女子に見えたはずだ。

「わあ、見た目はグチョっとしていて気持ち悪いけど、なんだか美味《おい》しそう！」意外と鋭く商品の本質を見抜いた彼女は、「ねー、あっちで一緒に食べよー、あっくん」

男は目尻を下げて頷《うなず》く。二人は腕を組んだまま、僕らの屋台を去っていった。

二人の姿が視界から消えると同時に、僕は呟《つぶや》いた。「――あっくん?」

「大島敦史《おおしまあつし》だ」部長が鉄板の上の生地にキャベツを山盛りにしながら答える。「見て判ったと思うが、三年生男子の中でも有数のモテ男だ」

「けど、なんでモテるんか、俺には判らん。ただ顔がいいだけやん」八橋さんは辛辣《しんらつ》だ。

「顔は重要だと思いますよ。ところで、一緒にいた女の子は誰ですか」

知らん、と八橋さんは素っ気ない。多摩川部長は鉄板から目を離さずに即答した。

「あれは一年の近藤美紗《こんどうみさ》だな。確かテニス部だ」

多摩川部長は大した記憶力でもないくせに、全校生徒の約半分の顔と名前を覚えている。《約半分》というのは、要するに《全ての女子》という意味だが。

「ほう、今度は一年生かいな」八橋さんは呆《あき》れた声だ。「先月の体育祭のときは、二年生の女子と仲良く弁当食っとったくせに」

「あれは二年、高橋雪乃《たかはしゆきの》だったたな。確か気象観測部――」

「ええッ、嘘!」僕は思わず叫んだ。「雪乃ちゃん、あんなのと付き合ってたの? 知らなかったあ。それでそれで、雪乃ちゃんはフラれて、あの大島って男は一年生に乗り換えちゃったの? ひっどーい! 雪乃ちゃんが、かわいそう! 大島敦史、女の敵めえ！」

「男にとっても敵みたいなもんだ。女子の数には限りがあるんだから、独り占めは許されるべきじゃない——さてと」

部長は両手に持ったコテをカシャカシャいわせ、しばし鉄板の前で精神統一。コテをお好み焼きの左右に差し入れると、「とりゃあぁッ」。気合もろとも手首を利かせてコテを返す。宙を舞ったお好み焼きは空中で綺麗に半回転——とはならずに、斜めの体勢で落下し、鉄板の上で「グチャ！」となった。

「……う」もう少しで広島風になり損なったお好み焼きを前に、部長はしばし呆然《ぼうぜん》。それから、いきなり「ワーッ！」と鉄板上の失敗作をコテで滅茶苦茶に掻き回し、心の叫びを口にした。「畜生！　大島敦史めえ、男の敵めえぇぇ——ッ」

こうして、また一パック「『広島風お好み焼き』風キャベツ炒め」が完成した。

「うーん、赤字が膨らむばっかしやなあ」八橋さんが深い溜《た》め息を吐《つ》いた。

## 二

そうこうするうちに秋の太陽は西に傾き、あたりはすっかり夕暮れの景色である。

一般客や生徒の多くはすでに帰宅の途に就き、土曜日の『鯉高祭』はとりあえず終了。

　だが、僕らの祭りは終わらない。閑散となった校内のあちらこちらでは、各部の生徒たちが集まり、本日の反省や明日への対策が語られている。ところどころで、「とりあえず乾杯！」という威勢のいい掛け声も聞こえてくる。二日間開催の谷間の夜ということで、多くの生徒は若干ハイな気分になっているようだった。

　もちろん、僕ら探偵部の三人も例外ではない。第二校舎の非常階段、その二階の踊り場あたりに腰を下ろして、まずはジュースで乾杯。それから昼間の売れ残りをツマミながら、明日へ向けて戦略の練り直しだ。

「明日は、俺の関西風お好み焼きで挽回《ばんかい》や」

「いや、広島風お好み焼きにこだわるべき」

「最初からキャベツ炒めのお店にすれば？」

「………」僕のナイスな意見に先輩たちは一瞬沈黙し、互いに顔を見合わせた。だが次の瞬間には、「ふざけんじゃねえ！」「ふざけるんやない！」と僕の両サイドからステレオ二ヶ国語放送のような罵声が飛んできた。ああ、耳と頭がヘンになりそう……。

　と、そんなときだ、僕があの男の存在に気がついたのは。

「あれ、あそこにいるの、昼間の彼じゃありませんか。大島敦史とかいう人」

　二人の先輩たちは階段の手すり越しに、僕の示す方角を見やる。

　そこに見えるのは、瓢箪《ひょうたん》形の池だ。鯉ケ窪学園の象徴である緋鯉や真鯉、その他、亀や蛙が泳ぐ浅い池で、その畔《ほとり》には飾り石やベンチ、水辺の植物なども見える。正式名称は知らないが、多くの生徒はこの池のことを『瓢箪池』と呼んでいる。

そんな池の畔に、噂のモテ男がポツンと立っていた。夕暮れの瓢箪池はかなり暗いが、少し離れた場所にある水銀灯の明かりのお陰で、なんとか顔は判る。

「確かに、あれは大島敦史だな。誰かと待ち合わせでもしてるのか——興味はないが」

「どうせ女やろ。昼間の彼女と違う、べつの女が現れるんちゃうか——興味ないけど」

いいえ、どう見ても興味津々ですよね、お二人さん。と、そういう僕も瓢箪池から目が離せない。確かに、大島敦史は誰かを待っているらしい。時折、時計を気にする仕草がその証拠だ。ひょっとして綺麗な女の子が現れて、いきなりキスとかしちゃうのかな？

ムラムラしながら——いや、ハラハラしながら瓢箪池を見守る僕ら探偵部。日ごろ鍛《きた》えた張り込みのワザが功を奏して、非常階段の踊り場で、僕らは完全に気配を消している。

すると案の定、暗がりの中から姿を現したのは、若い女の子のようだった。制服姿ではない。くるぶしまで隠れるようなマキシ丈のスカート。上はひらひらのレースを飾ったような女の子っぽいブラウス。髪の毛は長く、背中にまで達している。右手になにか奇妙な物体を握り締めているのが気になる。

女の子は右手の物体——それは先端が太くなった棍棒《こんぼう》のようなものに見えたのだが

――それを手にしたまま、ゆっくりと大島敦史のもとに歩み寄っていった。大島は彼女に気がつかない。背中を向けたままで、池のほうを見詰めている。

やがて女の子は大島の背後にピタリと接近。彼女はポンポンと彼の肩を叩く仕草。

ようやく彼女の存在に気がついた大島が、くるりと振り向いた、その瞬間！

彼女は手にした棍棒を大島の顔面目掛けて、一気に振り下ろした。

「ぎゃ――」

大島敦史の口から、短い悲鳴があがった。大島は右手で額のあたりを押さえて、のけぞるような姿勢。背後にあるのは瓢箪池だ。彼は左手一本をバタバタさせながら、まるでタップを踏むように池の端で二、三歩足踏み。そして、目の前にあった女の右腕を手繰る仕草。お陰で、女のほうも池に向かってつんのめるような恰好となった。

瓢箪池の端で、ともにバランスを崩した大島敦史と謎の女。スリリングな一瞬。非常階段の特別観覧席から眺めていた僕ら三人は、「おお！」と歓声をあげて、いっせいに身を乗り出す。決定的な瞬間を見逃しては損だ。

直後、瓢箪池に派手な水音。水面に頭からダイブしたのは、大島敦史のほうだった。

謎の女は、なんとか池の端ギリギリのところで体勢を立て直し、落下を免《まぬが》れた。そんな彼女は、池に落ちた大島には目もくれないまま、回れ右。短距離走者のように勢いよく両手を振って、その場を走り去った。

瞬く間に暗がりへと消えていく彼女の背中を、僕はただ唖然《あぜん》としたまま見送るしかなかった。

「な、なんだ、なにが起こったんだ⁉」部長は目を丸くして聞く。

八橋さんはちょっと嬉しそうな声で、「大島の奴《やつ》、女にぶん殴られよった！　ええ気味や！」

「なに喜んでるんですか！　これは事件ですよ！　死んでたら、撲殺です！」僕は先輩たちに向かって叫ぶ。「とにかく、いってみましょう！」

僕がいうまでもなく、二人の先輩はすでに非常階段を駆け下りていた。階段から瓢簞池までは直線距離で二十メートルほど。僕らが現場に駆けつけたとき、大島敦史はようやく池の端に上半身を持ち上げたところだった。端正なはずの顔は苦痛と恐怖に歪《ゆが》み、髪の毛は水に濡《ぬ》れて、額にへばり付いている。眉間のあたりに血が滲《にじ》んでいるが、池から這《は》い上がるだけの元気はあるらしい。どうやら撲殺事件には至らなかったようだ。

「ほう、男前が上がったじゃないか」多摩川部長がニヤニヤ笑いながら、傷ついたイケメンを見下ろす。「で、誰に殴られたんだ。昔、フッた女か？」

「それとも一年生の近藤美紗ちゃんか。いや、二年生の高橋雪乃ちゃんかいな？」

軽口を叩く部長と八橋さん。しかし、事の重大さを認識しようとしない二人に向かって、大島敦史は震えを帯びた声で訴えた。

「ち、違う。し、知らない女だ。知らない女が、い、いきなり俺を襲ってきた。け、警察を、警察を呼んでくれ。さ、殺人鬼、いや、通り魔だ。学園祭の通り魔だ――」

学園祭の通り魔。刺激的な言葉にビクリと肩を震わせた僕は、先輩たちを見やる。部長と八橋さんは戸惑うように顔を見合わせ、短い会話を交わした。

「警察はアカンやろ？」「当たり前だ！」

## 三

警察を呼ぶかどうかはともかく、いったん保健室へ――ということで話は纏《まと》まった。大島敦史は傷ついた額にハンカチを当てながら、ふらつく足で保健室へ歩き出す。

「あのな……おまえら、全然俺を助ける気ないんだな。普通、『大丈夫か、歩けるか、俺に掴まれ』ってな感じで、肩とか貸す場面だぞ。それなのに、おまえらは……」

大島の口からは多摩川部長と八橋さんに対する不満の声。しかし二人は悪びれることもなく、

「肩を貸したいのはヤマヤマだが、おまえ、びしょ濡れだろ。正直あんまりくっつきたくない。悪いが、保健室まで自力で頑張れ」

「なに、保健室なんて、すぐそこや。大丈夫、おまえならできる。自力で頑張れ」

と、肩どころか指一本貸してやる気はないみたい。僕の先輩は溺《おぼ》れたイケメンを棒で叩く薄情者らしい。かといって、か弱い僕が彼に肩を貸してやる義理はないし——と結局、薄情なことを考えている僕の耳に、いきなり女子の悲鳴が響いた。

「きゃあ！」叫び声とともに暗がりから現れたのは、近藤美紗。大島が昼間に連れていた一年生だ。「どーしたの、あっくん⁉ 頭、怪我したの。なんで。誰にやられたの。かわいそう……」そして近藤美紗は健気《けなげ》にも細い肩を、彼のために差し出した。「大丈夫？ 歩ける？ ほら、あたしの肩に摑まって」

大島敦史はとろけるような笑顔になり、その顔は勝ち誇るように僕らに向けられた。

「ほら、見ろ！ これが、被害者の受けるべき待遇なんだよ。ま、所詮、薄情なおまえらになにいっても無駄だろうがな。——サンキュ、美紗チン、肩借りるぜ」

だが大島が甘えるような仕草で、愛する美紗チンの肩に腕を回したところ——

「わ！ なに、びしょ濡れじゃない」彼女の態度が豹変《ひょうへん》した。「ごめーん、あたし、制服汚したくないんだー。悪いけど、自力で頑張ってー」回された腕を避けるように身を翻《ひるがえ》す近藤美紗。肩を借り損なった大島はしょんぼり。部長と八橋さんは引き攣《つ》るような笑い声をあげ、僕はかわいそうな彼に少し同情した。

大島敦史、イメージほどにはモテていないようだな——

結局、大島敦史は薄情な友人たちの冷たいエールを一身に受けながら、保健室まで自力でたどり着いた。すぐさま美人養護教諭の真田仁美《さなだひとみ》先生が、彼の傷口の治療に当たる。治療の間を利用する形で、さっそく部長が大島に質問した。

「そもそも、おまえ、なんで瓢箪池にいたんだ。誰かと待ち合わせしていたのか」

答えたのは大島ではなく、近藤美紗のほうだった。

「あっくんはあたしを待っていたんだよ。あたしたち、昼間は一緒だったけど、あの後、二人は別行動だったの。あたしはテニス部の仲間と一緒だったし、あっくんは男子の友達と一緒だったみたい」

「女子の友達だろ」と部長が茶々を入れると、大島は傷口が開くほどにブルンブルンと首を左右に振る。「ほら、動かないで！」と真田先生が顔を顰《しか》める。

「とにかく、あたしとあっくんはしばらく別行動だったんだけど、帰りは一緒に帰ろうって決めてたの。それで、夕方五時に瓢箪池の畔で待ち合わせていたってわけ」

「美紗チンのいうとおりだ。先に瓢箪池に着いた俺は、美紗チンのやってくるのをボンヤリと待っていた。そこに女がやってきたんだ。女は俺の背後から、ポンポンと肩を叩いた。俺はてっきり美紗チンだと思って、無警戒なまま振り返った。だが、そこに立っていたのは、俺の知らない女だった。おや、と思った次の瞬間、その女は俺の顔を目掛けていきなり、こうだ――」

と、いいながら大島敦史は右手を振り下ろすアクション。

多摩川部長は腕組みしながら頷いた。「ふむ。いきなり殴られたってわけか……」

すると意外なことに、「違うよ、馬鹿！」大島は強い口調で部長の発言を否定すると、自分の頭を指差しながら、「殴られたんじゃねえ。切られたんだよ！」

「切られた⁉」思いがけない言葉を聞いて、部長は眉間に皺《しわ》を寄せた。「おいおい、馬鹿いってるのは、そっちだろ。おまえは切られたんじゃない。棍棒みたいなもので殴られたんだ。ああ、間違いない。俺たちは、おまえが女に棍棒で殴られて無様《ぶざま》に池に落っこちるまでの一部始終を、非常階段の踊り場から温かい目で見守っていたんだからな」

「あーッ、おまえら、覗いてやがったな！」事情を把握して、気色《けしき》ばむ大島。

まあまあ、それはこの際、いいじゃありませんか、と僕が両者の間を取り成す。一方、八橋さんは冷静に真田先生に確認した。

「大島の奴は、あないなこといってますけど、実際のところ、どないなんですか、先生？」

大島の額に包帯を巻いていた真田先生は、手を止めて答えた。

「ええ、大島君のいうとおりよ。彼の眉間の傷は、殴られてできたものじゃない。鋭い刃物でスパッと切られたものよ。たぶん、凶器はよく切れるナイフかカミソリね。傷口を見れば一目瞭然よ。見てみる、八橋君？」

「え、ホンマですか。どれどれ」八橋さんは大島の額の包帯をいったん解いて、しげしげとその傷口を観察した。「なるほど、スパァッといかれてんなあ。見てみい、流司」

「本当か。どれどれ」多摩川部長も傷口を覗き込む。「うーむ、これは、スパァッどころじゃない、スパァーッとやられているな。おい、涼、おまえも見てみろ」

えー、僕もやんなきゃ駄目？　やれやれ、これも副部長の務めか。僕は大島の額に顔を寄せ、「どれどれ、うわあ、こりゃスパァーッどころじゃない、スッパァァァ――」

「いい加減にしろ――ッ！」大島が立ち上がって叫ぶ。額の傷がオモチャにされていることに、ようやく気付いたらしい。「なんで俺が探偵部の三段落ちに付き合わなきゃならねえんだよ！　他人の傷で遊ぶな！」

だが、そんな彼の怒りは放っておくとして、どうもこれは奇妙な話になった。

僕ら探偵部の三人は、大島敦史が謎の女に襲われる瞬間を確かに目撃した。では、そのとき女はナイフを手にしていたか。答えはノーだ。女が右手に握っていたのは、先が膨らんだ棒状の物体。棍棒、そのものかどうかは不明だが、それに似た物体だった。部長や八橋さんもそのように認識しているのだから、間違いはない。

だがその一方、被害者の受けた傷が、殴られた傷ではなく、刃物による切り傷であることも、動かしがたい事実だ。

これは、いったいどういうことなのだろう。大島敦史は棍棒のような物体で、額を切られたというのか？　カミソリのようによく切れる棍棒があるとでもいうのか？　あるいは棍棒のような恰好をしたカミソリがあるとでも——いやいや、そんな馬鹿な。

「おまえは、その女が右手に持っていた刃物をハッキリと見たのか」

納得できないような顔で部長が問う。すると、大島は急に歯切れが悪くなり、

「いや、それはその……いきなりだったから身を守るのが精一杯で……おまけに池に落っこちてパニックだったし……切られたという認識だけはあったんだが……」

要するに、切られた本人もどんな凶器で切られたか、よく判っていないらしい。

首を傾げる僕らの前で、真田先生が指を一本立てて主張した。

「奇妙な話だけれど、ひとつだけ確かなことがあるわ。これは多摩川君たちが思っているような、『いけ好かないイケメン野郎が、昔フッた女の仕返しを受けて、棍棒でぶん殴られて池に落ちた』という、愉快痛快な事件ではないってことよ」

「………」誰も、愉快痛快なんていっていませんよ、真田先生。

「なにしろ、凶器が刃物なんだからタチが悪いわ。あと少しでも、犯人と大島君の距離が近かったなら、刃の切っ先は大島君の額をさらに深くパッサァァ——ッと」

「あ、先生まで、俺の傷で遊ぶんですね……」大島敦史はショックを隠せない様子。

「遊んでないわよ。こんな軽傷では済まなかったはず、そういいたいだけよ」そして、真田先生はようやく結論を語った。「要するに、これはまさしく通り魔を思わせる犯行

だってこと。怪我の程度が軽かったからといって、いい加減に扱うべきじゃないわ」

そう話し終えると、真田先生は白衣の裾《すそ》を翻して、デスクの上の電話機に向かった。受話器を取って、指先で1の数字をプッシュする。その瞬間、多摩川部長が猛然と電話に駆け寄り、フックを指で押さえつけた。

「なにするの？」

と厳しい視線を向ける養護教諭に向かって、部長は真剣な口調で訴えた。

「まさか警察を呼ぶつもりじゃないでしょうね、先生。駄目です。警察だけはやめてください。『鯉高祭』は明日も続くんですよ。いま、このタイミングで警察を呼んだら、間違いなく大騒ぎです。明日のイベントは全部中止になるでしょう。僕ら三年生にとって、最後の学園祭が、こんな卑劣な犯罪者のせいで台無しになるなんて許せません。きっと三年生全員が同じ気持ちのはずです」

「多摩川君……」先生は心打たれたように息を呑んだ。

「だから、お願いします、先生。警察への通報は一日だけ待っていただけませんか。いや、一日が無理なら、せめて半日。明日の『ミス鯉高祭』のイベントが終了するまでは待ってください。誰が今年のミスに選ばれるか、僕はその結果を見届けたいんです。きっと男子全員が同じ気持ちのはずです——」

「多摩川君……」先生は脱力したように息を吐いた。「警察、呼びましょ。君の話、途中までは説得力があったけど、後半がまるで共感できないから」

僕も同感。部長が妙に真剣だから、絶対裏があると睨んでいたが、ミスコン目当てとは呆れた。

再び受話器を取る真田先生。すると今度は被害者であるはずの大島敦史が、

「待ってください、先生。やっぱり、僕も『ミス鯉高祭』の結果は気になります！」

「なにいってんの！　通り魔とミスコンと、どっちが重要だと――」そこまで口にして、真田先生の顔がハッとなる。「ミスコンが重要って思ってるのね、あなたたち！」

素直に頷く部長と大島。溜め息を吐く真田先生。

「まあまあ」と八橋さんが割って入る。「ミスコンはともかく、学園祭を中途で終わらせたくない思いは、誰も同じのはず。それに先生は通り魔といいますけど、これホンマに通り魔ですか。いや、たぶん違いますよ。なぜなら犯人は大島の肩を叩いて、わざわざ正面を向かせてから殴りかかった――」

「切りかかった、だ」大島が細かく指摘する。

「どっちでも、同じこっちゃ。要するに、犯人は相手の顔を確認してから、犯行に及んだわけや。これは通り魔の手口とは違う。犯人は誰彼構わず襲いかかってるわけやない。犯人の狙いは、大島敦史ただひとりや。それやったら、とりあえず大島の周囲にさえ気をつけていれば、他の生徒や一般客に被害者が出る危険はない。違いますか、先生」

「確かに、いわれてみればそうだけど。――でも、大島君はそれでいいの？　刃物を持った犯人がまた襲ってくるかもしれないのよ。万が一の場合、誰が彼の身を守るの？」

真田先生の真面目な疑問に対して、我らが探偵部部長は胸を叩いて宣言した。

「任せてください。大島敦史の安全は僕ら探偵部が守ります。ですから先生たちも、卑劣な行為に屈することなく、予定どおりに明日の『ミス鯉高祭』を開催してください！」

いいですね、必ずですよ、と何度も念を押す多摩川部長。

結局、おまえのモチベーションはそれかいな⁉　と八橋さんが溜め息を吐いた。

# 四

翌日は快晴の日曜日。『鯉高祭』の二日目だ。学園は今日も様々なイベントが催され、華やかな雰囲気に包まれている。そんな浮かれ気分の校内で、僕ら探偵部の三人は、大島敦史の身辺警護という重責を担《にな》っていた。この任務に失敗は許されない。

「そう、失敗は許されない」そういって、多摩川部長が両手のコテを返す。宙を舞ったお好み焼きが鉄板の上でグチョとなって――「ワーッ！」部長が滅茶苦茶に掻き回す。

「ええ加減にせえ！　なんぼキャベツ炒め作ったら気がすむねん！」

目の前で繰り広げられているのは、まるで昨日のリプレイ。ただ違っているのは、お好み焼きを焼く部長と八橋さんの隣で、慣れない包丁さばきでキャベツを切っているのが大島敦史であるという点だ。探偵部の出店で作業をともにしていれば、妙な奴に命を狙われる心配もない、という部長の考えである。確かに安全は確保されるだろうが、これは身辺警護という美名のもとにおこなわれる、ある種の労働搾取《さくしゅ》では？　という疑念も残る。

だいいち（これがいちばん問題なのだが）、お好み焼きを焼いてばかりいては、昨日の怪事件は一歩も進展しないのだ。痺《しび》れを切らしたように、僕は訴えた。

「事件の話はしなくていいんですか、部長！」

「判った判った」部長は溶いた小麦粉を鉄板に流しながら、大島に尋ねた。「じゃあまず、大島のことを恨《うら》んでいる女について聞こう。心当たりはあるよな」

「決め付けるな。俺は女子にはモテるばっかりで、恨まれることはほとんどない」

「そういう奴に限って、山ほど恨まれているんだぞ。女子からも男子からも」部長は質問の矛先を変えた。「じゃあ、大島のことを嫌っている男をひとり教えろ」

「おまえ以外でか？」

「ああ、俺以外でだ」

「じゃあ、中園《なかぞの》だな。二年の中園卓也《たくや》。写真部だ。あいつは高橋雪乃に対して一方的にジトッとした愛情を傾けているんだ。だから、あいつは俺が高橋雪乃と付き合っていたことが許せないし、俺が彼女をフッたことも気に入らない。あいつは俺に対してジメッとした嫌悪感を抱いている。間違いない」

「ジトッとしてジメッとしてるのか。うっとうしい奴だな。よし、判った」

部長は頷き、手にしたコテで僕を手招きした。「おい、涼！　おまえ、これから中園卓也のところにいって、話を聞いてこい。質問内容は、ただひとつ。『大島敦史のことを恨んでいる女子は誰？』。これだけだ。きっと、大喜びで教えてくれるだろう」

なんでだよ！　と大島は不満顔だが、これはなかなか賢いやり方だと、僕は感心する。

「さすが部長、被害者の敵を味方につける作戦ですね」

やりがいのある任務を与えられた僕は、「了解しました！」と部長に向かって最敬礼。スカートの裾を翻しながら、すぐさま中園卓也を探しに校舎へと駆け出していった。


中園卓也の教室にいくと、そこはコスプレ喫茶だった。男子は女装、女子は男装、という縛りのようだ。興味深い催しだが、いまはお茶している暇はない。髭《ひげ》を生やした身長百八十センチのブロンド美女に中園卓也の居場所を聞くと、

「写真部の展示会場にいるはずよ」と、野太い声で教えてくれた。おえ。

情報を得た僕は、すぐさま展示会場となった会議室へと足を向けた。

そこでは制服姿の男子が、ひとりポツンと受付のパイプ椅子に座っていた。小柄で痩《や》

せ型。顔立ちはそれなりに整っていて賢そうな風貌。銀縁眼鏡《めがね》がよく似合っている。だが、その全身から放たれる負のオーラを察した僕は、彼こそが中園卓也に違いないとの確信を得た。

だが、まずは敵陣視察とばかりに、僕は写真部の展示を鑑賞。迷路のように配置されたパネルに、数々の名作が飾られている。神業《かみわざ》の如《ごと》きピンボケ写真、バッチリと背景にピントの合ったポートレイト、決定的瞬間を捉《とら》えた迫力満点の手ブレ写真、等々……。

半ば感心しながら会場を一周した僕は、すぐさま受付の彼のもとに歩み寄った。

「僕のデジカメ貸してあげようか、オートフォーカスで手ブレ補正付きだよ」

「なにがいいたいんだ」受付の彼は眼鏡の奥からジトッとした眸《ひとみ》を僕に向けた。「君、探偵部の霧ケ峰涼だな。なんの用だ。写真部に入りたいのか」

「ごめん。この展示を見た後で、それは無理」丁重に入部の誘いをお断りした僕は、さっそく部長から与えられた用件を切り出した。「中園卓也君だよね。君に聞きたいことがあるんだ。ええっと——『大島敦史のことを恨んでいる女子は誰？』」

「はあ、なんだそれ⁉　大島敦史が、どうかしたのか。なに調べてるんだ、探偵部」

「いやなに、それは機密事項……」と、曖昧な態度で逃げようとした僕だが、それでは向こうも納得しない。結局、「ここだけの話だよ」と前置きし、僕は昨日の事件について中園卓也に話して聞かせた。「あのね、実はね、大島敦史が瓢箪池で謎の女にね……」

結構ベラベラ喋る僕。彼は時折指先で眼鏡を押し上げながら、黙って聞いていた。

「なるほど。大島敦史を恨んでいる女子が、とりあえずの容疑者ってわけか。それを僕に尋ねにきた理由については、敢えて聞かないでおいてあげるよ」

皮肉っぽくニヤリと笑った中園卓也は、パイプ椅子に座ったまま腕を組んだ。

「しかし、大島敦史を恨んでる女子か。男子なら僕も含めて大勢いるけど、彼、いちおう女子には人気だからな。でもまあ、すぐに思い浮かぶ顔ぶれが、三人いるかな」

「へえ、容疑者は三人かあ。ちょうどいい数だね。それ、教えてよ」

「いいけど、『ちょうどいい』ってなんだ？　なにが、『ちょうどいい』んだ？」

中園卓也は神経質そうな一面を覗かせてから、三人の容疑者について説明した。

「ひとり目は大島の同級生、有沢美香《ありさわみか》だ。こいつは大島に対して一方的かつ異常なまでの好意を寄せている女子だ」

「好意？　敵意じゃなくて？」

「馬鹿だな。好意と敵意は紙一重なんだよ。有沢美香は大島敦史のことが好きでたまらない。だが、大島は彼女の気持ちに気付きながら、それに応えようとはしない。そんな大島に対して有沢美香は、いつしか強い憎しみを抱く——よくある話だろ」

「人気スターが熱狂的なファンに刺される事件と、同じ構図だね」

「まさしくそれだ。実際、ここ最近の有沢美香はストーカーまがいの行為を繰り返し、大島敦史をずいぶん喜ばせていたらしい」

「喜んでたんだ、大島敦史！」

「人気のある証拠だってな。そういう奴だ」中園卓也はアッサリ断言すると、続いて容疑者の名を挙げた。「二人目は本山薫《もとやまかおる》。テニス部だ」

「テニス部ってことは近藤美紗と同じ部――あ、判った。本山薫君は近藤美紗のことが好きなんだね。だから、いま彼女と付き合っている大島敦史を恨んでいる。そういうことでしょ？」

「まあ、そのとおりなんだけど、君、なにか勘違いしてるだろ。本山薫はね、薫君じゃなくて、薫ちゃん。一年生の女子だよ」

「あ、そーなんだ」そういえば、いま僕らは容疑者の女子の話をしているんだった。本山薫はテニス部の女子か。え、てことは、つまり――「ゆゆゆ、百合《ゆり》なの！　本山薫ちゃんは同じ部の近藤美紗に対して百合的感情を抱いている。そーなんだ、むふ！」

「なに鼻息荒くしてるんだ、君！」中園卓也はハシタない僕を窘《たしな》めてから、「しかしまあ、確かに君の考えるとおりだよ。本山薫は自分の愛する近藤美紗を大島敦史に取られたと思って、彼のことを恨んでいる。これは充分、動機になるだろ」

なるほど。複雑な愛の形がここにも、か――「で、三人目は高橋雪乃ちゃんだね」

その名前が出た途端、中園卓也は「うッ」と呻《うめ》いて、動揺を露《あらわ》にした。やはり彼は高橋雪乃のことが大好きらしい。といっても一方通行のジトッとした愛情らしいのだが。

「ま、まあ、彼女の名前も、いちおう挙げないわけにはいかないだろうな」

彼は平静を装って、銀縁眼鏡を指先でぐっと持ち上げた。

「君も知ってるようだが、高橋さんは最近まで大島の馬鹿と付き合っていた。だが、奴のほうから一方的にフッてきたらしい。そんな彼女が、学園祭で近藤美紗といちゃつく奴の姿を見て、ふいに殺意を抱くというケースは、あって不思議はない。いや、しかし僕はもちろん高橋さんの無実を信じているよ。彼女が自分を捨てた男に対して、刃物を向けるなんてあり得ない」

ん、いまの話、『あって不思議はない』のか『あり得ない』のか、いったいどっち？ま、どっちでもいいか。とりあえず、聞くべきことは聞き終えた。任務完了だ。

「サンキュー、参考になったよ。それじゃ――」

「ちょっと待てよ、君」と、湿った声が僕を呼び止める。「せっかく質問に答えてやったんだ。もう少し事件のことを聞かせろよ。僕は、その奇妙な凶器の話に興味がある。要するに、凶器はなんだ？　棍棒なのか刃物なのか。探偵部は、どう考えているんだ」

「えーと、それは傷口から見て、刃物に間違いないはず、なんだけど……」

「でも、見た目は棍棒みたいだったんだろ。おかしいじゃないか。その犯人、逃げるときはどうだったんだ。手にはなにを持っていた？」

「え!? 逃げるとき——」そういえば犯人が逃げ去るときの姿を、僕はこの目で確かに見た。短距離走者のように大きく腕を振って走る女の姿を。「——はッ!」

僕はひとつの可能性に思い至り、思わずピンと背筋を伸ばす。そして、いきなり踵《きびす》を返した僕は、背中越しに中園卓也にお礼の言葉を伝えた。

「ありがとね。僕ちょっと、急ぎの用があるから、これで!」

「お、おい、待てよ、まだ聞きたいことが——」

中園卓也の声を振り切るように、僕は写真部の展示会場を飛び出していった。

僕は中庭に戻り、中園卓也の話を部長たちに報告。それからしばらく経過したころ。僕ら探偵部の三人と大島敦史は、揃って瓢箪池を訪れた。

ちなみに中庭の屋台は、この間「準備中」。もともと、そんなに流行《はや》ってなかったし、売れば売るほど赤字が膨らむ経営体質では、一分一秒を惜しんで営業する意味はない。

「で、瓢箪池がどないしたんや。まさか涼の頭で、事件の謎が解けたとでもいうんか?」

「いえ、解けたとまではいいませんけど、ちょっと思いついたことが——」

僕は先輩たちを前に、自分の考えを語った。「中園卓也との会話の中で閃《ひらめ》いたんです。問題なのは、逃げるときの犯人が手になにを持っていたかです。記憶にありますか」

「逃げるときの犯人!?」多摩川部長が呟く。「なにか持っていたか、八橋?」

「さあ、俺は覚えてへん。池に落ちた大島が面白すぎて、それどころやなかった」

「おまえら、どんだけ薄情なんだ」と不満そうな大島だが、彼にも同じ質問を尋ねてみると、「いや、俺は池の中でパニックだったから、犯人の逃げる姿はよく見ていない」

結局、先輩たちは誰も逃げる犯人の様子に注意を払っていなかったようだ。

「僕の記憶では、犯人は短距離走者のように勢いよく両腕を振って、暗がりに走り去っていきました。間違いありません」

「そういえば、そうだったな」と部長。「で、そのとき犯人はなにを持っていたんだ？」

「いえ、正確には判りません。小さな刃物を握っていた可能性はあると思います。だけど、棍棒はあり得ません。棍棒みたいな大きくて重い物を持っていたら、そんなに勢いよく腕を振れるわけがないですからね。あれ――ってことは、変じゃありませんか？　棍棒はいったいどこに？」

僕の指摘を受けて、ようやく部長たちも僕の疑問を理解したようだった。

「なるほど、いわれてみれば確かに変だな。襲いかかるときには右手に持っていたはずの棍棒が、いつの間にか消えている」

「正確には、棍棒やなくて、棍棒みたいなものが、わずかの間に消えてるわけやな」

「そうです。だけど棍棒にしろ、棍棒みたいなものにしろ、それに似た物体にしろ、一瞬で消えてなくなるはずはありませんよね」

「ふむ、ということは、必然的にそれの在《あ》り処《か》は一箇所しかないってわけだ」

そして僕らの視線は、ごく自然に瓢箪池の澱《よど》んだ水面へと向けられていった。

「昨日、大島が襲撃された場所は、ちょうどこのあたりだったよな」

多摩川部長は大島に念を押して、水面を見詰めた。濁った水のせいで深く見えるが、実際は手を伸ばせば水底に指が届くほどの浅い池だ。しばし腕組みして逡巡《しゅんじゅん》していた多摩川部長は、やおら制服の上着を脱ぎ捨てると、「仕方がない、やるか！」

ワイシャツの袖をまくり、部長は右腕を濁った水の中に突っ込んだ。八橋さんも、阿《あ》吽《うん》の呼吸で、部長に続く。僕は女子なので腕まくりはしないけど、近くにあった箒《ほうき》を手にして、水中に眠っているはずの異物を探った。

そんな僕らの活動を、大島敦史だけが啞然とした顔で眺めていた。いままでお好み焼きを焼く姿しか見てこなかった彼には、僕らの初めて見せる探偵部本来の活動が、新鮮なものとして映ったに違いない。

しかし、数分後――。僕ら三人の間には、早くも諦《あきら》めの雰囲気が漂いだしていた。

「ないな」「あらへんな」「ないですね」

瓢箪池の水中をいくら探っても、棍棒はおろか、空き缶ひとつさえ発見されない。多摩川部長は、「空振りか」と落胆の表情。八橋さんも、「なんでやろ」と首を傾げる。

「捜す範囲が間違ってるんですかね」と僕は少し離れた場所を、箒の先で探る。

「いいや、ここで間違いない。必ずなにかあるはず」多摩川部長は自分に言い聞かせるように、再び濁った池に右腕を突っ込んだ。すると、「――いてッ」

部長は小さく悲鳴をあげ、慌てて水中から右腕を引っ込めた。

「どないしたん？　カミツキガメに嚙《か》まれでもしたんか？」

「だったら、指がなくなってるところだ」部長は赤く血の滲んだ指先を見詰めて、恨めしそうな表情。「ガラスの破片でも触ったのかな……いや、待てよ！」

部長は、なにかを期待するように、勢いよく水中に腕を突っ込んだ。慎重に水底を確認する仕草。やがて、彼の表情にお宝をゲットしたような満足の表情が浮かんだ。ゆっくりと、水中から右腕を引き抜く部長。その指先は、一本の黒い棒のような物体を摘《つま》んでいた。

「見つけたぞ」部長は手柄を誇るように、それを僕らに示した。「凶器だ！」

部長の発見した凶器。それは十センチほど刃を伸ばした状態のカッターナイフだった。

## 五

それから、しばらくの後――

僕らは瓢箪池の畔にある飾り石やベンチに思い思いに腰を下ろして休憩中。

多摩川部長の手にはイカゲソ焼きが一本、まるでハタ坊のおでんのように握りしめられている。八橋さんは焼きトウモロコシ、僕はチョコバナナだ。探偵部の三人が、学園祭を満喫する高校生の雰囲気を全開にしている最中、傍らでは、大島敦史が深刻な顔で例のカッターナイフを見詰めている。

それは新品同様のカッターナイフで、刃先も鋭く尖《とが》っていた。

「俺、こんなもので切りかかられたのか……なんていうか、あらためて怖いな……」

「カッターナイフでよかったじゃないか」部長がゲソにかぶりつきながら、お気楽な口調でいう。「大型のナイフや包丁だったら、それこそ命にかかわるところだ」

「けど、やっぱり不思議や」八橋さんは焼きトウモロコシを見詰めながら、首を傾げる。「凶器はカッターナイフ。傷口は切られたような傷。そこだけ見れば、なんの問題もあらへん。けどそれやったら俺らが見た、あの棍棒みたいなものは、いったいなんやったんや。俺たち三人揃って、幻覚でも見たんかいな?」

「んなこと、どーだっていいだろ。やっぱ、警察に通報を――」

怯《おび》える大島の言葉を、部長が一方的に遮る。

「まあ、待て。ここまできたんだ。学園祭が終了してから通報しても、べつに遅くはないだろ」

いいえ、完全に遅いですよ、部長。僕は内心で呟きながら、その一方では、やはり学園祭が終わるまで、なるべくこのままでと願わずにはいられない。犯人のせいで、せっかくの祭りに水を差されるのは御免だ。僕は怒ったような勢いでチョコバナナをかじる。

「ん――!?」バナナの中から現れたのは、一本の棒。バナナに刺さった割り箸《ばし》だ。

それを見た瞬間、僕の頭に稲妻のような閃きがあった。

「あああッ！」

僕の唐突な叫びに、部長がゲソを落っことしそうになる。「ど、どうした、涼！　チョコバナナがタコ焼きの味にでもなったのか」

「そんなんじゃありません！」

「そうか、それならよかった」

部長はホッとしたように胸を撫で下ろすと、あらためて僕に尋ねた。「で、どうした。なにか気付いたのか。だったら、いってみろ」

「はあ、では僕の思い付きを、ひとつ聞いてもらえますか」

そういって僕は問題の凶器を手にして説明を開始した。

「カッターナイフというものは、それ自体が一本の棒のような形状ですよね。でもって、刃をいっぱいに伸ばせば――ほら、さらに長い棒になる。犯人はこの長い棒を右手に持っていたわけです。だけど、これだけでは棍棒には見えません。刃を伸ばしたカッターナイフが棍棒に見えたのだとすると、そこには、なにか付け加えられたものがあるはずですよね」

「付け加えられたもの⁉」部長が鸚鵡《おうむ》返し。

「そうです。それのせいで細長いカッターナイフは棍棒に見えた。そして、それは池の中でいつしか消え去り、後にはカッターナイフだけが残った——」

「ほう、おもろいやん。で、なんやねん、それって？」

「正確には判りません」僕は正直に首を振った。「ただ、漠然と想像はつきます。それはたぶん食べられるものでしょう。カッターナイフは、なんらかの食べられる物体によって、棍棒のような形に加工されていた。一種のカモフラージュですね。その棍棒のようなものは、犯行後、池の中に捨てられ、そして——」

「そして！」部長と八橋さんが声を揃える。

「そして——池に棲《す》む鯉や亀の餌《えさ》になったんです」

「餌かいな！」八橋さんが呆れたような嬉しそうな声。「なるほど。鯉や亀は外側の物体だけを食べる。食べても美味しくないカッターナイフが後に残った、ちゅうわけか。どや、流司、我らが副部長の渾身《こんしん》の推理は」

意見を求められた部長は僕を見下ろすように、「ふむ、まあまあだな」と余裕のポーズでゲソを喰《く》らう。「ひかひ、もうひっぽだな。なんらはのはべられるふったい——」

「ゲソ、呑み込んでから喋らんかい！　なにいうてるんか、サッパリやぞ！」

「あ、ほっか——ゴク！」部長はゲソを呑み込んでから、「しかし、もう一歩だな。なんらかの食べられる物体、というだけでは真相には遠い。それに、カッターナイフを食べ物で覆《おお》ってカモフラージュするというのは、口でいうのは簡単だが実際には難しいぞ。例えば、どんな食材を利用すれば、そんなことが可能になるんだ？」

部長の指摘はもっともである。実は僕としても、その点がもっとも自信のないところなのだ。僕は恐る恐る質問に答えた。

「例えば、肉とか……骨付き肉って、棍棒に似てると思いません？」

「確かに似てるが」そういう部長の顔には落胆の色がありありだった。「あのな、涼、カッターナイフを分厚い肉で覆ったら、ナイフとしての殺傷能力はなくなってしまうぞ。凶器として役に立たないじゃないか。じゃあ、なんのためのカモフラージュなんだよ」

「あ、そっか。それもそうですね」

「それにこのカッターナイフは新品同様に綺麗だ。肉の破片ひとつ付着していない。涼の推理は途中まではいい線なんだが、最後が間違っている」

「ほう」と八橋さんが疑わしそうに目を細める。「まるで、おまえには真実が判ってるみたいな言い方やないか」

「まあな。涼の推理が参考になった。なるほど、棍棒らしきものの正体が、カモフラージュされたカッターナイフだという意見には全面的に賛成だ。それに用いられたのが食べ物であるという点も、たぶん正しい。だが、それは鯉や亀の餌となって消えたのではない。もっと一瞬で、それこそアッという間に水中で消え去ったのだ。だから俺たちは誰も、その棍棒の正体を見ることができなかったのさ」

「一瞬で消え去った⁉」僕は思わず身を乗り出して聞く。「棍棒のような大きくて重い物体が、一瞬で消えたというんですか。信じられません」

「待て待て。確かに、俺は《棍棒のような物体》といったが、《大きくて重い物体》とはいってないぞ。それは、涼の勘違いだ。実際には、その《棍棒のような物体》は《大きいけど軽い物体》だった。およそ食べ物の中で、もっとも大きくもっとも軽い食べ物だ。中庭の出店にあったじゃないか」

出店にあったということは、やはり食べ物ということか。でも、いったいなんだ。大きいけれど軽い食べ物？　牛丼の大盛りか？　いや、あれは大きくて重いな。ていうか、重い軽いって、そういう意味じゃないのか。文字どおり重量の軽い食べ物――はッ！

僕は閃いた答えを口にした。「ひょっとして……綿菓子とか」

「そう、それだ。昨日以来、俺たちが棍棒のようなものと認識してきた奇妙な物体。その正体は綿菓子だったのさ。もちろん、カッターナイフが割り箸代わりというわけだ」

「………」思いがけない部長の推理に、僕は絶句した。

綿菓子で覆われたカッターナイフ。それが僕らの昨日見た棍棒みたいなものの正体だと、部長はいう。信じがたい推理だが、多摩川部長の言葉には説得力があった。

「考えてみろ。俺たち探偵部の三人は誰も凶器に触れていない。先が太くなった棒のような物体が、大島敦史目掛けて鈍器のように振り下ろされる、その瞬間を目撃しただけだ。そのときの印象から、謎の物体を棍棒と思い込み、それなりの重量感のある物体だと思い込んだ。だが実際には、棍棒の正体がふわふわの綿菓子だったとしても、なんの不思議もない。そうだろ、副部長」

「うーん、確かに。細長いカッターナイフに綿菓子を巻けば、それは自然と棍棒のような形になりますね」

「そやな。それに、綿菓子やったらカッターナイフの殺傷能力に、ほとんど影響を与えへん。犯人は綿菓子を右手に持ったまま、切りかかればええだけや」

「そう。その切りかかる姿が、俺たちの目には、殴りかかる姿に見えたというわけだ」

「それじゃ部長、その棍棒が一瞬で消えたのは、つまり……」

「うむ、そうだ。鯉や亀に食べられたんじゃないぞ。綿菓子は要するに砂糖そのもの。池の水に浸《つ》かった瞬間、アッという間に溶けてなくなった。後には真ん中の棒、つまりカッターナイフだけが残された、というわけだ」

どうだ理論的だろ、と部長は自信を覗かせる。確かに部長の推理は、今回の《大島敦史が棍棒で切られた怪事件》の真相をズバリ言い当てている。見事というしかない。

「おい、多摩川！」勢い込んで話に加わったのは、いままで唖然とした顔で僕らの議論を見守っていた大島敦史である。「おまえの話はよく判った。で、結局のところ誰なんだ。その奇妙な凶器で、俺に切りかかった女の正体というのは。おまえ、そこまで判っているんじゃないのか」

「まあ、判っていると威張るほどではないが、だいたいの見当は付くだろ。おまえのことを心から恨んでいる女子が、気象観測部に約一名いたはずだ。そして確か、気象観測部は雲に見立てた綿菓子を絶賛販売中じゃなかったかな……」

部長の遠まわしな指摘を受けて、大島敦史の顔がようやくハッとなった。

「――そうか、高橋雪乃！　あいつが犯人だったのか！」

怒りの表情で、大島敦史はすっくと立ち上がった。いますぐ、気象観測部の出店に駆け出し、高橋雪乃を捕まえて真相を吐かせてやる。そんな殺気だった気配を匂わせる大島を、冷静な関西弁が呼び止めた。

「まあ、待てや。高橋雪乃が犯人ちゅうのは、ちょっと単純すぎるんちゃうか」

八橋さんの言葉に、不満げな表情を向けたのは多摩川部長だ。

「単純、だと⁉　どこが単純なんだ」

「そうですよ、八橋さん」僕は思わず部長に加勢する。「確かに部長は単純ですけど、いまの推理は部長にしては珍しく単純じゃありません。間違っていないと思います」

「涼！　おまえ、さりげなく俺の悪口を挟むなよ！」と部長は細かくチェック。

「まあまあ」と僕らを宥《なだ》めてから、八橋さんは説明した。「流司の推理は、途中まではええ。棍棒の正体が綿菓子ちゅうところまではな。けど、《綿菓子》ゆえに《気象観測部》、ゆえに《高橋雪乃》という連想は単純すぎや。ええか、ポイントは凶器のカッターナイフや」

そういって、八橋さんは僕の目の前にカッターナイフを示した。

「涼、おまえ本気で相手を殺そうと思うときにカッターナイフを使うか。大型ナイフか包丁のほうが凶器としては確実やのに、なんでカッターナイフやねん？」

「それは……犯人は大島さんに対して殺そうというまでの意識はなかったんでしょう。ただ傷つけることができれば、それでよかった。要するに、単なる腹いせですね」

「そのとおりや」八橋さんは頷く。「そこで犯人は変装し、カッターナイフを綿菓子でカモフラージュして、大島敦史のもとに接近した。そして、犯人は大島の肩をポンポンと叩き、彼が正面を向くと同時に切りかかった。これは、なんのためや？」

「犯人は大島敦史の顔を傷つけたかったのでしょう。その方が腹の虫が収まるから」

「それも、たぶん正解や。すると、どういうことになる？　犯人には大島を殺すまでの考えはない。大島が生き残ることは、最初から想定されてる。そして、犯人はその大島の真正面に立ち、綿菓子を彼の頭に振り下ろした。ちゅうことは――」

「そうか！」僕は思わず指を鳴らした。「犯人は綿菓子を大島さんに見られても構わなかった。彼の口から凶器のトリックが明らかにされても、犯人は平気だったってことですね」

「そういうこっちゃ。しかし犯人が高橋雪乃である場合、綿菓子を見られて平気か？　いやいや、高橋雪乃が犯人で、トリックに綿菓子を利用したなら、それを見られることは絶対避けるはずやろ。綿菓子と気象観測部と高橋雪乃のことを、一直線に結びつける単純な奴が、世の中には大勢いてるんやから」

うるさい、と拗《す》ねたようにいうと、部長は膝《ひざ》を抱えて背中を向ける。八橋さんはニヤリと笑い、僕に対して説明を続ける。

「気象観測部の人間やなくても、金さえ払えば綿菓子は手に入る。真ん中の割り箸を抜いて、代わりにカッターナイフを差し込めば、凶器のカモフラージュは完成や。べつに高橋雪乃でなくても、誰でも犯行は可能や」

「そうですね。むしろ綿菓子を犯行に利用することで、犯人は疑いの目を雪乃ちゃんに向けようとした、そんな感じがしますね」

「そのとおりや。つまり、この犯人の目論《もくろ》みは二つ。ひとつは大島敦史をカッターナイフで傷つけること。もうひとつは、その疑いを高橋雪乃に擦《なす》り付けること」

「あれ⁉　だけど、もしそれが目的だとすると、犯人は最初の目的は達したけれど、二つ目の目的は達していませんよね。僕らでさえ、いまのいままでトリックに綿菓子が用いられていたなんて知らなかった。それを知らなければ、気象観測部の高橋雪乃ちゃんと結び付けることもできないわけですから」

「そや、そこがこの犯人の唯一の計算ミスやったんや」

「計算ミス、というと？」

「犯人はむしろ綿菓子のトリックの痕跡を現場に残したかったんや。そうすることで初めて、高橋雪乃に疑いの目が向くんやからな。けれど凶行の際、瓢箪池の端でバランスを崩した犯人は、うっかり凶器を池に落っことしてしもうた。えらい凡ミスや。綿菓子は水に溶けてなくなった。大島の傷口に付着したはずの綿菓子も、彼が池に落っこちたせいで水に洗われてしまった。おまけに大島は切りかかられた瞬間の記憶が曖昧で、綿菓子で覆われた凶器のことを覚えていなかった。離れた場所から事件を目撃した俺たちには、綿菓子は棍棒のようにしか映っていなかった。結果、現場にも人の記憶にも綿菓子の痕跡は、ゼロ。犯人は、大島の額に傷を残すことには成功したが、高橋雪乃に罪を擦り付ける作戦には失敗した、ちゅうこっちゃ」

「そういうことだったんですか」先輩の推理に僕は感嘆の声をあげ、そしてさらなる期待を込めて尋ねた。「で、その犯人というのは、要するに誰なんですか」

「それは判らん。けどまあ、いままで話に上がった人物の中で、大島敦史に恨みを持ち、なおかつ高橋雪乃に対しても底意地の悪い感情を抱いている人物ちゅうたら、ひとりしかいてへん。そいつが犯人である可能性は高いやろな」

確かに、該当する人物は、僕の頭の中にもひとりだけ思い浮かぶ。

「写真部の中園卓也ですね」

高橋雪乃と付き合い、それを捨てた大島敦史に対して、中園卓也は恨みを抱いている。と同時に、自分の一方的な愛情に応えてくれない高橋雪乃に対しても、彼は屈折した感情を持っていると考えられる。今回の犯人像にピッタリの男だ。――ん、男？

「あれ、中園卓也って、男子ですけど……」

「男子で、ええやないか。学園祭なんやから、女装した男子も男装した女子も結構いてるで。中には女子に混じっても違和感ないような《男の娘《おとこ》》もおる。なんでもありや」

「なるほど、確かに『鯉高祭』ならではの犯罪ですね」

頷きながら、僕は頭の中の中園卓也に女性の恰好をさせてみる。小柄で痩せていて、端正な顔立ちの彼なら、女装が結構似合いそうだ。カツラをかぶれば、髪の長い女子に見えるだろう。

犯人は中園卓也だ。写真部の展示会場では、高橋雪乃の味方であることをアピールしていた彼だが、本当のところは、彼女を陥《おとし》れようと卑怯《ひきょう》な手段を用いていたわけか。

僕から見れば、大島敦史に刃物で切りかかるより、むしろ許しがたい行為に思える。

では、高橋雪乃を陥れる作戦に失敗した彼は、これからどうするのだろうか。事件と無関係を装うのか、それとも——

そんなふうに考えを巡らせた僕の背後から、ふいに聞こえる誰かの足音。振り返ると、銀縁眼鏡を光らせながら駆けてくるのは、噂の彼、中園卓也だ。

「やあ、霧ケ峰君、捜してたんだよ」

中園卓也は僕の前にたどり着くと、一方的に語りはじめた。

「実はあれから僕も、事件について考えてみたんだ。そしたら、思いついたんだ。例の棍棒みたいな凶器、あれは刃物を綿菓子で覆ったものだったんじゃないか。ほら、君も知ってるだろ。気象観測部が売ってる綿菓子。あれだよ。探偵部が本気で事件の謎を解きたいのなら、僕は気象観測部を詳しく調べることをお勧めするね……あれ、そういえば……探偵部の人たちが揃っているようだけど……え、なに、どうかしましたか。俺、なにか変なことといった⁉　え⁉　ええ⁉」

不穏な空気を察してか、引き攣った顔であたりを見回す中園卓也。多摩川部長が立ち上がって彼を睨む。八橋さんも無言のまま冷ややかな視線を彼に浴びせる。僕は射抜くような目で彼を見ていたに違いない。無言のプレッシャーが見えない網のように、中園卓也を追い詰めていく。やがて、緊張が最高潮に達した、そのとき！

「貴様ぁ——ッ！」絶叫とともに、いきなり猛スピードで飛んできたのは、この事件の被害者、大島敦史だ。「喰らえ、天誅《てんちゅう》うううう――ッ！」
次の瞬間、大島敦史が放つ渾身のドロップキックが相手の顔面に炸裂《さくれつ》！
中園卓也の顔から眼鏡が吹っ飛び、その口からは悲鳴があがる。
そして彼の身体《からだ》は瓢箪池へと頭から落ちていった……。

# 霧ケ峰涼への挑戦

一

鯉ケ窪学園高等部の学園祭、通称『鯉高祭』は想像どおり波乱に満ちた展開となった。初日の夕刻には、瓢箪池の畔《ほとり》で奇妙な傷害事件が発生。被害者となった大島敦史は、二日目の午後、真犯人に対して怒りのドロップキックを炸裂《さくれつ》させて溜飲を下げた。真相究明に貢献した多摩川部長と八橋先輩は、探偵部の誇《ほこ》るツートップとしての面目を保ち、ご満悦。なにより、学園祭のメインイベント開始前に事件を解決できたことが、彼らにとっては嬉しかったらしい。ちなみにメインイベントとは『ミス鯉高祭』のことである。

「これで心置きなくミスコンを見物できるというものだ」と部長が本音を漏らせば、

「確かに事件のことが頭にあったら集中でけへんもんな」と八橋先輩も素直に頷く。

「じゃあ、後のことは任せたぞ、副部長」

「ほんなら、よろしゅう頼むで、副部長」

学園の中庭で、僕らが開いているお好み焼きの屋台。その傍らで、先輩二人は僕に手を振ると、揃《そろ》ってミスコン会場へと出掛けていった。二つの背中からは、大いなる期待感と下心が、じんわりとした熱気となり陽炎《かげろう》のごとく立ち上って見えた。欲求不満の男子高校生にとって、ミスコンという響きは妄想を刺激する魔法みたいなものらしい。

だが僕、霧ケ峰涼は欲求不満ではないし、そもそも男子でもないので、彼らの浮ついた感情が理解できない。ミスコンの何が面白いのだろうか。とはいえ、探偵にしては美少女の部類に入る僕のことだ、「おまえもコンテストの壇上に上がれ」と先輩たちに誘われたなら、「えー、僕そんな気、ありませんよー」と可愛《かわい》く遠慮しながら、いまごろはステージ中央でスポットライトを浴びていた可能性、無きにしも非《あら》ずだが——

しかし現実にはそんな誘いもなく、結局、僕に与えられた使命は屋台でのお留守番。その主な仕事は、売れ残ったお好み焼きを一枚でも多く誰かに売りつけることだ。

「もう、ミスコン、始まったのかな……」

屋台の並ぶ中庭は、先ほどまで人で溢《あふ》れていたが、いまはだいぶ閑散としている。生徒の大勢がミスコンに流れたせいだ。僕は消化試合をベンチから眺める十人目の野球選手みたいな気分で、中庭の様子をぼんやり眺めるばかりだった。すると——

「よお、霧ケ峰、なんだ、ひとりで店番か？」

背後から語りかけてくる男の声。振り向くとそこには、腹部からダラダラと血を流した、体長一メートル七十センチほどの魚類の姿。

「……うッ」僕は小さく呻き、素早く目をそらした。また、なんか変な奴が現れた。関わらないほうが身のためだ。「…………」

「おいこら、シカトすんなよ、俺だよ俺！」

魚は胸ビレのあたりから伸びた手で、自分の顔を指差した。だが、いくら親しげに振舞われても僕の友達に魚類はいない。「……なに⁉　これってなに⁉」

「見りゃ判るだろ。鯉だよ、鯉。腐《くさ》った真鯉だ」

腐った真鯉と聞いて、僕はハッとなった。そういえば池上冬子先生率いる非科学部は、地学教室にて『緋鯉《ひごい》惨殺館』なるお化け屋敷を開催中で、そこには探偵部からも約一名、生贄《いけにえ》の子羊が差し出されていたはず。その子羊は確か、真鯉の腐乱死体の役を仰せつかったと聞いている。ということは――「赤坂君？　え、本当に赤坂通君なの」

腐った真鯉の頭部が、ほんの僅《わず》か前方に傾く。これでも全力で頷いたつもりらしい。

「あのー、赤坂君……頭、取ったら？　その恰好じゃ話しづらいでしょ」

「いや、そうでもないぜ。それに着ぐるみって、暖かいし」

「見た目が不気味だっていってるの！　いいから、頭、取って！」

あ、そうか、といって赤坂君は真鯉の頭を脱いだ。顔は男子、胴体は真鯉、そこから両手両足が伸びているという、これはこれで大変不気味な生き物が誕生した。

「いやあ、『緋鯉惨殺館』では、これ評判悪くてさ。誰も怖がらないし笑わないし。で、結局『おまえはもういい』って、池上先生に帰されたんだ。――ところで部長と八橋さんは？」

赤坂君は屋台の周辺を見回す。そんな彼は数少ない探偵部の正規部員のひとりである。今年の春に鯉ケ窪学園に転校してきた彼は、右も左も判らない状態の中、悪い先輩に騙《だま》されて探偵部に入部したという悲しい経歴を持つ。外見的にも性格的にも、これといった特徴のない普通の高校二年生。そんな彼が多摩川部長や八橋先輩の隣に立つと、彼らの特殊さが際立つ。それこそが彼の探偵部における最大の役割。つまり引き立て役だ。もっとも、真鯉の腐乱死体の着ぐるみ姿で、学園祭の会場を平然と歩けるところを見ると、彼ももはや先輩たちと遜色《そんしょく》ない変態気質を身につけたらしい。

そんな赤坂君の姿をしげしげと見詰めながら、僕は感慨深げに声を発した。

「なんか、久しぶりだね、赤坂君。ていうか、こうして会うの初めてみたい」

「そんなわけないだろ。保健室の寝台で男子が死んだ事件のときに会っているはずだ」

「ううん、会ってないよ。エックス山のＵＦＯ騒ぎのときに会ったっけ？」

「いいや、会ってない。あれ、不思議だな。同じ探偵部の二年生同士なのに……謎だ」

まさにミステリ。僕らは揃って首を傾げたが、納得のいく答えは見つからなかった。

「ま、たぶん、すれ違ってたんだね」

曖昧《あいまい》な結論でお茶を濁《にご》した僕は、遅ればせながら先ほどの彼の質問に答えた。

「部長と八橋さんなら、ミスコン見物にいっちゃったよ。赤坂君はいかないの？」

「いくよ、もちろん。霧ケ峰もいくんだろ」

「えー、女子が女子を眺めてもねえ」と、僕は首を振る。「それに、もうとっくに始まってるんじゃないの、ミスコン?」

「いや、まだ間に合う。さっき貰《もら》ったチラシには、午後三時半からって書いてあった」あれ、変だな。僕の記憶では三時からだったはず――。だが三時半からなら、確かにまだ開始前だ。このまま屋台で留守番していても退屈なだけだし、お客も現れそうにない。だったら噂の『ミス鯉高祭』とやらを、男子に混じって覗いてみるのも悪くない。

結論に達した僕は、「じゃあ僕もいく」と笑顔で返事。そして目の前の赤坂君にひとつだけ注文をつけた。「ただし、着ぐるみは脱いでね。一緒に歩くの恥ずかしいから」

脱いだ着ぐるみと「準備中」の札をぶら下げた屋台を中庭に残し、僕らはミスコン会場へと向かった。

赤坂君が手許《てもと》のチラシを見ながら、僕を案内する。中庭から第一校舎へ。その側面にある非常階段の手前で足を止めると、彼は真上を指差した。「――この屋上らしいな」

「えー?」僕は眉《まゆ》を顰《ひそ》める。「屋上でミスコンなんて、聞いたことないけど」

「そうかな? 新人アイドルのキャンペーンは昔からデパートの屋上でやるものと決まってるぜ」

「いまどき流行《はや》らないよ、そういうの。ていうか、ミスコン出場者はアイドルじゃないし……」

だが、赤坂君は気にせず非常階段を上りはじめた。仕方がないので、僕も後に続く。

四階建ての校舎の屋上にたどり着いてみると、案の定、そこには人っ子ひとりいない。キツネに摘《つま》まれたような顔の赤坂君は、キョロキョロと周囲を見回す。

「ちょっと、それ見せて」僕は彼の手許から強引にチラシを奪い取った。「えーっと、なになに――『鯉ケ窪学園ミスコン開催！　二日目日曜の午後三時半から。場所は第一校舎屋上。参加希望者は当日、現地集合』って、なにこれ？」

素っ頓狂な僕の声に対して、そのとき即座に反応するもうひとつの声があった。

「おーッほッほッほ！」けたたましいばかりの哄笑《こうしょう》が屋上に響き渡る。「なにって、そこに書かれてあるとおりよ。それぐらいの漢字は、いくらなんでも読めるわよねえ」

馬鹿にした口調。驚いて振り向く僕。視線の先には、屋上に付き物の給水タンク。そのてっぺんに、茶色いブレザーの制服を着た女子の姿があった。チェックのスカートから伸びた両脚を肩幅に広げ、腰に手を当てたポーズで、彼女は僕らを悠然と見下ろしている。

「学園祭の華、ミスコンへ、ようこそ。歓迎してあげるわ」

感謝しなさい、といわんばかりの彼女は、いきなり給水タンクを蹴ってひらりと一瞬宙に舞い、そして次の瞬間には、僕らの目の前に機敏な仔猫《こねこ》のように降り立った。

色白の肌に切れ長の目。尖《とが》った顎《あご》と生意気そうな鼻。頭の両側で縛ったツインテールの髪が、柔らかそうに風になびく。華奢《きゃしゃ》な身体《からだ》つきで、背は低い。おまけにそれほど胸もない(他人のことをいえた立場ではないが)。しかし、すらりとした脚には、紺のソックスと黒のローファーがよく似合っている。全体としては、美少女と呼んで差し支《つか》えない外見。だが僕に向けられた視線には、なぜか刺々《とげとげ》しいものが感じられた。

「おまえ、誰だ？　いきなり現れやがって」赤坂君が詰め寄る。

しかし謎の美少女は眉ひとつ動かすことなく、「いきなり現れたのは事実だから、謝ってあげる」といいながらも、言葉とは裏腹に尊大な態度。そして生意気そうな鼻を彼に向けると、「でも、他人に名前を聞く前に、まずは自分から名乗るべきじゃないかしら」と、いっぱしの正論を吐いた。

「そ、それもそうだな。よし、判った」赤坂君は胸を張って、「俺の名前は赤——」

「赤坂通君でしょ。知ってるわ」美少女は小馬鹿にしたように、彼の答えを先回り。弄《もてあそ》ばれた赤坂君は、「知ってんなら聞くんじゃねえ」と、地団太踏んで悔《くや》しがる。

だが、彼女はそんな彼の様子など歯牙《しが》にも掛けずに、今度は僕に向き直った。

「あなた、霧ケ峰涼さんね。有名人だもの、もちろん知ってるわ」

有名人といわれても全然嬉しくはない。なぜなら、僕の名前が有名なのは、美少女探偵としてではなく、エアコンっぽい名前の変わった娘、としてだ。実際、過去に何度エアコン呼ばわりされて乱闘騒ぎになったか、枚挙に暇《いとま》がないほどだ。

それにしても、僕らの名前をとっくに御存知の、この娘はいったい何者なのか。

僕はあらためて目の前の少女に訝《いぶか》しげな視線を向けた。

「──あなた、誰？　名前は？」

すると、謎の美少女は小さく微笑《ほほえ》み、右手を自分の胸元に当てて、こう答えた。

「あたしは二年四組『おおがねうるる』。大金持ちの『大金』に平仮名の『うるる』よ」

「おおがねうるる？　おおがね……大金……大金うるる！」

漢字変換したその名前を頭の中でイメージした瞬間、僕は激しい衝撃を受けた。呆然《ほうぜん》とする僕に対して、大金うるるはズバリと人差し指を向け、挑発的に叫んだ。

「お判りよね、霧ケ峰さん」

「…………………………」

「あたしたちはライバルであることを」

「…………………………」

「生まれたときから宿命付けられた関係なのよ！」

いつしか僕と彼女の距離はゼロになり、二人は互いのおでこを擦《こす》り合わせていた。

睨みあう二人の姿は、まさに龍虎相搏《う》つの如《ごと》し。他を寄せ付けない雰囲気だ。

だが、待てよ。冷静に考えてみると、話に飛躍がありはしないか。三菱エアコン『霧ヶ峰』は長年愛され続けてきたエアコンの有名ブランド。一方ダイキン工業の『うるるとさらら』もまた、近頃人気のエアコンの定番商品だ。両者は確かにライバル関係にある。だからといって僕、霧ケ峰涼とダイキン——じゃなかった、大金うるるがライバル関係である必然性がどこにあるというのか（いや、どこにもない！）。

不毛な争い、という言葉が頭をよぎり、僕は彼女から自分のおでこを離した。

「あー、馬鹿馬鹿しい」僕は傍らの赤坂君にいった。「帰ろうよ。なんか、よく判んないけど、僕たち騙されたみたいだから」

「ああ、どうやらそうらしい。ここには何もないみたいだしな」

「待ちなさい、あなたたち。誰が騙したですって。聞き捨てならな——む⁉」

と、そのとき、うるるの視線が何かを捕らえたように、微妙に揺らいだ。うるるは僕らに突っかかるのを中断し、屋上の金網越しに向こうを見やる。第一校舎の向かいの建物は第二校舎だ。僕もうるるに釣《つ》られるように、彼女の視線の先を目で追った。

「なに、なに⁉　どうかしたの⁉」

「見てよ、あれ」うるるが第二校舎の端を指差した。「ほら、四階のいちばん端の教室。誰かが摑《つか》み合いの喧嘩《けんか》をしてるみたいよ」

「あ、ほんとだ。喧嘩だ、喧嘩！」赤坂君も野次馬っぽく金網にへばりつく。

確かに、第二校舎の端っこの教室で争っている二人の姿が、ガラス窓越しに窺《うかが》える。

「ねえ、赤坂君、あれって、片方は女の子なんじゃないの。制服の女子みたいだよ」

「ああ、もう片方はカッターシャツの男子だな。男子と女子なら、痴話喧嘩か？」

「でも、そんな生易しい雰囲気じゃないけど——あ！」

　僕の口から思わず甲高い悲鳴が漏れた。僕らが見詰める教室の中では、いままさに制服の女子が右手に何か光るものを取り出し、それを振りかざす仕草。次の瞬間、その女子が右手を振り下ろすと、いままで暴れていた男子が、突然動きを止めた。男子は急に力が抜けたかのように崩れ落ちて、窓枠の中から消えた。

　ガラス窓の向こうに見えるのは、いまは制服の女子がひとりだけだ。その女子の姿も、やがて後ずさりするようにして、教室の奥に消えていった。

　すべては一瞬の出来事だった。僕の隣で赤坂君が小刻みに身体を震わせた。

「お、おい、見たか、霧ケ峰、い、いまのって、まさか……」

「い、いや、まだ判んないよ、赤坂君」僕はいち早く衝撃から立ち直ると、「とにかく、いってみようよ、第二校舎の四階だね！」叫びながら猛然と僕は駆け出した。

　赤坂君も一拍遅れて走り出す。大金うるるもローファーの踵《かかと》を鳴らしながら後に続く。

　僕ら三人は非常階段を一列になって駆け下りていった。

# 二

中庭を駆け抜けた僕らは、第二校舎の玄関から建物の中に飛び込んだ。

ピークを過ぎたとはいえ、学園祭の最中だ。廊下や階段には大勢の生徒や一般客らがまだまだ溢れかえっている。その人ごみを避《さ》けながら、僕ら三人は階段を駆け上がった。

やがて僕らは四階の廊下に到着。左に折れると、目の前に教室がある。ここが四階のいちばん端っこの教室。つまり、先ほど僕らが第一校舎から目撃した教室に間違いない。

ところで、一般に学校の教室というものは、廊下に対して前後二箇所に出入口があるのが普通だろう。だが、廊下の突き当たりにあるこの教室は、出入口が一箇所しかない。いわば角部屋なので、他の教室とは構造が違うのだ。

先頭を切って教室にたどり着いた赤坂君は、当然のように一箇所しかない出入口の前で立ち止まった。出入口は左右二枚の戸板が平行に並ぶ、要するにどこの教室でも見かける引き戸だ。出入口の上には、二年四組のプレートが見える。

赤坂君は戸板の引き手に指を掛け、力を込めてそれを引いた。だが、次の瞬間、

「——あれ⁉」

彼の手は引き手からすっぽ抜けた。引き戸は開かないままだ。僕は赤坂君を押し退《の》け

て、自ら引き戸の前に立つと、彼と同じように引き手に指を掛けて、力を込めた。

「――おや⁉」

結果は同じだった。引き戸は開かず、僕の指先に奇妙な感触だけが残った。

「どうしたのよ、二人とも」僕らの背後から、うるるの尖った声が問いかける。「さっさと、そこを開けなさいよ。それとも、鍵が掛かってるのかしら？」

「いや、鍵じゃない……と思う。なあ、霧ケ峰」

「うん、鍵が掛かってるんじゃないけど……でも、開かないみたい。なんでだろ？」

僕はあらためて引き手に右手を掛けた。指先に力を込めると、引き戸は僅かながら動く。だが、開くことはない。鍵が掛かっているのとは違うし、中からつっかい棒をされているのとも違う。なんだか、木枠に戸板そのものが吸い付いているような感触なのだ。

「二人がかりで、力任せに引いてみれば？　案外、それで開くのかもよ」

うるるにいわれるまでもない。僕と赤坂君は頷きあい、互いの手を引き手に掛けた。

「せーの！」「そーれ！」

掛け声とともに僕と赤坂君が力を込める。すると、二人がかりの効果は確かにあった。引き戸はメリメリという音を立てて数センチ開いた。さらに力を込めると、

「――うわあ！」

ふいに手ごたえが軽くなり、いままでの抵抗が嘘のように戸板はあっさりと全開した。

訳が判らないまま、僕は先頭を切って教室の中へと飛び込んだ。教室の中はがらんとしており、学園祭の最中とは思えない静けさに包まれている。

僕の視線は真っ直《ます》ぐ窓際の一角に注がれた。整然と並んだ机や椅子の隙間から、白いカッターシャツと黒いズボンが垣間見《かいまみ》える。窓際に男子が倒れているのだ。

僕は机の間をすり抜けるようにして、倒れた男子に駆け寄った。そして、うつ伏せになった男子の背中を見た瞬間、僕は驚愕《きょうがく》のあまり腰を抜かしそうになった。

男子のカッターシャツは、絵の具のような鮮やかな赤で染まっている。そして、その背中からは一本のナイフの柄が突き出ていた。男子が死んでいることは一目瞭然だった。

「嘘……死んでる……死んでるよ……」

そのとき、赤坂君はまだ出入口付近に立っていた。彼の口からも驚きの声が漏れる。

「え、死んでる⁉　嘘だろ」

「本当だってば！　一年生の大野《おおの》君が死んでるの！」

「い、一年生の大野君って、誰だそれ。知り合いか」

「ううん、知り合いじゃないけど……とにかくそんなとこに突っ立ってないで、こっちきて自分の目で見てよ、赤坂君」

「よ、よし判った」赤坂君はようやく出入口を離れて、僕のほうへと駆け寄ってきた。

「本当か、霧ケ峰、死んでるなんて、まさか……」

「本当だよ、死んでるんだよ、間違いないって。見てよ、赤坂君」

僕は真剣な顔で叫ぶと、目の前に横たわる男子の背中を真っ直ぐ指差した。「ほら、シャツの背中に赤い絵の具で書いてあるでしょ――『死んでる・一年大野』って！」

「あ、ホントだ」赤坂君も納得の表情。「確かに一年生の大野君が『死んでる』」

「ね、いったとおりでしょ。――そういう解釈でいいんだよね、大野君？」

死んでる大野君は、ほんの僅か頷いただけだった。死体の演技に専念したいらしい。

僕は彼の背中から突き出たナイフの柄を摑んだ。引き上げると柄の部分だけが僕の手に残り、シャツのその部分には『致命傷』の文字が、これも赤い絵の具で書かれていた。

「どうやら、すべては誰かさんの悪ふざけみたいだね」憤慨《ふんがい》する僕。

すると、その誰かさんがいきなり僕らの背後から、「おーッほッほッほ！」と独特の甲高い笑い声を発し、そして「ゴホ、ゴホッ……ゲヘ」とむせた。妙な笑い方をするからだ。

振り返ると、やはりというべきか、そこには大金うるるの勝ち誇った姿。両脚を肩幅に開き、両手を腰に当てて、僕らを見下ろすように切れ長の目をさらに細めている。

さすがの僕もムッとなって、彼女のもとに歩み寄る。再び額と額を突き合わせながら、

「ちょっとダイキン……じゃなかった大金さん、これはいったいなんの真似！」

「あら、なんの真似かって⁉　さっき屋上でいったでしょ、霧ケ峰さん」

ツインテールの美少女は意地悪に微笑みながら、「見てのとおり、これはミスコンよ」

「はあ、ミスコン⁉ なにいってんの、これのどこがミスコンだって──はッ」

瞬間、僕の頭に閃くものがあった。屋上で大金うるるは確かに『ミスコンへ、ようこそ』といった。だが彼女は『ミス鯉高祭』とは、ひと言もいわなかった。

「なるほど、そういうことか」僕は腕組みして、隣の彼に呟いた。「赤坂君、どうやらミスコン＝美人コンテストと思い込んだのは、僕らの勘違いだったみたいだよ」

「ん、どういう意味だ、霧ケ峰？」

「判らないの、赤坂君。これはミスコン、すなわちミステリ・コンテストなんだよ」

「なに、ミステリ・コンテスト⁉ あ、そうか、なるほどなるほど、ミステリ・コンテスト、略してミスコンか──って馬鹿！ そんなのアリかよ、くだらねえ！」

「アリかナシかは、知らないけれど」そういって、僕は再び彼女に向き直る。「要するに、この娘は僕らが探偵部の人間であることを承知の上で、推理ゲームでひと勝負しようって魂胆みたいだね。そうなんでしょ、大金うるるさん──いや、大金うるる！」

「ふん、このわたしを呼び捨てとは、いい度胸ね。まあ、いいわ。許してあげる。そうよ、確かにこれはミステリ・コンテスト。出題するのは、わたしたち『鯉ケ窪学園ミステリ研究会』。そしてそれを解くのは、『鯉ケ窪学園探偵部』。いいわね？」

「うッ、あんた鯉ミスだったんだ。知らなかった」

『鯉ケ窪学園ミステリ研究会』、通称『鯉ミス』。それは日夜、ミステリの創作と評論に明け暮れるマニアック集団である。一方、我らが探偵部は、あくまでも実生活における探偵活動を旨とする実践的探偵集団。両者は似て非なる存在。よって普段から仲が悪い。

「よーし、そうと判れば、この勝負、逃げるわけにはいかないね」

僕は拳《こぶし》を握り、どこかで聞いたような決め台詞《ぜりふ》。「探偵部副部長の名にかけて！」

おまえ、意外と単純だな――赤坂君が呆《あき》れたように呟いた。

# 三

こうして、大金うるるの挑発に僕が全面的に乗っかる形で、ゲームはスタートした。

もはや馬鹿馬鹿しいなどとは、いってられない。これは探偵部と鯉ミスとの威信を掛けた真剣勝負なのだ。絶対に負けられない戦いが、そこにはある。それに推理ゲームなんて、いかにも学園祭のイベントって感じがして、ちょっと楽しい。でも、待てよ――

「そもそも、推理ゲームなら、解き明かすべき謎が必要だよね。中心になる謎はなに？大野君を殺した犯人が、誰かってこと？　それとも、他になにかあるの？」

「いい質問ね。もちろん、わたしたちは魅力的な謎を用意したわ。でも、その謎を発見するのも探偵の役割のひとつなんじゃないかしら」

うるるの言葉を聞いて、赤坂君がふと思い出したように出入口を指で示した。

「おい、霧ケ峰、謎っていえば、あれがそうなんじゃないか」

「そういえば、引き戸が開きにくかったよね。あれはいったい、なんだったの？」

見れば判る、そう赤坂君にいわれて、僕はさっそく問題の出入口に歩み寄った。なるほど、確かに彼のいうとおり。全開になった引き戸には明らかな細工の痕跡があった。戸板の上下左右に細長いガムテープが、びっしりと貼られているのだ。引き戸がすんなり開かなかった原因がこれだ。つまり、戸板は木枠に内側からガムテープで固定されていたわけだ。だが所詮はガムテープだから、力任せに戸板を引けばテープは剝《は》がれて戸は開く。先ほどの一件は、そういうことだったのだ。

「これって、要するに『目張り密室』ってやつ⁉」

珍しいな、と僕は内心驚く。『目張り密室』というのは、部屋の扉や窓が内側からガムテープなどで目張りしてあり、それによってその部屋が密室になっていることを意味する。

この世に密室殺人ミステリは数あれど、目張り密室を扱った作品は、そう多くはない。カーター・ディクスンの『爬虫《はちゅう》類館の殺人』という作品が、目張り密室を扱った代表的な作品といわれているが、今回の事件（というかゲーム）は学校の教室を舞台にしているという点で、むしろ法月綸太郎《のりづきりんたろう》の『密閉教室』に近い。――と、そこまで僕が考えた

とき、

「いや、密室かどうか、まだ判らないぜ。窓が開いてるのかも」

　と、赤坂君が慎重な意見を口にする。だが、うるるは素早く首を左右に振った。

「窓はすべて施錠されているから、調べなくて結構よ。だいいち、犯人は四階の窓からロープを使って逃げました――なんて真相じゃゲームにもならないでしょ」

　それもそうだ。窓は犯人の逃走経路として考慮しなくていい。ならば、目の前の引き戸だけが、この教室の唯一の出入口と考えられる。そして、その引き戸には内側からガムテープで目張りがしてあった。推理ゲームのポイントは、どうやらこのあたりにあるらしい。

　僕は全開になった引き戸をピッタリ閉めてみた。その状態で、ガムテープの様子を観察しながら、赤坂君に意見を求める。

「教室の外に出た犯人が、戸板を内側からガムテープで固定する方法ってあるかな？」

「うーん、それは難しいと思うぞ。ガムテープは戸板と木枠の間に結構しっかりと貼り付いていた。俺と霧ケ峰が二人がかりで戸を引かないと開かないほどに。それだけしっかりとテープを貼り付けるためには、内側からなんらかの力でテープを押さえつけてやらないと駄目だ。教室の外にいる犯人に、それは無理なんじゃないか」

「うん、確かにそうだよね」

「それに時間も足りない。俺たちが屋上で異変を察知して、この教室に駆けつけるまでほんの数分だ。仮に、教室の外から目張りできるような、なにか上手《うま》いやり方があったとしても、そんな短時間で小細工するのは、現実問題としてほとんど不可能だろ」

「うん、僕もそう思う。つまり、教室の外からの目張りは無理。てことは――」

僕はくるりと踵《きびす》を返し、出入口を背にして教室全体を見渡した。「ひょっとして犯人は、まだこの教室のどこかに潜んでいるんじゃないの？」

「なるほど。密室殺人にはありがちな話だな。確認する必要はありそうだ」

僕と赤坂君は二人で教室を見て回った。椅子や机、教卓の陰はもちろん、カーテンの後ろ、果ては黒板消しの裏側に至るまで慎重に見て回ったが、どこにも人の姿はない。

「てことは、やっぱり、いちばん怪しいのは、ここだよね」

僕と赤坂君は教室の後方の一角にある細長い扉の前で顔を見合わせた。それは掃除道具を仕舞っておく縦長のロッカーだ。人が隠れるには、うってつけの空間だと思われる。

「うむ、誰かいるとすれば、ここしかないな――よし！」

赤坂君はロッカーの前に立ち、「殺人鬼、出てこいや！」と、勢いよく扉を開けた。

だが、ロッカーの中は数本の箒《ほうき》と塵《ちり》取りがあるばかりのガランとした空間。期待したような殺人鬼の姿は、どこにもなかった。赤坂君は溜《た》め息とともに扉を閉めた。

「どうやら、犯人はもうこの教室にはいねえみたいだな」

「つまり、犯人はすでに逃走済みってこと——そうだよね、大金うるる！」

「さあ、知らないわ」うるるはトボケた顔で肩をすくめる。「でも、あなたが全力で調べた結果、そういう結論に達したのならば、確かにそういうことかもね」

なにが、そういうことかもね、だ。ムッとする僕に、うるるは挑発的な視線を向ける。

「だけど霧ケ峰さん。犯人はすでに逃走したというけど、どうすればそんな真似ができるのかしら。唯一の出入口は、内側から目張りがしてあったのよ」

「判ってる。でも、その密室から脱出する方法も、ないことはないよ。方法はひとつだけある。ていうか、ひとつしかないよね」

　僕の強気な発言に、赤坂君が「え、おいおい」と、うろたえる素振り。うるるは細い目をさらにカミソリのように細めながら、「じゃあ、聞かせてちょうだい」と、相変わらずの上から目線。僕は冷静さを装いながら、口を開いた。

「目張りされた出入口から抜け出すことは不可能。だったら、脱出するチャンスは目張りが破られた後しかない。すなわち、僕らが力任せに引き戸を開けて、教室の中に飛び込んでいった、その直後に、隠れていた犯人は隙を見てこっそりと教室を出ていった。そう考えるべき——」

「ちょ、ちょっと待て」慌てた様子で、赤坂君が僕の話にストップをかけた。「よく考えろ、霧ケ峰。俺たちが教室に飛び込んだあの場面、霧ケ峰はすぐさま窓際の死体に駆け寄ったよな。でも、俺は出入口を入ったところで、しばらく突っ立っていたんだぜ」

「そういえば、そうだったね。赤坂君、なんでそんなところに立っていたの？」

「まさしく、おまえが考えたとおりさ。犯人が教室のどこかに隠れていて、脱出の機会を狙っている。そんな可能性を考えたから、俺は敢《あ》えて出入口の近くで立ち止まったまま、しばらく教室の気配を窺っていたんだ」

「そっか。で、そのとき出入口から出ていった人は、誰もいなかった？」

「ああ、いるわけない。俺が見張っているんだからな。誰かが出ていけば必ず気付く」

「そう、誰も出ていった人はいないんだね。うーん」

僕は思わず唸《うな》り声。だが、すぐに新たな可能性を見出し、パチンと指を弾《はじ》いた。

「判った。じゃあ、こういうことだね。あの場面、まず最初に僕が窓際の死体に駆け寄った。そこで『死んでる』男子を発見した。僕が驚きの声をあげて、赤坂君を呼びつけた。赤坂君は出入口を離れて、僕のもとに駆け寄った。この時点で、出入口は完全にフリーになったはず。だったら、このタイミングで、例えば机の陰に隠れていた犯人が、誰もいない出入口を通って廊下に逃げ去ることは、充分可能だった——そうでしょ、うるるん！」

「誰が『うるるん』よ！　勝手なあだ名、付けないでちょうだい！」

「あれ、気に入らない？　せっかく可愛く呼んであげたのに」

「うるる、で結構よ。可愛く呼ばなくていいの！」

　怒るだけ怒って、彼女はすぐに本題に戻った。

「確かに、あなたのいうタイミングで犯人が教室を出ていく可能性は、現段階では否定できないわね。でも、いっとくけど、わたしたち鯉ミスが、その程度の真相でもって探偵部に挑戦状を叩きつけると、あなた本気でそう思ってるの？　はん、鯉ミスも甘く見られたものね」

　確かに、うるるのいうとおり。僕の語った推理は、いわば密室を解き明かす上で、真っ先に考えるべき基本的なものだ。これが真相であるなら、それはゲームにもクイズにもなりはしない。ということは、この密室には、まだなにか奥があるということか。

「そういえば、あなたいま『現段階では』って、いったよね。つまり、この推理ゲームには次のステップが用意されているってことなの？」

「さあ、どうかしら」

　うるるは顎に人差し指を当てながら、独り言のように呟いた。「霧ケ峰さんの推理が正しいとすれば、犯人はこの出入口から廊下に逃げたってことになるわね。だったら、逃げていく犯人の姿を目撃した人物が、いるような気がするんだけど……」

　そして、ミスコンの首謀者は、閉じられた引き戸に、企むような視線を送る。

　なるほど。次のステップは教室の外か——

# 四

うるるの言葉に促され、僕は引き戸に手を掛けた。念のため、彼女にお伺《うかが》いを立てる。

「ちょっと教室の外を調べてみていいかな？　それともなにか縛《しば》りがあるの？」

「縛りなんかないわ。どこでも自由に調べて結構よ。ぜひ調べてあげてちょうだい」

あげてちょうだい？　変なことをいうな、と思いながら僕は引き戸を開け放つ。

僕と赤坂君は教室から廊下に出た。僕らの後に、うるるも続く。

そこは賑やかな学園祭の風景だった。普段、勉学の徒が学問に勤《いそ》しむ教室も、あるものは『喫茶室』に、あるものは『占いの館』に、あるものは『鯉ケ窪武道館』に、と様々な変貌を遂げていた。また再び、ここで真剣な授業がおこなわれる日々が訪れるのだろうか。その光景は、いまの僕には想像もつかない。

「ねえ、赤坂君、教室を出た犯人は、どっちに逃げると思う？　この廊下を真っ直ぐ逃げるか、それとも直角に折れて、すぐ傍《そば》にある階段を下りていくか？」

「階段だな。そのほうが人通りが少ないし、見通しも悪い。俺が犯人なら階段のほうに逃げる」

「うん、僕も同感だね」

頷きながら、さっそく僕らは階段を下っていった。すると――

三階に向かう途中の踊り場に、僕は重要な目撃者を発見した。おかっぱ頭に眼鏡を掛けた制服姿の女子だ。しかし、なぜ彼女が重要な目撃者であると判ったか。それは彼女が首から大きなプレートをぶら下げていたからだ。プレートには例の赤い絵の具で『重要な目撃者・一年倉橋《くらはし》』と書いてあった。大金うるるが『調べてあげてちょうだい』といったのは、彼女のことだったらしい。確かに僕らが調べてあげないと、彼女は単なる学園祭の晒し者だ。

「仕方がないな。おい、霧ケ峰、調べてやれよ」

「え、僕が？　いや、ここは赤坂君に任せるよ」

「えぇぇ、酷《ひど》いですぅ」倉橋さんは眸《ひとみ》をウルウル、唇《くちびる》をワナワナさせながら、「嫌がってないで、早く調べにきてくださいよぉ。この姿で、どんだけ待ってたと思ってるんですかぁ。目撃者の身にもなってぇ」と、僕らに対して切実な訴え。

「ああ、ゴメンゴメン」僕は慌てて泣き顔の彼女に駆け寄る。「ええと、それで、君はなにを知ってるの？　なんか用意された台本っていうか、台詞みたいなものがあるんでしょ？」

「えぇぇ、質問が雑すぎますぅ。もう少し、考え抜いた質問をお願いしますぅ」

出番を待った甲斐《かい》がない、と彼女はいいたいらしい。面倒くさい娘だな、と心の中で呟きながら、僕は目の前の『重要な目撃者』に、型どおりの質問を投げる。

「倉橋さんは、いつからこの踊り場にいたの？」

「三十分ほど前からですぅ。みなさんが階段を駆け上がるところも、ちゃんと見ていましたよぉ。それ以来、ずっとこの場所を離れてないですぅ」

「え、三十分間、ずっと？　どんな理由で？　この階段にぼうっと立ち続ける意味はなに？」

「えぇぇ、それは目撃者っていう設定ですからぁ、深く考えないでもらえますかぁ」

眼鏡の女の子はプレートを首にぶら下げたまま、答えづらそうに身をよじる。確かに、深く考える意味はないのだろう。要するに彼女はゲームの駒《こま》のひとつなのだ。

「判った。じゃあ、目撃者である倉橋さんに、大事な質問をするね。――君は、ここにいて、誰か怪しい人が階段を駆け下りてくるのを見なかった？」

「怪しい人ですかぁ……ええと、怪しい人、怪しい人ぉ……あ！」いきなり叫んで、倉橋さんはポンとひとつ手を叩き、眸を輝かせながらいった。「見ました見ましたぁ！　怪しい人が階段を駆け下りていくのを、確かにぃ！」

「…………」そんな小芝居、必要ないだろ、どうせゲームの駒なんだから！

イライラする僕をよそに、倉橋さんは独特の間延びした口調で説明する。

「いまから十分だか二十分だか、前のことですぅ。サングラスにマスクをした制服姿の怪しい女子がぁ、わたしの前を凄《すご》い勢いで駆け下りていきましたぁ。あれは絶対に、四階で人殺しでもやらかしたに違いないとぉ、彼女の様子を見て、わたしはそう直感しましたぁ」

「…………」どんな直感だ？　名探偵、顔負けだな。

いくらか馬鹿馬鹿しい気分を覚えながら、僕はうるるに確認した。「この『重要な目撃者』が嘘をついている可能性は、考えなくていいの？」

「ええ、考えなくていいわ。倉橋さんの直感が事実か否かはともかく、怪しい人物を見たという証言自体に嘘はない。彼女に限らず目撃者は全員、聞かれたことには正直に答えるわ」

「へえ、そういう設定なんだね。だったら、もうひとつ聞いていい？」僕はあらためて眼鏡の女の子に向き直った。「君、大金うるるって女を、正直どう思ってんの？」

「それは……その……消えればいいと……」

「妙なこと聞かないの！」うるるは目を三角にして叫ぶ。「あんたも正直に答えるな！」

「ご、ごめんなさい、大金先輩ぃ……だ、だけど、正直に答える設定だからぁ……」

上級生に怒鳴られて、倉橋さんは本気で泣き出しそうな顔。鯉ミスは上下関係が厳しいのだなあ、と僕は一年生に同情して、これ以上の質問を差し控えた。

「もういいよ、聞きたいことは聞いたから、彼女を自由にしてあげて」

僕の言葉に、うるるが頷く。「じゃあいいわ、倉橋さん、下がりなさい」

恥ずかしい役目から解放された倉橋さんは、首に掛かったプレートを外すと、「ええい、こんなもん！」と、それを踊り場の床に叩きつけ、顔を真っ赤にしながら逃げるように階段を駆け上がっていった。——退部かな、と僕は余計な心配。

「ふん、なによ、あの態度？　ゲーム終了後、即退部ね」

大金うるる、まさに暴君！　僕は探偵部で本当に良かった！

それはともかく、倉橋さんの証言は僕の推理を否定するものではなかった。犯人は隙を見て教室の出入口から廊下に出て、階段を下りて逃げた。その姿を倉橋さんが目撃した。なんの矛盾もない。だが、これでは推理ゲームは次のステップに移行しない。

「待てよ」と、赤坂君がうるるにいった。「おまえ、さっき『彼女に限らず目撃者は全員』っていったよな。ということは、倉橋さんの他にも目撃者がいるってことなのか」

「さあ、どうかしらね。気になるなら、捜してみれば？」

そういう彼女の視線は、真っ直ぐ階段の上に注がれている。

僕と赤坂君は、うるるの視線を追うように階段を上り四階の廊下に戻った。

目の前に現れたのは、今回の事件における、さらに重要な目撃者だった。学生服を着た坊主頭の男子だ。なぜ彼がさらに重要な目撃者であると判ったかは、もはや説明するまでもないだろう。彼の首からぶら下がったプレートには『さらに重要な目撃者・一年吉村《よしむら》』と書いてある。大金うるるは、いったい何人の一年生を晒し者にする気なのか。

それはともかく、僕はさっそく『さらに重要な目撃者』から話を聞くことにした。

「吉村君は、いつからこの廊下にいたのかな？」

「そういわれても、よく判らないっスね。十分前だったか二十分前だったか。いちいち、時計なんか見ないっスから、俺」

「そうか、そうくるか」ならば、質問の仕方を変えよう。「君がここにきたとき、あの二年四組の教室の出入口は、どうなっていた？　引き戸は開いていた、それとも閉まっていた？」

「開いていたっス。全開だったっスよ。そんで、出入口を入ってすぐのところに、その男の人が突っ立っているのが見えたっス」

そういって、吉村君は赤坂君を指で示した。赤坂君は、うんうん、と何度も頷いた。

「それは、俺たちが教室に飛び込んだ直後だ。俺はしばらく出入口付近に立っていた」

「それ以降、吉村君はこの廊下から二年四組の教室をずっと見ていたの？」

「ああ、見てたっスよ。この人は、出入口の前に立って、あたりを警戒している様子だったっス。それから、すぐこの人は出入口を離れていったっス」

「霧ケ峰のもとに駆け寄ったからだ。これで出入口はフリーの状態になった」

「じゃあ大事なのは、その後だね」僕は真剣な表情で、坊主頭の目撃者に尋ねた。「それで、吉村君、その誰もいなくなった出入口から、誰かが——いや、マスクにサングラスをした怪しげな女子生徒が出てきたはずなんだけれど、その姿は見たかな？」

「ん、ちょい待ち」

吉村君は両手を前に突き出し、おもむろに首を傾げると、顎に手をやり、「ええと……マスクにグラサンの女子……マスクにグラサン、マスクにグラサ……」

「ああもう！　小芝居はいいから、結論だけ喋りなよ。本当にイライラすんだから」

急《せ》かされて、吉村君はやっと答えを口にした。それは単純かつ衝撃的な答えだった。

「いや、見てないっスね」

「見てないって⁉　そんな馬鹿な」僕は吉村君に詰め寄りながら、「マスクやサングラスはしてなかったかもしれないよ。普通の制服を着た女子が、教室から出てこなかった？」

「いいや、怪しい奴も普通の奴も、誰も出てこなかったっス。出てきたのは、あんたたち、三人だけっスね」

「それは、ついさっきのことだよね。そうじゃなくて、それよりもっと前に、誰かがあの教室から出てきたはずなんだってば！」

「だから、誰も出てきてないっていってるっス！　間違いないっス！」

「うぅー」理不尽とも思える彼の証言に、僕は思わず唸り声。そして踵を返すと、抗議するように訴えた。「ちょっと、うるるん！　この男子、嘘ついてるんじゃないの？　本当に正直に答えてる？　そうは思えないんだけど」

うるるは呆れ顔でひとつ溜め息を吐《つ》くと、僕の問いにこう答えた。

「さっきもいったでしょ。目撃者は嘘をつかない。聞かれたことには、正直に答えるわ。もっとも、聞かれたことには正直に答えるけれど、聞かれてないことには、答えてくれないから、そのつもりでよくよく質問を選んでちょうだいね、霧ケ峰さん」

「本当⁉　本当に正直に答えるんだね。だったら、もう一度聞くよ」僕は再び吉村君のほうを向き、先ほどと同じ質問を繰り返した。「吉村君、あんた、この女を、どう思う？」

「……俺、結構好きっスよ……こういうドSな先輩……」

「やめろ、気色悪いわ、この一年坊主！」うるるは下級生を罵倒《ばとう》すると、今度は僕に向かって、「あんたの質問も、いまここでする質問か！　真面目にやんなさいよね！」

失敬な。僕は真面目だ。かつてないほど真面目に悩んでいる。

どうやら吉村君は、嘘をつかない目撃者という設定どおり、正直に証言しているようだ。だが、彼の証言が真実だとすれば、教室から犯人が脱出する唯一の機会は失われてしまう。

教室の唯一の出入口は最初、内側から目張りがされていた。目張りが剝がされてからは、赤坂君が出入口付近に立ちはだかっていた。赤坂君がその場所を離れて以降は、出入口はフリーだった——と思いきや、廊下には目撃者、吉村君がいた。彼の証言によれば、フリーになった出入口から出ていった者は、誰もいない。ということは——

「密室だ」赤坂君が呻くようにいう。「二年四組の教室はまさに密室だった……」

僕も彼の言葉に無言で頷いた。確かに、二年四組の教室は犯行直後から完全な密室状態にあったらしい。最初は目張り密室、その後は監視された密室。あくまでもゲーム上のこととはいえ、犯人が逃げ出す隙間はどこにもないように思える。

頭を抱える僕の様子を、ツインテールの美少女が愉快そうに見詰めていた。

「どうやら、提示された謎については充分に理解していただけたみたいね。ならば、問題篇はここまでよ。『誰が犯人か』ではなく、『犯人はいかにして密室から脱出できたのか』。事件の最大の謎はそこにあるわ。いつ、どのタイミングで、どうやって？　それを解き明かしてちょうだい。これはわたしたち『鯉ケ窪学園ミステリ研究会』からの挑戦よ」

うるるはズバリと胸を突くように、人差し指を僕に向けた。

「でもまあ、ちょっと難しいみたいだから、ヒントをあげるわ。この密室の謎は、あるひとりの人物に、あるひとつのことを質問すれば、たちまち解けてしまう。その意味では簡単な問題よ。誰に何を質問するべきか、よーく考えてみてちょうだいね」

「………」僕と赤坂君は、うるるの前に完全に沈黙した。

「あら、どうしたの、名探偵さん？　完璧な密室を前にして、もう戦意喪失ってところかしら？」

調子に乗った大金うるるは、手の甲を口許に当てるポーズで、「おーッほッほッほ！」と例によって甲高い哄笑。そして再び「——ゲホ、ゲホ！」と、激しくむせた。

く、悔しい！　大金うるる、全然賢そうじゃないのに！

# 五

それからしばらくの後——。僕と赤坂君は四階のとある教室にいた。そこは二年某組が企画した喫茶室。跳び箱やマットや平均台が配置された店内で、なぜかメイド服、ナース服、あるいはゴスロリの衣装を身につけた女子（あるいは男子）が、お客に薫《かお》り高い珈琲《コーヒー》をふるまうという、妙にマニアックで居心地《いごこち》の悪いコスプレ喫茶だった。

「しっかし、よくあんな恰好で人前に出られるな」と、赤坂君は本気の呆れ顔。

真鯉の着ぐるみ姿だった過去の自分を、いまの彼はすっかり忘れてしまったらしい。

ところで、僕らのテーブルには赤坂君と僕の二人だけ。一方、隣のテーブルにはゲームに関わった鯉ミスの面々が勢揃い。その中から、大金うるるが僕に試すような視線を送る。

「どう、霧ケ峰さん、誰に何を質問するべきか、結論は出た？」

いや、もうちょっと待って——僕は短くいって、鯉ミスの面々を眺め回す。

うるるを筆頭に、『死んでる』大野君、『重要な目撃者』倉橋さん、『さらに重要な目撃者』吉村君だ。

そんな中、僕の目は大野君に留まった。彼は死体役としてずっと教室の中にいた。犯人がどうやって密室状態の教室から脱出できたのか、彼に聞けば判るかも——

「あ、念のため、いっとくけど」うるるが珈琲片手に横目で僕を睨む。「死体に質問しようなんて、馬鹿な考えは起こさないでね。あなただって常識を疑われるのは嫌でしょう？」

「わわわ、判ってるってば！　そそそ、そんなことするわけ、ないじゃん！　ししし、死体に質問するなんて、そそそ、そんな非常識な真似……」

「ん⁉　おまえ、なに動揺してるんだ」赤坂君が訝しげに僕を見る。

「ううん、なんでもないよ」僕は誤魔化すように首を振り、やおら携帯を取り出した。

「こうなったら、なりふり構っていられない。応援を呼ぼう。探偵部の頭脳を！」

「探偵部の頭脳？」

首を傾げる赤坂君をよそに、僕は急いで携帯を操作した。

「あ、もしもし、霧ケ峰です。えッ、多摩川部長？　ごめん、間違えた。部長に用はないんだ。切るね」

　僕は一方的に電話を切って、「やばー、違う頭脳にかけちゃった」と頭を掻《か》く。それから、あらためて慎重にその人物の番号を呼び出す。数回のコールで、今度こそ本物の頭脳に繫《つな》がった。

「あ、もしもし、石崎先生？　いま、どこに……え、ミスコン会場？　ああ、そーなんだ……いや、実は僕らもミスコンの真っ最中でして……っていっても、意味判んないですよねえ」

『なに、そっちもミスコン？　ということは、ミステリ・コンテストだね』

「……はい」さすが石崎先生、話が早い。早すぎる。

『そりゃいい。こっちのミスコンより面白そうだ。どこで、やってる？　ふむ、〈不純喫茶、放課後の体育倉庫〉だね。よし、いまいく』

　数分後、喫茶室に石崎先生が登場。彼こそは探偵部の顧問であり、最高の頭脳である。

「うわ、なんだこりゃ、これがウチの生徒のやることか……」

　喫茶室の様子に目を丸くする石崎先生。だが、そんな先生の白衣姿は、コスプレ喫茶に妙に馴染《なじ》んでいた。石崎先生は本来、生物教師である。彼の白衣はコスプレではない。

先生は僕らのテーブルに着くと、さっそく珈琲を注文。僕らは先生に、鯉ミスが提示した密室の謎について詳細に語った。先生は興味深そうに僕らの話に耳を傾けた。うるるは教師がゲームに参加することについて、静観する構えのようだ。

僕らの話を聞き終えた石崎先生は、珈琲を啜《すす》って納得の表情。それから、先生は隣のテーブルに座るうるるのほうを向いて、念を押すように聞いた。

「この謎、僕が解いてもいいのかい？　ゲームの趣旨に反するような気がするけど」

「………」うるるは、まさか、という表情を浮かべた。「その口ぶりだと、まるで謎が解けたみたいに聞こえるけれど――嘘でしょ、信じらんない」

「いや、たぶん解けたと思うよ。試してみようか？」

自信ありげにいうと、石崎先生は悠然と珈琲を口にした。「話によると、今回の密室の謎は『あるひとりの人物に、あるひとつのことを』質問することで、簡単に解けてしまうそうだね。じゃあ、その質問、僕からさせてもらっていいかな、大金さん？」

「い、いいわよ」うるるは腹を括《くく》ったように頷く。「どうぞ、先生のご自由に」

「霧ケ峰君と赤坂君も、異存はないね？」

はい、もちろんです、よろしく頼みます、と僕らは従順な態度で先生に全部お任せ。

石崎先生は重々しく頷き、おもむろに席を立った。僕らのテーブルを離れ、うるるた

ち鯉ミスの面々が囲むテーブルに歩み寄る。そして一同の顔をゆっくりと見渡した。

大野君、倉橋さん、吉村君、そして大金うるるの表情も、緊張で強張《こわば》る。

そんな中――

「じゃあ、君に聞くよ」石崎先生はひらりと身体を翻すと、ひとりの生徒を指差し、鋭く質問の矢を放った。「君は教室から出ていった人間を、ひとりも見なかったそうだね。では僕からの質問だ。君は教室に入っていく人間を何人見たのかな、赤坂君？」

隣に座る赤坂君と、彼を指差す石崎先生。そして二人の顔を交互に見やる僕。

数秒間の沈黙があった後、赤坂君はニヤリと愉快そうな笑みを浮かべた。その横顔には、さすが石崎！　そう書いてあるように僕には見えた。ああ、彼は重大な何かを知っていたのだ！

赤坂君は、バレちゃしょうがない、とばかりに肩をすくめた。

「えーと、目撃者は質問された以上、その質問に対して正直に答えるのが、このゲームのルールでしたね。では、仕方がありません。正直に答えます。でも、ちょっと待ってくださいよ、いま記憶を呼び起こしますから……ええっと、確かあのとき……」

赤坂君は眉間を押さえながら考える仕草。目撃者が質問に答える際に、それらしい小芝居をするのも、このゲームに共通するルールらしい。呆れるより他はない。

「ああ、思い出しました。教室に入った人間は、僕の知る限りでは、ひとりだけ。霧ケ峰涼ですよ。彼女は僕と一緒に力任せに戸を開けた。そしてその直後、真っ先に教室に飛び込んでいきました。僕はその姿をこの目でハッキリ見ました。間違いありません」

「はあ、なにいってんの、赤坂君」僕は怒ったように、彼の顔を覗きこむ。「そりゃあ、僕は教室に真っ先に入ったよ。けれど、他にも教室に入った人間はいたじゃない」

「もちろん、いたさ。この俺が二番手だ」

「それも確かに事実だけど、その後に大金うるるも教室に……入っていった……はず……だよね……あれ？」

いや、待てよ。本当にそうだったか。僕の中で漠然とした不安が増していく。いままで僕が真実だとして疑わなかった出来事。その確信が急激に怪しくなるのを感じた。

「ん、そうだっけ⁉」赤坂君はとぼけるように首を捻る。「そういう霧ケ峰は、大金うるるが教室に入る瞬間を見たのか？　俺はあのとき、しばらく出入口付近で立ち止まっていたけれど、彼女が俺に続いて教室に入る場面を見た記憶はないぞ」

「………」

そういえば、僕も見た記憶はない。気がつけば、大金うるるは死体を眺める僕の背後に立ち、相変わらずの哄笑を僕に浴びせていたのだ。うるるは教室の中にいた。だから、僕は彼女が僕や赤坂君に続いて、出入口から教室に入ったものと思い込んでいた。

だが、事実はそうではなかった。うるるは教室に入らなかったのだ！

「じゃ、じゃあ、あのとき教室にいたのは誰？」僕は震える指先を、ツインテールの美少女に向けた。「僕が大金うるるだとずっと信じ込んでいた、この娘はいったい……」

「その娘は『うるる』ではないよ」石崎先生はうるると瓜《うり》二つの美少女を見やりながら、驚愕の真実を語った。「彼女は『さらら』だ。『うるる』と『さらら』は、双子の姉妹なんだよ」

# 六

石崎先生から真相を突きつけられた謎の美少女は、最後の強がりを示すように、

「ふん、やっと気がついたの？　ずいぶん時間が掛かったわね」

と憎まれ口を叩き、その直後、突如泣き顔になってテーブルに額を擦りつけた。

「ごめんなさ〜い。先生のいうとおりなんです〜。わたし、うるるじゃありませ〜ん」

「………」彼女の豹変《ひょうへん》振りに僕は啞然《あぜん》とするばかりだ。「え、嘘!?　じゃあ、あなた本当に『うるる』じゃなくて『さらら』なの!?」

呆れる僕の前で、彼女はペコリと素直に頭を下げて、あらためて自己紹介した。

「初めまして、うるるちゃんの双子の妹、大金さらら。早実に通う二年生です」

早実、という輝かしい響きに、コスプレ喫茶が微妙にざわめく。そんな中、さららはいきなり右手を振った。「うるるちゃ〜ん。ごめん、全部バレちゃったみたい〜」

え⁉　驚いて振り向くと、意外や意外。怒りに顔を紅潮させた制服姿のうるるが、すでに僕の目の前に立っていた。肩幅に脚を開き、腰に手を当て、不愉快そうに僕とさらを睨みつけている。確かに、こちらがうるるに違いない。目つきの悪さが妹より上だ。

「ガッカリだわ、霧ケ峰さん！　先生に助太刀《すけだち》を頼むなんて卑怯もいいとこね。さららも、なんで抗議しなかったのよ！　石崎先生は学園じゃ有名な推理マニアなんだから」

「だって、わたし早実だもん。鯉ケ窪学園の先生の評判なんか、知らないもん」

さららは可愛く口を尖らせる。うるるとさらら、同じ制服に身を包んだ二人が向かい合う姿は、まるで鏡を見ているようだ。これでは、僕が騙されるのも無理はない。

「でも、なんだか、まだ信じられません。先生、詳しく説明してくれますか」

僕の要求に応えて、石崎先生は順を追って解説を加えてくれた。

「要するに、大野君をナイフで刺した犯人、その正体は大金さららだったんだよ。その光景を第一校舎の屋上にいた霧ケ峰君は、偶然目撃した。偶然っていっても、うるるが書いた台本通りだけどね。しかし、建物の間は距離があるから、君は犯人の女子がうるると同じ顔だとまでは気がつかない。君は赤坂君やうるると一緒に二年四組の教室に駆けつける。君たちが到着するまでに、さららは教室の唯一の出入口に目張りをして、密室を完成させておく。そして、さららは教室のどこかに隠れた。隠れ場所はどこでもいいんだけど、まあ、掃除道具のロッカーがいちばん適当だろうね」

「そこに僕らが到着したんですね。出入口を開けようとするけど、なぜか開かない。そこで僕と赤坂君が引き戸を強引に開けた。僕は真っ先に教室に飛び込み、死体に駆け寄った。赤坂君は教室に入ったところで立ち止まっていた。そして、うるるは——？」

「うるるは教室には入ってこなかったんだよ。彼女は出入口の手前でUターンして、いま上ってきた階段へとまた戻ったんだ。そして彼女はマスクとサングラスで変装した後、あたかも犯人であるかのように階段を駆け下りていった。それを目撃したのが、『重要な目撃者』倉橋さん、というわけだ。彼女の証言に嘘はない」

「確かに」と僕は頷く。「うるるがUターンしたことに気付かないまま、僕は赤坂君を死体の傍に呼び寄せました。これで出入口はフリーになった。だけど結局、この出入口から出ていった人は誰もいなかったんですね？」

「そうだ。『さらに重要な目撃者』吉村君の証言のとおりだよ。彼の証言もすべて真実だ。犯人は教室を出ていかなかった。犯人さららは掃除道具のロッカーの中で、登場するタイミングを狙っていたんだな」

「僕が死体に気を取られているときが、狙い目ってわけですね」

「そうだ。君はこの事件が誰かの悪ふざけであることを知り、驚き憤慨する。そのとき、さららはこっそり掃除道具のロッカーから抜け出し、君の背後からいきなり登場する。犯人さららとしてではなく、推理ゲームの首謀者うるるとしてだ。さららは、精一杯うるるの嫌味な部分を強調して、姉の役を演じた。——そうだろ、さららちゃん？」

「はい、傲慢《ごうまん》で鼻持ちならない姉の姿をリアルに演じることが出来たと思います」

と、さららは納得の演技に頰を緩める。「ただし、あの甲高い笑い声だけは難しかったです。わたし、普段あんな下品な笑い方しませんから」

「あ、そっか！　それで、途中から急に笑い方が下手になったんだね」

「なに、納得してんのよ！　あたし傲慢じゃないし、下品な笑い方もしないわ！」

不満げに、うるるが叫ぶ。このとき、僕は二人の小さな違いに気が付いた。うるるは自分を『あたし』と呼び、さららは『わたし』と呼ぶのだ。さららは完璧にうるるの口調を真似していたが、その点だけは本来の自分が顔を覗かせていたわけだ。

「後のことは、だいたい判るだろ。突然、目の前に現れたさららを、霧ケ峰君はうるるだと信じた。当然、自分や赤坂君に続いて、教室に入ってきたものと思い込む。その場面を目撃したわけでもないのにね。だが、その思い込みのせいで、霧ケ峰君の目に犯人の姿はまるで見えなくなってしまったんだ。だって、君はうるると一緒に屋上から殺人を目撃している。うるるが犯人じゃないことは、君がいちばんよく知っているわけだからね」

「確かに、僕はうるるを嫌な奴とは思えど、犯人かもと疑ったことは一度もなかったですね」

「誰が、嫌な奴よ！」うるるはバシンとテーブルを叩く。

だが石崎先生は涼《すず》しい顔で、「そうだろね」と頷いた。

「うるるは犯人とは思えない。かといって、教室に他の女子の姿はない。そこで君は、こう考える。犯人の女子は、自分たちの隙を見てこっそり教室を抜け出したに違いないと。だが、君の考えるような、教室をこっそり抜け出した犯人なんて、いなかったんだ。犯人さららが教室を出たのは、『隙を見てこっそりと』ではなかった。さららはうるるの役を演じながら、君や赤坂君と一緒に、堂々と教室を出たんだ。そして倉橋さんや吉村君の証言を聞いて回り、霧ケ峰君に挑戦状を叩きつけ、そしていま、こうして僕らの前にいる。これが今回の事件における、犯人さららの脱出トリックの一部始終、というわけさ」

「なるほど。そういうことだったんですか」

僕は感嘆の溜め息を漏らし、あらためてトリックの特徴的な構造について語った。

「これって要するに、犯人とうるる、二人分の役を双子が分担したトリックなんですね。最初に犯人の役を演じたのが、さらら。彼女は途中から、うるるの役を演じる。一方、うるるは最初はうるるとして登場し、その後、変装した犯人の役を演じて、階段を駆け下りていった。それによって、あたかもうるるが教室の外から中に入り、その一方で犯人が教室の中から外に逃げていったように見せかけた。そういうことですね、先生」

僕の問いかけに、石崎先生は目を細めながら深々と頷いた。

「ああ、そのとおりだよ。これはまさしく、双子ならではのトリックだったわけだ」

石崎先生の推理は、うるるたちの用意していた正解を見事に言い当てていたようだ。

うるるは憮然《ぶぜん》とした顔で腕組みしながら、「よく見破ったわね、さすが評判の推理マニアだけのことはあるわ」と、先生に対しても普段どおりの上から目線を披露する。

「だけど」と、さららは不思議そうに小首を傾げた。「どうして双子のトリックが判ったんですか。上手く演じたつもりだったのに」

「なに、目撃者たちの証言を素直に解釈すれば、自然と導かれる結論さ。赤坂君と吉村君の証言が真実ならば、教室から誰かが抜け出すことは不可能だ。ならば、犯人はまだ教室の中にいることになる。教室の中にいる女子は霧ケ峰君を除けば、うるるだけだ。だが、うるるが犯人ならば、屋上から犯行を目撃したうるると、教室で男子を刺したうるる、二人のうるるが存在することになる。この矛盾が解消されるには、うるるが双子の姉妹の片割れでなければならない。そう思ってみると『うるる』という名前は、いかにも『さらら』という名前の妹がいそうな、そんな感じの名前じゃないか。僕は、これはもう間違いなく双子のトリックに違いないと確信を得た――そういうわけなのさ」

「よく判りました」と、さららは頷く。「でも、結果的には正解ですけど、名前については考えすぎですよ、先生。だって、ダイキン工業の『うるるとさらら』よりも、わたしたち姉妹のほうが先に誕生しているんですから」

「なるほど、いわれてみれば、そうだね」

石崎先生はシマッタとばかりに顔を顰《しか》めた。これは珍しい先生のミスだ。

「それよりさ」と僕は同じテーブルにつく裏切りのユダを睨みつけた。「このゲームの中での赤坂君は、いったいなんだったの？　あんたいつから鯉ミスに寝返ったのよ」

「寝返ったとは心外だな。登場するすべての人物を疑ってみるのは、探偵活動の基本だろ。その基本を忘れて、俺を探偵サイドのひとりと勝手に決め付けたのは、霧ケ峰の勝手な思い込みだ。このゲームにおける俺の役割は探偵ではなく、倉橋さんや吉村君と同じ目撃者なんだよ。もし俺の首からプレートがぶら下がっていたなら、そこにはこう書かれていたはずだ――『もっとも重要な目撃者・二年赤坂』ってな」

いわれてみれば、彼のいうとおりだ。同じ探偵部員というだけの理由で、赤坂君を自分の味方だと信じたのは僕のミスだった。もう二度とコイツのいうことは信じない！

失敗を心に刻む僕。一方のうるるは「ほほほッ」と嘲笑を漏らしながら、

「どうやらこの勝負、実質的にはあたしたちの勝ちみたいね。霧ケ峰さんは結局、自分ではなにも判っていなかったみたいだし」と、容赦ない指摘。

僕は一瞬「う！」と言葉に詰まり、取り繕うようにぎこちない笑みを浮かべる。

「は、はは、そっちこそ双子をトリックに利用するなんて、反則もいいとこだね」

するると、双子の片割れ、さららが不服そうに頬を膨らませた。

「待ってください。双子が反則って誰が決めたんですか。負け惜しみはいけません」

さららの、このひと言が、僕らの潜在的な対抗意識に油を注いだ。

「ちょっと、あんたたち！」「なによ、やるっての！」「受けて立ちますよ！」

コスプレ喫茶の片隅。僕と大金姉妹は、興奮のあまり席を蹴って立ち上がる。先生や鯉ミスの面々の制止を振り切り、僕らは互いに三つの額をぶつけ合った。

「負けは負け！」「反則だ！」「負け惜しみ！」「この〇〇め！」「そっちこそ××だ！」

聞くに堪《た》えない醜《みにく》い争いに、ざわめくコスプレ喫茶。すると、見てらんねえ、とばかりに赤坂君が席を立つ。

そして彼は、僕らの緊張を和らげるように、大きな声でこういった。

「まあまあ、喧嘩はよせよ。おまえら三人、同じエアコン仲間じゃないか！」

うるるとさらら、そして僕。三つの拳が、いっせいに赤坂君の顔面を打ち抜いた。

「エアコンっていうな――ッ！」

# 霧ケ峰涼と十二月のＵＦＯ

―

池上冬子といえば、凛々《りり》しい白衣に身を包み、宇宙の神秘や地球誕生の謎、地質学や地震のメカニズム、あるいは三葉虫の妖しい魅力に至るまで、縦横に語る地学教師だ。

背中に流れる艶《つや》めく黒髪と近寄りがたいほどのシャープな美貌。そこへさらに知的な印象を加える洒落《しゃれ》た眼鏡。薄いレンズの奥では黒真珠の如き双眸《そうぼう》が輝く。迂闊《うかつ》に近寄る男性は、その視線の鋭さに弾《はじ》き返され、眸《ひとみ》の冷たさに震え上がるはずだ。彼女こそは我らが鯉ケ窪学園の教師陣にあって、間違いなく最強のクール・ビューティである。

白衣の裾を蹴るように颯爽《さっそう》と廊下を歩く池上先生。その様子を男子生徒たちが尊敬と憧《あこが》れと不埒《ふらち》な欲望を抱えつつ遠巻きに眺める。そんな光景は、学園では見慣れた日常だ。するとたまに命知らずの勇者が現れ、校庭の片隅でこっそり手紙など渡そうと試みたりするのだが、そんなとき彼女はここぞとばかり、赤い唇の端に残忍な笑みを浮かべながら、

「色気づいたか、この欲求不満のオスがぁ！」

叫ぶや否や、愛用の指示棒で、勇者の小手をピシリと打ち据《す》えるのだった。

「何年何組の誰君か知らないが、わたしは野郎の劣情に興味はないんだ。悪いな――」

最大級の侮蔑《ぶべつ》の台詞《せりふ》を残し、黒髪を揺らして立ち去る地学教師。だが、遠ざかる白衣の背中を見詰める男子生徒は、それでもなんだか嬉しそうな顔をしていたりするから、やっぱり男って基本はマゾなんじゃないかと、正直僕はそう思う。

だが、そんな彼らは知らないのだ。

野郎の劣情に興味はないと豪語する美人教師が、なぜか上空を舞うヘリコプターを凝視《ぎょうし》する瞬間があることを。あるいは、ふいに飛び立った小鳥の姿に思わず視線を奪われたり、空を漂《ただよ》う風船に異様な興味を示したり――そんな場面が彼女の日常の中で繰り返されていることに、男子たちはたぶん気付いていない。

まあ、それも無理はない。憧れのクール・ビューティ、池上冬子が実は根っからのＵＦＯマニアであり、宇宙人が空飛ぶ円盤に乗って地球を訪れる日を今日か明日かと心待ちにしている――などという突飛な考えは、男子生徒がどれほど妄想を逞《たくま》しくしたところで、頭の片隅にさえ浮かぶはずがない。

ちなみに、僕が彼女の意外すぎる一面を垣間《かいま》見たのは数ヶ月前。エックス山の事件の際だ。《足跡なき密室》ともいうべき不可解な殺人未遂事件を前にして、彼女は内に秘めた《ＵＦＯ熱》と《宇宙人愛》を垂れ流しにしてしまい、僕を大いに困惑させた。もしも、僕が男子生徒だったならば、「それでも先生、素敵です！」といえたかどうかは自信がない。

だが幸いなことに、僕こと霧ケ峰涼はチェックのミニスカートと茶色のブレザーが抜群に似合うと大評判の女子高生。なので、美人教師の悲しい一面を覗き見たところで、男子のように酷く幻滅するようなことはない。UFOを信じようとも宇宙人を愛そうとも、池上先生が美しく知的で凛々しい女性であることに変わりはない。ただ、彼女が優れた外観と知性を有する女性教師である、その一方で《UFOにやられた悲しい女》でもあるという現実が、「なんか残念!」と映る。それだけのことだ。

まあ正直、地学教師としては問題アリなのかもしれないが、それはさておき——

今回は池上冬子先生にまつわる最新の事件の話だ。

それは今年のカレンダーも残り僅《わず》かという師走《しわす》の二十七日のこと。その日は朝から冷たい雨だった。しかし学校はクリスマスの直前から、すでに冬休み期間に突入している。普段から真面目に勉強していた生徒は、わざわざ傘を差して登校する必要は全然ない。

そんな中、僕はわざわざ傘を差して学園に登校した。

要するに、普段から真面目に勉強してこなかった連中は、そのツケを《冬期補習》という名の罰《ばつ》ゲームで払わされるというシステムなのだ。当然、補習を受ける生徒は不満タラタラなのだが、出来の悪い生徒に付き合わされる教師のほうは、輪を掛けて機嫌《きげん》が悪い。

不機嫌な両者がぶつかり合う教室は、怒号と罵声《ばせい》と寝言と歯ぎしりが四重奏をかなでる混沌《こんとん》とした空間となる。正直、勉強どころではないのだが、これも無事に三年生への進級を果たすため、と自分に言い聞かせながら我慢を重ねること数時間——

国語、数学、英語。三種類の罰ゲームを連続してクリアした僕は、鞄を肩にして校庭に飛び出した。朝から降り続いていた雨は、いつの間にか止《や》んでいた。雲の切れ間からは冬の太陽が顔を覗かせている。もう傘の出番はなさそうだった。

「さーて、『カバ屋』でお好み焼きでも食べて帰ろっかなーっと——おや⁉」

校門に向かう僕の視線の先に、背筋を伸ばした凛々しい女性の後ろ姿が見えた。

「池上先生！」僕は前を歩く背中に声を掛けた。「先生も補習、受けてたんですか」

「ん⁉」先生は校門の手前で立ち止まり、僕を向いた。「なんだ、霧ケ峰か。補習⁉ ああ、わたしの場合、地学の成績は申し分なかったんだが、数学と英語が赤点でな——って馬鹿！　補習を受けてたんじゃない、受けさせてあげていたんだ。貴重な休みを潰《つぶ》してな！」

聞けば、地学の期末テストでも赤点を取った生徒が続出したらしく、彼女の補習は地学教室から生徒が溢れるほどの大盛況だったらしい。「——補習が盛況じゃ、困るんだがな」

不満を呟きながら長い髪を搔《か》き上げる池上先生は、帰宅の途につくところだけあって、普段の見慣れた白衣姿ではない。ベージュのトレンチコートにシックなグレーのスーツ、タイトスカートの丈は、教師として限界ギリギリと呼べるライン。生徒会の風紀委員から指導が入りそうな短さである。もっとも、風紀委員が男子ならばむしろ喜ぶだろうが……ていうか、そもそも風紀委員は教師の服装をチェックする立場ではないが……。

「せっかくだし一緒に帰りましょうよ、先生」

甘えた声で僕は彼女に擦り寄った。「なんなら『カバ屋』でお好み焼きを奢《おご》ってくれても構いませんよ。ちょうど、お昼時ですしね」

「いや、生徒には奢らない主義なんだ。でも、自腹なら付き合うぞ」

こうして僕らは『カバ屋』へ向かい、油の染み付いた暖簾《のれん》をくぐった。店の中は補習を終えた生徒の溜まり場になっていた。ということは、ひょっとして——と店内を見回してみると、やはりいた。店の片隅に、多摩川部長、八橋先輩、赤坂君。探偵部の精鋭三名が、昔ながらの達磨《だるま》ストーブを囲みながら、焼けた鉄板よりも熱い野球談義に花を咲かせている。

「まさしく言葉どおりの意味のストーブリーグだな」女教師は呆《あき》れ顔でいうと、人で溢れかえる店内をぐるりと見渡した。「——だが残念。満員みたいだ。他を当たろう」

「そうですね。部長たちと一緒にいると、また変な事件に巻き込まれそうだし」

というわけで、探偵部副部長の肩書きを持つ僕ではあるが、今回は部長たちとの接触を回避。先生と一緒に『カバ屋』を出た僕は、「じゃあ、喫茶店にしましょう」と提案した。「知ってますか、先生。『ドラセナ』の新メニュー《ベーコン&ベーコン・バーガー》最高ですよ」

「ん⁉　なんだ、それ。具材はベーコンだけのバーガーか」

「はい、ほぼベーコンです！」僕が親指を立てると、先生は先生で「それは興味深いな」と深く頷き、話は決まった。僕らは雑談を交えつつ、喫茶『ドラセナ』を目指して住宅街の狭い道を進む。だが公立の図書館を通り過ぎて、しばらく歩いたところで、いきなり――

「んぎゃあ！」尻尾《しっぽ》を踏まれた野良猫のような声が、僕らの耳に届いた。

だが、声量からいって犬猫ではない。人間の声。それも悲鳴に近い。

僕と先生は同時に足を止めた。先生は眼鏡の縁に手を当てて、「聞こえたよな？」

「ええ、聞こえましたね」

簡潔なやり取りの後、僕らは声がした方角に警戒するような視線を向けた。

「あっちだ」先生が真っ直ぐ前方を指差す。そこには鉛筆のように尖った屋根を持つ灰色の建物があった。「いくぞ、霧ケ峰！」

言うが早いか、先生はその灰色の建物を目指して駆け出す。僕も彼女の背中を追った。

僕らは建物の門前にたどり着いた。それは小さな教会だった。確か、数年前にできた新しい教会だ。僕の通学路からは外れているが、何度か前を通ったことがある。

門柱には『恋ケ窪教会』と飾り気のない文字が刻まれている。格子状の門扉は閉じられている。格子の間から敷地の中を覗き込む。美しい尖塔《せんとう》を中央に配置した二階建て建築が洒落た佇《たたず》まいを見せていた。歴史が浅いせいなのか、宗教施設にありがちな重苦しい雰囲気は感じない。冬の太陽に照らされた教会は、まるで結婚式場のチャペルのように映った。

門と建物の間には、結構広めの庭が広がっている。広さはテニスコート程度だろうか。茶色い地面がむき出しになった庭だ。芝生《しばふ》を植える予算がなかったのか、それとも駐車場やバザー会場として使うには、このほうが都合がいいのか。いずれにしても、そのむき出しの地面は、午前中に降った雨の影響で、全体に水を含んだ状態だった。

そんな中——

「あ!」僕は格子の間から手を伸ばして、正面の地面を指差した。「あそこに人が!」

茶色い庭のほぼ中央。濡《ぬ》れた地面の上に、黒い服の男が仰向《あおむ》けに倒れていた。

# 二

「ま、まさか、死んでるんじゃ……」

僕は声を震《ふる》わせ、格子の向こうに目を凝《こ》らす。隣で女教師がゴクリと唾《つば》を飲む音。

「いや、まだ判らないだろ。寝ているだけかもしれない……」

まさか、と僕は首を振る。雨上がりの庭でわざわざ昼寝する男など、いるはずがない。

池上先生は門扉に手を掛け、押してみる。鍵は掛かっていなかった。先生は門扉を少し開くと、迷うことなく教会の敷地へと身を躍《おど》らせた。もちろん僕も彼女の後に続く。

僕らは門から庭の中央付近まで、ほぼ一直線に進んだ。一歩足を踏み出すごとに、水を含んだ地面に僕らの足跡が鮮明に残されていく。そのことを充分意識しながら、僕と先生は倒れた男のもとにたどり着いた。

黒い服を着た男の正体は、黒衣の神父さんだった。

目を閉じたまま死んだように地面に横たわっている。年齢は五十代といったところか。丸顔で温厚そうな顔立ちだ。背丈はこの年齢の男性としては高いほうで、体形はやや太り気味。両手はバンザイするように顔の両側に投げ出されている。着ている黒衣は、濡れた土がこびりつき酷く汚れていた。

そんな神父さんから一メートルほど離れた地面には、子供の頭ほどの大きさの黒い石が転がっていた。凶器、という単語が咄嗟《とっさ》に僕の頭に浮かんだが、もちろん決め付けるのはまだ早い。とにかくいまは、倒れた神父さんの容態を確認するのが先である。

「大丈夫か！」池上先生は黒衣の男に呼びかける。「おいこら、しっかりしろ！」

「…………」なんていえばいいのだろうか、聖職者に対する口の聞き方としては零点という気がするのだが、彼女にしてみれば真剣に相手を心配してのことだろうから、あまり文句もいえない。それにいま大事なのは、神父さんの生死、それだけだ。

「どうですか、先生。神父さん、死んでるんですか？」

すると、先生は神父さんの口許《くちもと》や頭の後ろに手をやりながら、ホッとした顔で答えた。

「いや、息はある。誰かに頭を殴られたんだな。後頭部に酷いコブができている。出血は僅かしかないみたいだが、万が一ってこともある。おい、霧ケ峰――」

「救急車ですね。任せてください」僕は先生の言葉を皆まで聞かず、制服のポケットから携帯を取り出した。「えーと、救急車は、イチ・イチ・キュ……」

と、最後の「9」のボタンを押しかけたところで、突然「ああッ！」と女教師が素《す》っ頓狂《とんきょう》な声を張り上げる。僕は思わずビクリと肩をすくめ、携帯を耳に当てたまま先生を睨んだ。

「どうしたんですか。幽霊でも見たんですか……あ、もしもし、消防ですか。怪我人です。至急、救急車を……え、海難事故かって？　海上保安庁って……あ、シマッタ！　間違って『一一八』に掛けちゃった！」

すみません、と恐縮しながら僕は電話を切る。「ほら、先生が変な声出すから……」

「わたしのせいじゃないだろ。そんなことより、おい、霧ケ峰、これを見ろ」

先生は立ち上がり、濡れた地面を指差した。そこには男性のものと思われる足跡が鮮明に残されていた。足跡は教会の建物の玄関を出たあたりから始まり、僕らがいる庭の中央まで途切れることなく続いている。当然のことながら、これは神父さんの足跡に違いない。

おや⁉　と思って、思わず僕は後ろを振り返る。そこには、たったいま僕と先生が残した足跡が、濡れた地面に二つ綺麗に並んでいる。それ以外に足跡は見当たらない。

いやいや、そんな馬鹿な、と思いながら、僕は自分の周囲をぐるりと見回した。

だが、やはり庭に残された足跡は三組のみ。僕と先生、そして神父さんの足跡だ。

その事実を知った瞬間、僕は池上先生の素っ頓狂な叫び声の意味を理解した。

「犯人の足跡がない。神父さんを殴った犯人の足跡は、どこに？」

僕の問いを聞くなり、美人女教師、池上冬子は感極まったような声を発した。

「そ、そうだ。被害者がいるのに、犯人の足跡がない。う、ううむ。こ、これはどう考えたって、人間業じゃない。な、そうだろ、霧ケ峰？　そう思うよな、霧ケ峰涼！」

「え、まあ、それはそうですが……」嫌な予感を覚えながら、僕はとりあえず頷く。

「に、人間業じゃないということは、人間以外の生物の仕業ということに他ならないわけであり、つまり……」女教師はこみ上げてくる感情を悟られまいとするように冷静さを装ってはいたが、その声は感動に震えていた。「つ、つまり、これは宇宙人……」

「え!?」僕は彼女の言葉を遮って聞き返す。「先生、いまなんとおっしゃいました?」

「ん!?」先生はふと我に返ったように顔を上げると、「いや、なにもいってないぞ。事件はまだはじまったばかりだしな」といって、何事か誤魔化すように指先で眼鏡のブリッジを押し上げた。「――と、ところで、救急車は呼んでくれたのか、霧ケ峰?」

「あ、そうそう、その途中でしたっけ」僕はあらためて携帯を顔の前で構えた。今度こそ押し間違いのないように、慎重にボタンを操作する。「イチ、イチ、キュ……」

と最後の「9」のボタンを押そうとする瞬間、またしても池上先生が「こら――ッ」と場違いな大声。お陰で僕は再び「9」のボタンを押し損なった。

「ど、どうしたんですか、先生。早弁する生徒でも見つけましたか……あ、もしもし、消防ですか? 大至急、救急車を……え、電報!? なんだ、今度は『一一五』かあ!」

やれやれ、と溜め息を吐《つ》く僕の視界に、そのとき若い女性の姿が飛び込んできた。女性は修道服を着ており、教会の玄関先に佇んでいた。その特殊な服装が趣味のコスプレではないと考えるならば、彼女は正真正銘の修道女、いわゆるシスターなのだろう。池上先生から叱責の声を浴びた若いシスターは、身動きできずにその場で立ちすくんでいた。

「アノ……ドウサレタノデスカ? ナニガアッタノデスカ?」

片言の日本語で問いかけてくるシスターに対して、先生は厳しい声で命じた。

「そのまま動かないで！　地面に足跡をつけないように、じっとしてて。そう、それでいい。――おい、霧ケ峰、写真だ。いまのうちに地面の様子を写真に残しておくんだ。そうしないと、せっかくの宇宙人襲来の証拠が台無しになってしまうからな」

「先生！　自分が何を口走っているか、判ってんですか！」

だが、この奇妙な現場の状況を記録しておくことは、確かに必要な作業だろう。僕は携帯をカメラモードにして地面に向けた。池上先生も愛用のスマートフォンを取り出して、写真を撮る。僕と先生は二台の携帯を駆使して、庭の様子を残さず記録した。

「よし、もういいぞ」先生は携帯をコートのポケットに仕舞いながら、足止めしておいた修道女を呼び寄せた。「あんたは、この教会のシスターさん？」

「ハイ、ワタクシハ、コノ教会ノ修道女。シスター・アンジェリカ、デス」

「シスター・アンジェリカね。で、この男の人は、この教会の神父さんってわけだな」

「ハイ、コノ人ハ神父様デス。名前ハ川田《かわだ》サンデス。イッタイ、ナニガ起キタノデスカ？　神父様ハ無事ナノデスカ？　ソレトモ、クタバッテシマワレタノデスカ？」

「………」あんまり聞かない言葉だな、《くたばってしまわれた》なんて。

首を傾げる僕の横で、池上先生も呆れたような表情を浮かべ、コートの肩をすくめた。

「大丈夫だ、シスター。神父さんはくたばっては……じゃない、とにかく無事だから」

「ソレヲ聞イテ安心シマシタ。デハ、救急車モ呼ンデイタダケタノデスネ」

「……はッ、シマッタ」そういえば、結局まだ呼んでないな、救急車。僕は青ざめながら携帯を持ち直した。「す、すみません。いま呼びますね。えっと、イチ・イチ・キューっと。——あ、もしもし、恋ケ窪教会に怪我人一名……救急車一台、大至急お願いします……」

あたふたと通報する僕。その姿を眺めながらシスターは溜め息まじりに十字を切った。

「主ヨ、ドウカ神父様ヲ、オ守リクダサイ。ソレカラ、コノ迂闊《うかつ》ナ少女ヲ、オ許シクダサイ」

なにい、誰が迂闊な少女だってぇ……？　僕は思わず携帯片手にシスターを睨んだ。

僕が救急車を呼ぶ傍《かたわ》らで、池上先生は警察への通報を終えた。状況から見て、明らかに事件性アリ、と彼女は判断したのだろう。しばらくすれば、サイレンを鳴らした救急車とパトカーが、この教会に集結するはずだ。僕と先生、そしてシスター・アンジェリカの三人は、庭の中央で川田神父の容態を確認しながら、救急車の到着を待った。

頭部を怪我した人間を無闇に動かすのは危険なので、僕らは敢《あ》えて神父の身体《からだ》を地面に寝かせたままにしておいた。シスターは気絶したまま微動だにしない川田神父を心配そうに見詰めながら、「……ナゼ、コノヨウナコトニ？」と、再び僕らに聞いてきた。

僕と先生は、僕らが事件を知るに至った経緯を簡潔に彼女に伝えた。するとシスターは現場の周囲の状況をざっと眺めたかと思うと、突然怯えたような表情になって、濡れた地面にひざまずくと、「主ヨ、彼ラノ犯シタ罪ヲ許シタマエ」と十字を切りはじめた。

シスターの唐突な振る舞いに、僕と先生はキョトンと顔を見合わせた。

「ちょ、ちょっと待って、シスターさん。僕らの犯した罪って、なんのことですか」

「ていうか、その前に『彼ら』じゃなくて『彼女ら』だろ。わたしも霧ケ峰も男っぽいっていわれるけれど、二人ともいちおう女子だぞ」

いいえ、僕は確かに女子ですが、先生は厳密にはもう女子って年齢ではありませんよね。僕は女教師に対して、心の中でそっと本音を呟く。一方、シスター・アンジェリカはすっくと立ち上がると、すべてを見通すかのような澄んだ眸で冷たく僕らを見詰めた。

「コノ期ニ及ンデ、シラバックレルナンテ言語道断デス。現場ノ状況カラ見テ……」

判りにくいのでシスターの発言を要約すると、次のとおりである。

現場の状況から見て、神父様が誰に襲われたのかは明白だ。つまり霧ケ峰さんか池上先生のどちらか、あるいは二人がグルになって神父様を殴ったのに違いない。用いた凶器は、現場に転がる大きな石だ。それしか考えようがないではないか。なぜなら現場には神父様の足跡を除けば、他には霧ケ峰さんと池上先生の足跡しかないのだから――

それだけのことを片言の日本語で語り終えたシスターは、真顔で僕らに聞いてきた。

「神父様ニ、ナンノ恨ミガ、アッタノデスカ？　金デスカ、ソレトモ痴情ノ縺《もつ》レ、デスカ？」

「………」さっきから聞いていれば、《言語道断》だの《痴情の縺れ》だのと、このシスターは妙に難解な日本語を操るようだ。彼女、本当は日本語ペラペラなんじゃないのか？

疑惑の目でシスターを見詰める僕の横で、女教師が困惑した顔で黒髪を搔きあげる。

「うーん、シスター・アンジェリカが、わたしたちを疑うのも無理はないが……」

「違ウトイウノデスカ？　デハ、誰ガ、ドノヨウニシテ、神父様ヲ殴ッタノデスカ？　マサカ、ＵＦＯニ乗ッタ宇宙人ガ神父様ヲ殴リ、ソノママ空ニ飛ビ去ッタ、トカ？」

シスターにしてみれば、単なる戯言《ざれごと》だったのだろう。だが、彼女がその珍説を口にした瞬間、なんらかのスイッチが入ったかのように、美人教師池上冬子の眸が爛々《らんらん》と輝き、鼻息が荒くなった。彼女はシスターの発言を串刺しにするかのように、人差し指を突き出し、「そう、それだ！」と鋭い叫び声をあげた。「犯人はまさしく宇……」

「違いますって、先生！」僕は突き出された人差し指を、慌てて握り締める。学園の中ならいざしらず、部外者の前で無闇に《宇宙人愛》を垂れ流されては、生徒である僕が恥ずかしい。僕は彼女の耳に顔を寄せて囁いた。「宇宙人は人を殺しにくる侵略者ではない。友好的な関係を求めてくる隣人なのだ。——って、先生、そういっていたはずですよね」

正直、僕は全然信じていませんけどね！　心の中でペロリと舌を出す僕に対して、宇宙人に心からの信頼を寄せる地学教師は、苦渋に満ちた胸のうちを小声で明かした。

「う、うむ。確かに、わたしも彼らの善意を疑いたくはない。だが、この不可解な現象を見るにつけ、わたしにはやはりこれが宇宙人の仕業だとしか、考えられないのだ。他に考えようがあるか、霧ケ峰！」

「あるような気がしますよ。少なくとも《宇宙人犯人説》よりはマシなやつが」

そう呟く僕の耳に、そのときようやく接近中のサイレンの音が聞こえてきた。

## 三

恋ケ窪教会に先に到着したのは救急車のほうだった。すぐさま複数の救急隊員が車の後部ハッチから飛び出してきた。彼らは気絶した川田神父の周辺に集まると、慎重に彼の身体を抱え、ゆっくりと白い担架に乗せた。僕と池上先生、シスター・アンジェリカの三人は、その様子を離れた場所から遠巻きに見詰める。人命第一の救急隊員は足跡の不思議などには頓着しない。当然のように、現場の地面は彼らの作業の間に滅茶苦茶になった。

「やはり写真を撮っておいたのは、正解だったようだな」池上先生がポツリと呟く。

　そうこうするうちに、教会の周辺には続々と警察関係の車両が集まりはじめていた。

　やがて神父が救急車で運ばれていくと、いよいよ警察の本格的な捜査が開始された。捜査の陣頭指揮を執《と》るのは、国分寺《こくぶんじ》署の祖師《そし》ケ谷《や》大蔵《たいぞう》警部、その人だ。小田急線『祖師ケ谷大蔵《おおくら》』とそっくり同じ名前を持つ彼は、過去の事件で何度も僕と顔を合わせているお馴染《なじ》みの警部。それぱかりでなく、以前エックス山で起こった事件の際には、池上先生とも一度会っている。そのときの記憶が彼の脳裏に残っていたのだろう。警部は僕と先生の姿を見るなり、「また君たちか」と苦い顔で呟いた。警部の記憶の中で、美人教師池上冬子は、必ずしも良い印象を残してはいないらしい。

「ほう、君たちが第一発見者なのか。ではまず、その経緯から聞かせてもらおうか」

　僕と池上先生は庭の片隅に移動して、事件の詳細を警部に話して聞かせた。もちろん、僕らが携帯で撮影した犯行直後の地面の画像も、隠すことなく警部に見てもらった。

　僕らが事件の概要を語り終えると、さっそく警部は僕ら二人に疑いの目を向けた。

「話を聞く限りでは、君たち二人以外の犯人は考えにくい状況だな」

　予想通りの展開だ。凡庸《ぼんよう》な推理力と水準以下の観察力で知られる祖師ケ谷警部の口から、いきなり真実が語られることは、僕も最初から期待していない。

「違いますよ、警部さん。僕らは犯人じゃありません」と僕は左右に首を振る。

　一方、池上先生はというと、やや気色ばんだ表情になり、「おいおい、なにをいうんだ」と警部に詰め寄りながら抗議した。「忘れたのか？　警部とわたしは『同志』と書いて『友』と呼び合う、そんな深い仲だったはず。それを疑いの目で見るなんて……正直ガッカリだぞ、祖師ケ谷警部」

「不満かね？　しかし、君たち以外の誰に可能性がある？」

「可能性なら、あるじゃないか。この宇宙には、数限りない可能性が」池上先生は恍惚《こうこつ》とした表情で、澄み切った冬空を見上げた。「警部だって、もうとっくに気がついているはずだ。今回の出来事が人類の常識を超越した宇宙の奇跡のひとつであるということぐらい」

「悪いが、わたしは人類の常識が通じない『同志』を持った覚えはないんだ」

警部は文字どおり宇宙人を見るような目で、女教師を眺めた。宇宙人、池上冬子との《交信》を諦めた警部は、僕を向いて聞く。「君は、どう考えているのかね？」

「要するに、犯行現場の周囲に、足跡を残さなければいいわけですよね。だったら、犯人は離れた場所から神父さんを狙ったってことなんじゃありませんか」

「ん!?　それはつまり犯人が凶器の石を、神父目掛けて放り投げたってことかね。しかし、それは無理だな。見てのとおり、凶器の石は子供の頭ほどもある。砲丸投げの選手だって、こんなものはそう遠くに投げられないはずだ。――そういえば、シスター」

警部は傍らに控える修道服の女性に向き直って聞いた。「この大きな石は、どこにあったものか、判りますか。この教会の庭石かなにかのようですが」

「ハイ、コノ石ハ、ソコノ玄関ノ脇ニ置イテアッタ石ダト思イマス」

シスターはそういって、教会の玄関の脇を指差した。そこには水道の蛇口があり、洗い場には様々な形の石がゴロゴロと無造作に転がっていた。おそらく花壇や庭造りに用いるために、わざわざ集めた石なのだろう。警部はその光景を見詰めながら、呻き声を発した。

「ふむ。犯人は、たまたま現場付近にあった庭石のひとつを凶器として用いた。ということは、これは計画的な犯行ではない。衝動的な犯行ということか」

「そうとは限らないんじゃありませんか、警部さん。頭のいい犯人なら、敢えて現場にあるものを利用することだって——」

すると、僕の発言を遮るように警部は片手を振った。「ああ、判っているよ、それぐらいのことは。——とにかく、君がいうような、遠くから石を投げての犯行は無理だ」

「そうかなあ。なにか、上手《うま》いやり方があるような気がするけれど……」

するとシスター・アンジェリカが、ふと思い出したようにポンと掌《てのひら》を拳で叩いた。

「ソウイエバ、ワタクシ、先ホド、奇妙ナ物体ガ、窓ノ外ヲ横切ルヨウニシテ飛ンデイクノヲ、目撃シマシタ。アレハ、事件ト、関係アルノデショウカ？」

「奇妙な物体が飛んで……!?」

瞬間、女教師の眼鏡の奥で、黒い眸が輝きを増した。「《奇妙な》ということは、よく判らない、つまり《未確認》という意味だな。それで、その未確認の物体が飛んでいた、つまりその物体は飛行していたわけだ。ということは、それは言葉どおりの意味の《未確認飛行物体》なわけであり、すなわち、ゆゆゆ、ＵＦ……」

「ちょっと先生！　目が！　目が空飛ぶ円盤みたいになってますよ！」

僕は暴走を始めようとする女教師を、慌てて羽交い締めにした。僕と先生の醜い争いを尻目に、祖師ケ谷警部が修道服の女に淡々と尋ねる。

「シスターがその奇妙な物体を目撃したときの状況は、どうだったのかね？」

「ソノ時、ワタクシハ、庭ニ面シタ二階ノ部屋ニイマシタ……」

やっぱりシスターの日本語はわかりにくいので、要約すると次のとおりである。

シスター・アンジェリカは教会の二階で部屋の片付けをしていた。仕事がひと段落した彼女は、ふと窓の外に視線をやる。そのとき、窓の外を奇妙な物体が横切るように通り過ぎていった。一瞬の出来事だったため、彼女にもその物体の正体は摑めなかった。カラスが通り過ぎたようにも思えるし、誰かが投げたボールのようにも見えた。色は黒っぽかったようだ。だが、彼女は自分が見た光景をあまり重要視していなかったため、わざわざ窓を開けて外を確認するような真似はしなかった。彼女が庭に倒れた川田神父と二人の女の姿に気がついて現場に駆けつけたのは、その数分後のことである――

シスターの証言を聞いた僕は、先生の羽交い締めを解き、力強くガッツポーズした。

「ほら、やっぱりそうじゃないですか。シスターが見た怪しい黒い物体。その正体は凶器の石ですよ。実際、凶器の石は黒っぽい色をしていました。そうでしょ、先生」

「じゃあ、霧ケ峰は、誰かがその大きな石を二階の窓の高さまで放り投げたというのか。馬鹿な。どんな怪力の持ち主なんだ、その犯人は。しかも、その投げられた石が放物線を描きながら庭の中央に落下し、そこにたまたま居合わせた神父さんの後頭部を直撃した、というのか。ふふん、まさか。そんな偶然は確率的に、あり得ないだろ」

「………………」だったら、宇宙人が犯人ってのは、どの程度の確率であり得るんですか！

さすがに温厚な僕も、女教師の理不尽な言動にイライラを募らせる。すると、そんな僕に向かって、シスターが決定的な駄目押しの言葉を口にした。

「ワタクシノ見タ、黒ッポイ物体ハ、凶器ノ石トハ違イマス。ナゼナラ……」

なぜなら、その物体は庭の中央に向かって飛んでいたのではなく、庭の外に向かって飛んでいったのだから――シスターはそう語った。つまり、物体の飛んでいく方角が逆というわけだ。それが事実なら、シスターが目撃した物体の正体は、凶器とは別物ということになる。彼女はいったい、窓の外になにを目撃したのだろうか――

首を傾げる僕の隣から、池上先生が質問を投げる。

「シスター、その未確認飛行物体から、なにか音は聞こえなかったのか。爆発音とかエンジン音とか、あるいは地球人に友好を呼びかける彼らのメッセージとか」

ああ、美人教師池上冬子、どうしてもその発想から逃れられないのか！

溜め息を吐く僕の目の前でシスターは、「イイエ、音ハ全然聞コエマセンデシタ」と残念そうに首を振った。なぜかというと、彼女の説明によると、教会の窓はすべて万全の防音対策が施されているらしい。なぜかというと――「教会ノ前ガ通学路ニナッテイテ、毎日毎日、鯉ケ窪学園ノ《クソ餓鬼《がき》》ドモガ、大騒ギシナガラ通ルカラデス。ワタクシモ神父様モ、彼ラニハ心底ウンザリナノデス」

――ご、ごめんなさぁい！

クソ餓鬼のひとりである僕は、羞恥心のあまり思わず赤面した。


それから、しばらくは祖師ケ谷警部と僕らの間で、「あーでもない」「こーでもない」と足跡の問題が議論されたのだが、しばらくするうちに――

「ん!?」池上先生がふいに眉根を寄せて、真っ直ぐ前を指差した。「あれは、なんだ?」

先生が示したのは、庭の中央付近。先ほどまで川田神父が倒れていた地面だ。神父が病院に運ばれていったために、彼の身体で隠されていた地面が、いまは露出している。そこに奇妙な黒い影のようなものが見て取れた。

「穴、みたいですね」と僕は目を細める。「地面に縦穴が開いているみたいですよ」

「それぐらい、わたしにも判る。だから、なんの穴かと聞いてるんだ」

そんなこと聞かれても、と口ごもる僕の代わりに、シスターが答えていった。

「アノ穴ハ、クリスマスツリー、ノ跡デス。二十五日ノクリスマス当日マデハ、アノ場所ニ、ツリーガ立ッテイマシタ。トテモ綺麗ナ、クリスマスツリー、デシタヨ」

シスターの話によると、そのツリーは高さ二メートルもある立派なモミの木だったそうだ。そのモミの木はクリスマスの十日ほど前に、庭の中央に埋められた。そこにシスターや信者たちが飾り付けをして、二十五日のクリスマスを迎えたらしい。そうやって役目を終えたモミの木は、クリスマスの翌日、すなわち昨日のうちに川田神父の知り合いの廃品回収業者に引き取られていったのだという。

「昨日、ワタクシハ用事ガアッテ、昼間、教会ヲ留守ニシテイマシタ。夜ニナッテ教会ニ戻ッテミルト、庭ノツリーハ、アリマセンデシタ。『ツリーハドウシタノデスカ？』ト、ワタクシガ質問スルト、神父様ハ『あれはわたしがひとりで片付けました』ト答エマシタ」

彼女は川田神父の台詞だけ、澱《よど》みのない流暢《りゅうちょう》な日本語で喋った。シスター・アンジェリカの《日本語ペラペラ疑惑》は、僕の中で確信に変わった。が、それはともかく――

「要するに、ツリーは昨日のうちに、もうなくなっていたんですね」

「ああ、クリスマスが終わった後にツリーを出しっぱなしにしていると、サンタさんがお嫁にいけなくなるというからな。それで、さっさと片付けたんだろう」

「ワオ！　ソンナ伝説ガ日本ニハアルノデスカ。全然、知リマセンデシタ」

「…………」駄目じゃないですか、先生。素直すぎる外国人に嘘を教えちゃ！

僕が責めるような目で睨むと、美人教師はニヤリと意地悪な笑みを覗かせた。それから、彼女はふと真面目な表情になると、顎に手をやり深く考え込む仕草。「……そうか……そういえば、いまは十二月だったな……」

一方、祖師ケ谷警部は女教師の振る舞いには、まるで興味を惹《ひ》かれない様子で、

「とにかく、昨日の夜にはもう庭にツリーはなかったんだろ。だったら、今日の事件とは無関係だ。川田神父の殴られた場所が、偶然ツリーのあった場所だった。それだけの話だ」

そんなことより——と警部はいきなり話を事件に戻した。「シスター・アンジェリカに大事な質問をひとつ。川田神父に恨みを持っていた人物、あるいは川田神父との間でトラブルになっていた人物、そういう人に心当たりはないかね」

「トラブル⁉」シスターはハッとしたように顔を上げた。「ソレデシタラ、心当タリガアリマス。佐久間《さくま》サンデス。コノ教会ノ隣ニ住ンデイル人デス」

ほう、どんなトラブルだね——興味を持って話を促す警部に対して、シスターは片言の日本語を駆使して、その内容を語った。「トラブルノ原因ハ、楓《かえで》ノ木デス……」

教会の隣、佐久間という男の家の敷地に一本の楓の木が植えられている。その楓の木の枝が、教会の敷地に大きくはみ出していた。それ自体、権利の侵害である。おまけに楓は秋になると落葉する。落ち葉は教会の敷地に落ちる。それを掃除するのは教会の人間だ。そこで不満を募らせた川田神父は、ノコギリを片手にしながら塀《へい》越しに佐久間氏と直談判した。「この楓の枝を切り落としていいか」というわけだ。すると、佐久間氏は逆に激怒した。「仮にも宗教家が、権利だなんだと、細かいことをいうな」というのが向こうの言い分だ。

結局、トラブルは解消されないまま紅葉シーズンは終わり、現在に至っている——ということらしい。実に、ありがちな近隣トラブルである。

僕は誰もが思うような素朴な疑問を口にした。「ねえ、シスター、『汝《なんじ》の隣人を愛せよ』じゃないの?」

「確カニ佐久間サンハ隣人デス」シスター・アンジェリカはしっかりと頷いた。「デスガ、教会ノ敷地ニハミ出シタ楓ノ木ハ、隣人デハアリマセン。正直、邪魔デス!」

邪魔って、そんな怖い顔でいわなくたって……。僕はシスターの剣幕にちょっと怯えながら、「ところで、その佐久間さんの家って、どれのこと?」

僕はキョロキョロと教会の敷地の周囲を見回す。すると、シスターはすっと視線を横に向け、真っ直ぐ指を伸ばして一軒の家を示した。それは茶色い瓦《かわら》屋根が特徴的な日本家屋。庭にある大きな楓の木が、高い塀を越えて教会の敷地に枝を伸ばしていた。

するると女教師は突然、なにを思ったのか、現場となった庭の中央にスタスタと歩み寄った。そして、そこにある黒い縦穴の上に真っ直ぐ立った。彼女の目の前に赤いバツ印がある。凶器と思《おぼ》しき黒い庭石が転がっていた場所である。池上先生は、その赤いバツ印を見詰め、そのまま真っ直ぐ前方に視線をやる。彼女の視線の先に楓の木があった。

「あそこだな……」

女教師の唇は、そう呟いたようだった——

# 四

「ほう。なかなか、立派なお屋敷じゃないか。庭も広そうだ」

恋ケ窪教会のすぐ隣。門柱に掲げられた『佐久間』の表札を眺めながら、祖師ケ谷警部は首を傾げた。「——で、君はこの佐久間家が、神父殴打事件に関わっているというのかね」

「おそらくな」自身ありげに女教師は頷くと、乗り気でない警部に向かって焚《た》きつけるようにいった。「同志よ。なんでもいいから適当な理由をつけて、この家の庭に案内してもらうのだ。警察権力のすべてを注ぎ込めば、それぐらいは不可能じゃないはずだ」

「そりゃあ、不可能ではないが。――この家の庭になにかあるのかね？」

池上先生はすべてお見通し、といわんばかりに短く頷いた。

「――ある。おそらくな」

「まさかUFOじゃないんだろうな」

「おお、祖師ケ谷警部！」先生は哀《あわ》れみを帯びた眸で、中年刑事を見詰めた。「いい年した大人、それもれっきとした地方公務員が、本気でそんなことを信じているのか。民家の庭先にUFOが着陸中だなんて……あんた、正気か。それとも馬鹿なのか？」

「君にその資格があるのか！　わたしのことを馬鹿にする資格が！」

激怒する祖師ケ谷警部をシスター・アンジェリカが、「マアマア、相手ハ民間人デスシ」と取り成す。彼の憤《いきどお》りがよく判る僕は、警部に同情を禁じ得ない。だが池上先生は涼しい顔で、コートの背中を門柱に預け、成り行きを見守る態勢。警部は、やれやれ、と溜め息を吐きながら、ひとりで門の中へと入っていった。祖師ケ谷警部、意外に我慢強い。

僕らは門柱に身を隠すようにしながら、警部の行動を密《ひそ》かに観察する。

玄関先で警部が呼び鈴を鳴らすと、現れたのは恰幅《かっぷく》の良い中年男性だった。警部が手帳を示して職業を明かすと、男性は渋い低音で、「佐久間忠雄《ただお》です」と名乗った。

「実は、隣の教会に賊《ぞく》が入りましてね。神父さんが頭を殴られ怪我をしたんですよ」

「ほう、そうでしたか」佐久間忠雄は動じる素振《そぶ》りも見せず、淡々と答えた。「それがどうかしましたか。わたしはあの神父とはウマが合いませんでね。正直、彼が殴られたと聞いても、なんとも思いませんね。――あ、刑事さん、まさかわたしを疑っているとでも？」

「いえ、とんでもない。ただ、その賊がお宅の庭に逃げ込んだ可能性がありまして」

「賊がうちの庭に⁉　やだな、怖いことといわないでくださいよ、刑事さん」

「いや、あくまでも可能性の話ですよ」警部は乾いた笑い声。そして、すぐにまた真剣な声に戻り、「ところで、庭でなにか不審な物音など、聞いたりしませんでしたか」

「いいえ。なにしろ、うちは防音対策が万全でしてね。それというのも、鯉ケ窪学園の《クソ餓鬼》どもの声が毎日毎日、うるさくてしょうがないのでサッシを二重に……」

「………」門柱の陰で僕は密かに冷や汗だ。

ひょっとして、学園の周辺住民は全員同じ不満を募らせているのだろうか？　だとしたら、明日から棒で叩かれないように気をつけなくちゃ！

そんなことを思う僕の視線の先で、ついに警部がもっとも重要な台詞を切り出した。

「念のため、お庭を拝見させていただけますかな」

「いいですとも、どうぞこちらにお回りになってください」

佐久間忠雄は玄関を出て警部を庭へと案内する。すると、待ってましたとばかりに、

門柱の陰から僕らが姿を現して、

「お邪魔しまーす」「邪魔するぞ」「オ邪魔イタシマス」

と、佐久間家の庭に礼儀正しく不法侵入を敢行する。警部の後ろに連なるように現れた女子高生、美人教師、シスターの姿を見て、佐久間忠雄はさすがに慌てた表情を浮かべた。

「え、ちょ、ちょっと待って！　刑事さんはいいとして、彼女たちはいったい何者？　どう見ても、警察関係者じゃありませんよね。ちょ、ちょっと、君たち……」

「なに、気にしないで」美人教師はポンと彼の肩を叩いていった。「わたしたちは、ただのオブザーバーだ。警察の許可はある。おかしな真似はしないから安心しろ」

呆気にとられる佐久間忠雄を置き去りにして、僕らは揃って佐久間家の庭に回った。

そこは見事な和風の庭だった。枝振りの良い松や梅がバランスよく配置されている。瓢箪形の池では錦鯉が悠然と泳いでいる。池の畔《ほとり》に置かれた石灯籠《どうろう》は苔《こけ》に覆われていた。問題の楓の木は教会との間を隔《へだ》てる壁際に、ひと際高く聳《そび》え立っていた。すでに葉の落ちたその楓は、明らかに教会の敷地にはみ出した恰好で、大きく枝を広げている。

これでは、汝の隣人に愛されないのも無理はないな——

そんなことを思う僕の隣では、祖師ケ谷警部が庭の様子を見渡しながら、「ふむ、特におかしな点は見当たらないようだが……」と拍子抜けしたような呟きを漏《も》らしている。

シスター・アンジェリカも、「ナニモアリマセンネ」と腰に手を当て落胆の表情だ。

そんな中、池上先生は庭になにか探し求めるかのように視線をさまよわせていた。

やがて彼女の視線は問題の楓の木に留まった。彼女は楓の幹から枝へと視線を移動させていく。そんな彼女の鋭いまなざしは、目標とするものをついにその視界に捉《とら》えたようだった。

池上先生は「よし」と呟くと、突然、身に纏《まと》ったトレンチコートを脱ぎはじめた。

キョトンとする一同の前でグレーのスーツ姿になった女教師は、「これ、持ってろ、霧ケ峰」と脱いだコートを僕に手渡すと、今度は楓の木から数メートルの距離をとった。

そして彼女はタイトスカートから覗いた膝《ひざ》小僧に両手を当て、屈伸運動を開始する。

僕らは呆気に取られたまま、彼女の行動をただ見守るばかりだった。すると――

準備万端整った女教師は、ぐっと重心を低くしたかと思うと、いきなり楓の木に目掛けて猛突進。そして目標物の手前で彼女は、突然バレエでも舞うかのようにくるりと身体を回転させると、スカートから覗く長い脚を高々と振り上げ、「たあぁぁ――ッ！」

奇声を発した彼女は、楓の幹に向かって勢いのある後ろ回し蹴りをお見舞いした。

女教師の全力の蹴りをまともに喰《く》らった楓の木は、僅かに、だが確実にグラリと揺れた。揺れは幹から枝全体に振動となって伝わった。枝に残った葉が一枚、ひらりと地上に舞い落ちた。

池上先生の唐突な行動に、唖然《あぜん》とする一同。一瞬の静寂が、あたりを支配した。

「……あの……なにやってるんです、先生⁉」

沈黙を破って尋ねたのは僕だ。だが、答えはその直後に頭上から降ってきた。

「──ひッ！」

僕の眼前に突然、降ってきた物体。それは僕の視界を上から下へと切り裂くように一直線に通過して──グサッ！　不吉な音とともに、僕の足許《あしもと》の地面に突き刺さった。

あと数センチ僕が前に立っていたら、いまごろ僕の脳天に真っ赤な噴水が上がっていただろう。恐怖と安堵《あんど》と混乱のあまり、僕は先生のコートをしっかりと抱きしめたまま、

「ぎゃあああぁぁぁ──ッ」

と、美少女にはあるまじき大絶叫。そのまま地面の上にへなへなと尻餅《もち》をついた。

目の前の地面に突き刺さったもの。それは長さ一メートル弱の棒状の物体。僕はそれを見詰めながら、激しく唇を震わせた。「ななな、なんなんですか、これは！」

池上先生は地面に刺さったその物体に歩み寄る。「なにかって？　見りゃ判るだろ」

そして、先生は軽々と右手でそれを引き抜くと、悪戯《いたずら》っぽい笑みを浮かべていった。

「──これが噂の、未確認飛行物体ってやつさ」

# 五

僕らは、事情が判らずキョトンとする佐久間忠雄に対して、一方的に「お邪魔しました」と別れの言葉を告げて、祖師ケ谷警部とともに再び教会の庭に戻った。池上先生は、重いコートを僕に預けたまま、グレーのスーツ姿。右手には先ほど彼女が地面から引き抜いた、棒状の物体を持っている。女教師は庭の中央に立つと、あらためて僕の前にそれを示した。

「これ、なんだか判るか、霧ケ峰？」

ただの棒です、と答えかける僕に対して、先手を打つように彼女はいった。

「いっとくが、木とか棒とか、そういう答えは求めてないからな。わたしは木の種類を尋ねてるんだ」

「木の種類？」僕は彼女が手にした棒に顔を寄せて、しげしげとその表皮を見詰めた。

だが、茶色い樹皮を観察しただけで、「ハイこれは松です、杉です、檜《ひのき》です」と即答できる女子高生はいないだろう。僕だって、そうだ。カープ選手の背番号を見て、「ハイこれは丸《まる》です、倉《くら》です、梵《そよぎ》です」と即答することはできても、相手が樹木では見分けがつかない。

　だが、たとえ知識はなくとも、生徒というものは一般に、教師の求めているであろう答えを類推し答えるという特殊能力を身につけているものだ。僕は類推される唯一の答えを、せいぜい知ったかぶりして答えることにした。

「判った。この色合い、樹皮のざらざらとした質感。——これはモミの木ですね！」

「………」先生は充分過ぎるくらい間を取ると、「いや、実は、わたしにも判らんのだ」と呆れた答え。「なにせ、見た目はただの茶色い木の棒にしか見えないからな」

　知ったかぶりした自分が、馬鹿みたいだ。結局、棒の正体について正解を知っていたのは、シスター・アンジェリカだけだった。

「ソレハ、モミノ木デス。間違イアリマセン」

「モミの木といえば、クリスマスツリーですね、先生。ってことは、この棒はクリスマスツリーの幹の部分ってことですか。でも、ツリーは昨日のうちに神父さんの手で撤去されたんですよね。それがなぜ、こんなところに、こんな形で残っているんです？」

　僕の問いに、先生はモミの木の棒を持ちながら、こう答えた。

「要するに、クリスマスツリーは撤去されていなかったんだな。完全な形では」

　完全な形では、とはどういう意味か？　怪訝《けげん》な顔を浮かべる一同に対して、女教師は説明した。

「クリスマスの十日ほど前、この庭の中央にクリスマスツリーが立てられた。高さ二メートルもあるモミの木だ。想像するに、その高さのモミの木を地面に真っ直ぐ立てるのは、結構大変な作業だ。ひとりではたぶん無理だろう。穴を掘る人、ツリーを支える人、合わせて四、五人は関わったんじゃないかと思う。どうかな、シスター・アンジェリカ？」

「オッシャルトオリデス。信者ノ皆サンニ協力シテイタダキマシタ」

「ところが、その大勢で地面に埋めたモミの木を、昨日の神父さんはひとりで片付けてしまったらしい。シスター・アンジェリカの外出中に、いともアッサリと。これはどういうことだろうか。確かにツリーを撤去する作業は、ツリーを立てる作業に比べれば楽には違いない。だが、それでもひとりで簡単にできる作業とは思えない。二メートルもあるツリーは、それ自体重い。しかもツリーの根本の部分は、この十日間ほど、ずっと地中に埋まっていた。ツリーの周辺の土は締まり、地面はすっかり固くなっていたはずだ。そんな状態にあるツリーは、そう簡単には抜けないはず。では、神父さんはいったいどうしたのか？」

「ふむ、どうしたんだね？」祖師ケ谷警部も興味深そうに、顔を前に突き出す。

「だから、さっきもいっただろ」女教師はニヤリと笑った。「神父さんはツリーを完全な形では撤去しなかったんだよ。彼は、自分ひとりではどうすることもできないツリーを前に、愛用のノコギリを取り出し、幹の部分でバッサリ切り倒してしまったんだな。

倒れたツリーを引きずって門まで運ぶのは、たいした力仕事ではない。あとは知り合いの業者に運んでいってもらうだけだ。これなら簡単だろ。ひとりでも充分可能だと思わないか」

身も蓋《ふた》もないようなやり方だが、確かに合理的ではある。僕らはいっせいに頷いた。

「ト、イウコトハ、昨日ノ夜、ワタクシガ教会ニ戻ッタ時、庭ニハマダ……」

「そうだ。その時点では、まだ庭のこの場所にはモミの木が残っていた。見慣れたクリスマスツリーの形ではなくて、地面から突き出した一本の茶色い棒という形でな」

そういって、池上先生は手にした茶色い棒を、庭に開いた穴に差し込んだ。

一メートル弱のモミの木は大半が地面に隠れ、地上には二十センチほど頭を覗かせるばかりだった。

「この棒は今日の午前中まで、この状態でこの庭の中央にあったんだ。だが、今朝は朝から雨が降っていただろ。シスターも外に出る機会がなかったため、やはり庭に突き出した棒の存在には気がつかないままだった。もちろん、神父さんはこの棒のことを気にしていただろう。『あれは早いうちに始末しなくちゃな……』と、そう考えていたはずだ。そうこうするうちに、午後になり雨がやんだ。神父さんは、どうしたと思う？」

雨上がりの教会の庭に、にょっきり突き出たモミの木。その光景を僕は想像した。

「判った。神父さんは、庭に突き出た棒を、さっそく引き抜こうとしたんですね。地面が濡れて緩んでいるうちに」

「おそらく、そうだ」池上先生は深く頷いた。「だが見てのとおり、棒は深く地中に埋まっている。いくら地面が緩んでいるからといって、簡単に引き抜けるもんじゃない。これを引き抜くには、道具が必要だ。そこで神父さんはなにを用いたか――判るか、霧ケ峰？」

「道具、ですか!?　だけど、現場には道具なんてなにもなかったはず……」

首を捻る僕に向かって、女教師はしなやかな人差し指を一本立てた。

「あったじゃないか。現場にはそれに相応《ふさわ》しい道具が、確かにあった。もっとも、わたしたちはそれを《凶器》と呼んでいたがな」

「凶器――あ！　じゃあ、あの大きな黒い庭石が」

「そう。あの子供の頭ほどもある石は、犯人が神父さんを殴るために持ち出したものではない。あれは神父さんが自らの手で庭の中央まで運んだものだ。彼は地面から突き出した棒に、その石を思いっきりぶつけようと考えたんだな。地中深く埋まった棒に四方八方から打撃を加えると、地中の穴が次第に広がって、棒が抜けやすくなるだろ。あれは、そのための石だった。つまりハンマーの代わりってわけだ」

「あの石は凶器ではなかった!?　てことは、犯人も……」

「そうだ。犯人もいない」

女教師、池上冬子はアッサリと結論を語り、そして説明した。「今日の午後、神父さんは玄関脇にあった大きな石を持って、ひとりで庭の中央まで進んだ。彼は地面から突き出した棒に、その石で繰り返し打撃を加え、引き抜きやすい状態にした。やがて棒がぐらつきはじめたのを見て、彼は石を使うのをやめて、いよいよ棒を引き抜く作業にかかった。彼は地面から突き出た棒の端を握り、力任せにそれを引っ張り上げた。大根を地面から引き抜くときの要領だ。彼は思いっきり重心を後ろに預けただろう。だが、なかなか棒は抜けてくれない。彼はさらに後ろに体重を掛ける。まだ、抜けない。さらに、重心を後ろに……そうするうちに、神父さんの身体はまるでブリッジでもするように、後ろに反り返っていた。彼は後ろに体重を掛けすぎていたわけだ。そのときだ、地中に埋まっていたモミの木が、いきなりスッポリと抜けた！」

「オウ！ナントイウ悲劇的展開！」シスターが恐怖に顔を引き攣《つ》らせる。

「そうだ。次の瞬間、神父さんの身体がどうなったのか、だいたい想像がつくだろ」

「………」戦慄すべき光景が、僕の脳裏に浮かんだ。スポンと音を立てて地中から抜けるモミの木。勢い余って後方に倒れる川田神父。地面に激突していく彼の頭の先にあったのは、いったいなんだったのか――「あ、まさか、そこには！」

「そう、そのまさかだ。神父さんが後頭部から地面に激突する。その先には、さっきまで彼が自分で使っていた、あの大きな石が無造作に放り出されていたんだ。彼は自分が持ち出した道具に、したたか自分の頭を打ち付けてしまい、痛さにのたうち回るうちに穴をふさぐ形で気絶した、というわけだ」

「オウ！　神父様ニ更ナル悲劇！」シスターは恐れおののくように両手で顔を覆った。

「神父様、ソレデヨク、クタバラズニ済ンダモノデス。マサニ神ガ起コシタ奇跡デス」

「………」いや、奇跡を起こしたのは、むしろ自分で自分に重傷を負わせた神父様のほうだと思うのだが、それはともかく。「じゃあ、先生、シスターが見たという、二階の窓を横切って飛んでいった、黒っぽい物体の正体というのは、つまり……」

「うむ、それはＵＦＯではない！」

「知ってます」馬鹿馬鹿しいので、代わりに僕が正解をいわせて貰《もら》う。「要するに、それは地面からすっぽり抜けたモミの木だったんですね。神父さんは後ろに倒れる瞬間、手にした棒を思わず放してしまった。棒は思いっきり後方にブン投げられた恰好になった。常識では考えられない形で放り投げられたその棒は、常識では考えられないほどの飛距離を記録した。棒は教会の二階の窓を一瞬横切り、そのまま塀を越えて、隣の佐久間家の敷地にまで達し、そこに立つ楓の木の枝に引っ掛かった。――そういうことだったんですね」

「ああ、霧ケ峰のいうとおりだ」ＵＦＯ好きの美人教師は残念そうに呟いた。「ツリーの埋まっていた穴と、凶器と目されていた庭石、そして佐久間家の楓の木。この三つがほぼ一直線に並んでいた。それを見て、わたしは今回の事件のおおよその見当がついたんだ。後のことは、もう説明の必要もないよな」

そういうと女教師は退屈そうに説明を終えてしまった。実際、説明されなくても判る。佐久間家の庭にモミの木の棒があるはず。そう見当をつけた女教師は、警部を利用して自ら佐久間家の庭に入り、しばしそこを観察。やがて目標物を楓の樹上に発見した彼女は、見事な後ろ回し蹴りを披露。枝に引っ掛かっていた未確認飛行物体を地上に呼び戻し、危うく僕を串刺しにしようとした——というわけだ。

すべての謎が明らかになったいま、僕は溜め息まじりに、こう呟くしかない。

「結局、今回の事件、すべては神父さんのひとり相撲《ずもう》だったってわけですね」

祖師ケ谷警部も拍子抜けしたように頷く。「うむ、ひとり相撲なら、犯人の足跡がないのも当然だな。今回の事件には最初から足跡の謎なんか、存在しなかったわけだ」

「ソウイエバ、神父様ハ昔、朝青龍《あさしょうりゅう》ノ大ファンデシタ」

そう呟くシスター・アンジェリカは、どうやら《ひとり相撲》と《ひとり横綱》の意味を混同しているらしい。結局、彼女の日本語能力は謎のベールに包まれたままである。

こうして、事件はUFOマニア池上冬子の慧眼《けいがん》により、滅多にお目にかかれないようなスピード解決となった。もちろん、彼女の推理が事実か否か、その確証はいまのところない。だが、もしその推理が正解ならば、やがては意識を取り戻した川田神父の口から、彼のひとり相撲の詳しい顚末《てんまつ》が語られることだろう。それを聞くのは警察の仕事である。

「さてと。それじゃ後のことは警察に任せて、わたしたちは帰るかな。腹も減ったし」

「そういえば、《ベーコン＆ベーコン・バーガー》を食べに行く途中でしたっけ」

僕らはシスター・アンジェリカに別れの言葉を告げて、恋ケ窪教会を辞去した。

別れ際、シスターは先生と僕に丁寧な感謝の言葉を述べ、それから真剣な顔でこう付け加えた。「鯉ケ窪学園ノ《クソ餓鬼》ドモニ、ヨロシク伝エテクダサイ。教会ノ前デ騒グナ――ト」

わ、判った、判りました！　僕らはシスターの言葉から逃げるように門を飛び出した。

あらためて喫茶『ドラセナ』への道のりを二人で歩きはじめる。師走の冷たい風が住宅街を舞っていた。

「やれやれ、それにしても変な事件でしたね。『ＵＦＯの、正体見たり、クリスマスツリー』――まさに、そんな感じじゃないですか。字余りですけど」

僕は戯れ句を口にしながら、預かっていたコートを池上先生に手渡した。「それにしても、一時はどうなることかと思いましたよ。先生が本気で《宇宙人犯人説》を唱えているみたいだったから。――そういえば、先生にひとつ質問があるんですけど、いいですか」

「ん!?」先生はコートの袖《そで》に腕を通しながら、「なんだ、質問って」

「クリスマスツリーの話が出たときに、『そういえば、いまは十二月だったな』って先生、呟いていましたよね。それをきっかけにして、先生は急に現実的な推理に方針転換したように見えました。あれはどういう意味だったんですか」

「ああ、そのことか」先生は退屈そうに呟いた。「だって、いまは十二月だろ。UFOが現れるはずがない。だから宇宙人もこない。ゆえに犯人は宇宙人ではない。当然の推理だ」

「はあ!?」僕は、この日いちばんの間抜けな顔を浮かべた。「なんですか、その推理!」

「だって、そうだろ、霧ケ峰。おまえ、十二月に現れるUFOの話なんて、聞いたことあるか? ないだろ。わたしもない。普通、UFOってものは、もっと気候のいい季節に現れるもんだ。夏の夜空、秋の夕暮れ、春はあけぼの……それこそがUFOには相応しい。しかし十二月はサンタの季節。おそらく宇宙人の旬じゃない。そう思わないか」

「旬!? 旬って……!?」

いやいや、UFOや宇宙人に旬なんかないって! ていうか、それが《宇宙人犯人説》を捨てた根拠? 常識はずれにも、ほどがあるぞ、池上冬子!

心の中で激しくツッコミを入れながら、あらためて僕はこの美人教師の中に宿る、

《ＵＦＯ熱》と《宇宙人愛》を残念に思うのだった。
――ああ、これさえなければ、この人、名探偵なのに！

# 霧ケ峰涼と映画部の密室

一

文教都市国分寺の西の名門といえば、我らが鯉ケ窪学園のことだ。

九九さえ怪しい不良生徒から華やかな芸能人までが見境なく通うこの学園には、一般的な校舎のほかに、いくつかの建物がある。部室棟もそのひとつだ。

それは学園における部活動の拠点となる長屋みたいな二階建て。出入口は廊下の両端に二箇所あり、それぞれ「東の玄関」「西の玄関」と呼ばれている。玄関を入ると長い廊下に沿って、「倉庫よりかは多少マシ」といった感じの粗末な小部屋が並んでいる。生徒たちが青春の夢を燃やしたり、日々の鬱憤《うっぷん》を発散したり、束《つか》の間の退屈を弄《もてあそ》んだりする、この非日常的空間を、教師たちの多くは「無法地帯」と呼んでいる。

短い冬休みも明けた一月某日。

僕は隣のクラスの友人、星野真澄《ほしのますみ》ちゃんとともにその部室棟を訪れていた。目指す部室は廊下の中ほど。入口には撮影に使うカチンコ（正式名称は、なんというのだろう?）が飾られ、そこに白い文字で「映画部」と書かれている。

「ふーん、『映画部』って、ありそうでない名前だね。要するに『映画研究部』なんでしょ?」

僕が聞くと、真澄ちゃんは意外にもキッパリ首を左右に振って、

「ううん、違うよ。『映画部』とは『映画研究部』の略称じゃない。『映画部』とは映画を撮り、それを上映することによって観客に興奮と感動を与えることを目的とする、実践的映画制作集団のことである――って部長がいってるから、たぶんそういう組織だと思う」

「へえ、そうなんだ」なんか、それとよく似た台詞、どこかで聞いた気がするなあ……と、しみじみ思う僕は探偵部の副部長。俊足功打の女子高生、霧ケ峰涼、二年生だ。ちなみに探偵部というのは、「『探偵小説研究部』の略称じゃなくて（中略）実践的探偵集団のことである」と部長がいっているから、たぶんそういう組織なのだと思う。

が、それはともかく――

真澄ちゃんは部室の扉を開き、「汚いところだけど、どうぞ」といって、僕を招き入れた。

そこは様々な撮影用機材と映画雑誌と、映画野郎どもの匂いが充満する未知の世界。部屋の中央には白いテーブルクロスの掛かったテーブルがあり、その周囲を五脚のパイプ椅子《いす》と一脚のディレクターズ・チェアが囲んでいる。監督の椅子の正面に当たる壁際にはテレビ台があり、その上には大画面の液晶テレビがどーんと設置してあった。画面のサイズはざっと四十インチ。フレームは細くて、色は白。見た感じでは新品同様の新

しさだ。

「へえ、いいなあ、映画部は。部室にこんな立派なテレビまであるなんて、凄い贅沢《ぜいたく》」

「べつに贅沢じゃないよ。映画観るのには必需品でしょ。部員たちでお金を出し合って買ったの」

そして彼女は僕に尋ねた。「涼ちゃん、探偵部だよね。探偵部にはないの、テレビ？」

「………」彼女の無邪気な問い掛けは、僕の心を深々と抉《えぐ》った。

テレビがあるとかないとかいう以前に、我らが探偵部には部室というものがないのだ。

映画部と探偵部の間に横たわる溝の深さに眩暈《めまい》を感じながら、僕はようやく本題を切り出す。

「ところで、例のＤＶＤってのは、確かにここにあるんだよね……」

僕が映画部の部室を訪れた理由。それは、とある探偵映画のＤＶＤを借りるためだ。

タイトルは『殺戮《さつりく》の館』。メガホンを取ったのは後にカルト映画の巨匠と呼ばれる河内《かわち》龍太郎《りゅうたろう》監督だ。僕は噂しか知らないが、ミステリマニアの間に刺激的な議論を巻き起こす問題作であるらしい。問題作過ぎて、近年は幻の探偵映画とも呼ばれているのだとか。

その貴重なＤＶＤが、この映画部に保存されているというわけだ。

「保存っていうより、死蔵されてるって感じだけどね。――ああ、これだね」

真澄ちゃんはテレビ台の隣にある戸棚の中からＤＶＤケースを選び出し、テレビの前にしゃがみこむ。テレビ台に設置されたＤＶＤプレーヤーにＤＶＤをセットすると、リモコンの再生ボタンを押す。間もなく四十インチの液晶画面に『殺戮の館』の冒頭場面の再生が始まった。僕は慌てて待ったを掛ける。

「止めて、真澄ちゃん！　家に帰って、ゆっくり観たいから」

「うん、判《わか》った」真澄ちゃんは再生を止めるとプレーヤーからＤＶＤを取り出し、それをケースに収め、僕に手渡した。「だけど、必ず返してね。うっかり無くしたりしないでよ。部長に『弁償しなさい』って、いわれるから」

厳しいんだね、と僕がいうと、「それがうちの掟《おきて》だから」と真澄ちゃんは溜め息を吐《つ》いた。

「判った。今夜観て、明日必ず返すから」

「じゃあ、また明日。そのときは感想を聞かせてね」

そんなふうに明日の再会を約束して、僕と真澄ちゃんは部室の入口で別れた。

その日の夜、僕は万全の態制を整え、ついに伝説の映画『殺戮の館』をこの目で観た。

それはそれは、死ぬほど退屈な二時間半だった――

# 二

翌日の放課後、時刻は午後三時。僕は観終えたDVDを手に、再び部室棟を訪れた。演劇部の発声練習だろうか、遠くで聞こえる「あえいうえおあお」の声を聞きながら、僕は映画部の部室の前に立ち、例のカチンコを鳴らした（カチンコは呼び鈴の代わりになっているのだ）。すると、間もなく扉が開き、色白の眼鏡男子がほっそりとした顔を覗かせた。

僕と同じ二年生の加藤翔太《かとうしょうた》君だ。彼は僕の姿を認めると、「なんだ霧ケ峰か」と意外そうな表情を浮かべた。「なんの用だ？　あ、ひょっとして入部希望か？　だったら歓迎するぞ」

「ううん、違う違う。二年の三学期にもなって、新しく部活なんか始めないから」

僕は入口のところから部室の中を覗き込む。星野真澄ちゃんの姿はなく、室内にいるのは加藤君がただひとり。彼の肩越しに、昨日話題にした四十インチのテレビが見えていた。「――誰もいないみたいだね。部活、今日は休み？」

「休みじゃない。みんな、もう現場に出掛けているから、ここには誰もいないだけだ」

「ふーん。じゃあ加藤君だけ、なんでここにいるの？」

「俺はちょっと歯医者に寄る用事があったから、遅れてきたんだよ。これから現場に出掛けるところだ。それより、なんの用だ。入部希望か？　だったら歓迎するぞ」

「ううん、違う。二年の三学期にもなって、新しく部活なんか――って、さっきやったよね、このやり取り？」

「そういや、そうだ」加藤君は、ハハハッと笑って頭を掻く。「――で、ホントになんの用だ？」

「真澄ちゃんに借りたＤＶＤ、返しにきたんだけど」

「星野真澄なら、今日は欠席だ。なんでも昨日、頭を怪我したって話だ。大事をとって今日は学校を休んでいる。でも、それほど重傷ってわけじゃないから、安心していいらしい。明日は学校にもくるみたいだしな」

「えぇぇーッ、そうなんだ。全然知らなかったよ。じゃあ、とりあえず、これは加藤君に返しておくね。『殺戮の館』のＤＶＤ――え、感想？　それ、いわなきゃ駄目？」

借りた映画を酷評するのもどうかと思った僕は苦し紛れに、「えーと、編集次第で、傑作になってたかもね」と、婉曲《えんきょく》な表現でこれが冗漫な凡作であることを伝えた。

「そうかな、俺は歴史的にも貴重な映画だと思うぞ。まあ、いいや。確かにＤＶＤは俺が受け取った――ところで、霧ケ峰」

「ん⁉」怪訝な顔の僕に、彼は眼鏡の奥から鋭い視線を向けた。

「星野がいないんで、欠員が出てるんだ。ちょうどいいから、おまえ、手伝えよ」

「欠員？　えーと、キャッチャー以外は、いちおう全部守れるけれど……」

「いや、草野球するのにひとり足りない、とかいうんじゃない。仮にも映画部だぞ。映画の話に決まってるだろ。実はな、いま部長が卒業記念映画の撮影の真っ最中なんだ。星野の穴をおまえが埋めてくれれば、スケジュールを遅らせずに済む。な、頼むよ」

「そんなことといって、重い機材を持たせようっていうんじゃないの？」

「違うよ。出演者として映画に出てくれって、いってんだよ。なかなかないチャンスだろ。なーに、演技指導は部長に任せろ。ひょっとすると眠っていた演技者としての才能が開花するかもだ」

べつに眠った才能の開花を期待するわけではないが、結局、僕は真澄ちゃんの代役を引き受けることにした。駄作とはいえ映画部から貴重なＤＶＤを借りた恩義があるし、素人映画の撮影現場というものにも多少の興味を惹かれた。それに演技者、すなわち女優としての才能が花開くなら、それはそれで結構なことであり……やっぱり多少の期待はある。

「ところで、撮影って、どこでしてるの？　砧《きぬた》、調布《ちょうふ》、それとも大泉《おおいずみ》？」

「馬鹿、そんな立派な撮影所なわけないだろ。超低予算の素人映画だぞ。撮影はこの学園の近所にある雑木林を、遥《はる》か遠い富士の樹海に見立てておこなわれている。まあ、説明を聞くより、現場を見たほうが早い。――ちょっと、待ってろ」

加藤君は僕を入口に立たせたまま、部屋の奥に置かれたテレビへと歩み寄った。そしてテレビ台の隣の戸棚にＤＶＤを仕舞うと、「じゃあ、案内してやるよ。ついてこい」

僕と加藤君は映画部の部室を出ると、並んで廊下を歩く。だが、部室棟の東の玄関までたどり着いたところで、いきなり加藤君がシマッタというように頭に手を当てた。

「すまん、忘れ物だ。悪いけどここで待っててくれないか。すぐ戻るから」

一方的にまくし立てると、彼は踵《きびす》を返し、いまきた廊下をまた部室へと戻っていった。

ひとり建物の玄関先に取り残された僕は、何気なく周囲を見渡す。すると建物の裏手にある植え込みから、白い煙が一本すーっと立ち昇る光景が僕の目に飛び込んできた。

ははん、部室棟の裏で植え込みに隠れて煙草《たばこ》を吸っている不良がいるんだな――

と僕は一瞬で状況を理解した。「てことは、その正体は十中八九、荒木田《あらきだ》君ってことだよね……」

なにしろ物陰に隠れて煙草をふかす不良学生なんて、現代では絶滅危惧種だ。鯉ケ窪学園でその存在が確認されているのは、荒木田聡史《さとし》、ただひとりである。

僕が風紀委員なら、『こら、そこで煙草吸ってる荒木田君！　煙草は所定の場所で吸いなさい！』と適切な注意（？）を与えるところだが、探偵部の副部長はそこまでルールにうるさくない。「まあ、いいや、探偵の情けで見逃してやるとするか……」

そんなことを呟きながら、僕は風になびく煙をボンヤリと眺める。

そうこうするうちに、「よお、待たせたな」と背後から呼びかける声。

振り向くと目の前に、加藤君の姿。彼の右手には黄色い表紙の小冊子が握られていた。

どうやら撮影に使う台本らしい。彼の忘れ物とは、これのことだったのか。

納得する僕の前で、彼はひと言。「――それじゃあ、いくとするか」

加藤君は筒状に丸めた台本で、真っ直ぐ前方を示しながら、ずんずんと歩き出した。


学園から徒歩三分の場所にあるその雑木林は、林といっても広さは高が知れている。

薄暗い木々の間を歩くうちに、僕らはすぐに映画部のひとりと遭遇した。おそらくその男は最近何者かの襲撃を受けたのだろう。脳天を巨大な斧《おの》で真っ二つにされた彼は、血まみれになりながら、林の奥から僕らを手招きしていた。加藤君はその血まみれ男に気安く呼びかけた。

「よお、佐山《さやま》。部長は――じゃなかった、監督はどこだ？」

佐山と呼ばれた男は、頭に挟まった斧の柄でもって、その方角を僕らに報《しら》せてくれた。

特殊メイクのおかげで口が聞けないらしい。判った、と頷いて何事もないように歩き出す加藤君。後に続く僕は、当然のことながら大いなる不安を覚えはじめていた。

僕はいったい、どのような映画に駆り出されようとしているのだろうか――？

その不安は、間もなく極限に達した。撮影現場にはディィレクターズ・チェアに座る人物が一名。これが監督らしく、手許《てもと》のメガホンを弄んでいる。その周囲にはカメラや音響、照明などの各担当者らしき人物が数名。そして、その周辺には大勢のバケモノたちが、監督からのなんらかの指示を待つように、所在なげに佇《たたず》んでいた。

どんな映画か知らないが、少なくともここで撮られているのが、青春純愛ドラマや学園本格ミステリでないことは、サルが見たって一目瞭然だった。

「遅くなりました、監督」

加藤君が背後から呼びかけると、ディレクターズ・チェアに深々と腰を下ろしていた人物が、「あら、加藤君、早かったわね」といってすっくと立ち上がり長い黒髪を右手で後ろに払った。「歯医者さんには、もういってきたの。そう、そっちの娘《こ》は誰？　入部希望者？」

「いえ、星野の代役にと思って連れてきたんですよ。どうです、監督？」

「ふーん、星野さんの代役ねえ」背の高い彼女はメガホンの先で僕の顎をしゃくると、正面から僕を見据えた。「なるほど、いい目をしているわね。悪くないわ」

「………」

いままで加藤君から聞いた話を総合して考えるならば、この黒髪の女子こそは映画部の「部長」であり、卒業記念映画の制作に励む「監督」であるらしい。僕の思い描いていたイメージとは大違いである。度の強い眼鏡を掛けた身なりの悪い不健康そうな痩《や》せた映画馬鹿——そんな男性部長の姿を、僕は漠然と想像していたのだ（偏見である）。

「ど、どうも、僕、霧ケ峰涼っていいます。よろしくお願いします」

「わたしの名前は佐伯優子《さえきゆうこ》。みんなは『監督』って呼んでいるから、あなたもそう呼びなさい」そして彼女は白い歯を見せながら、「なんなら『巨匠』って呼んでくれてもいいわよ」

「はあ、じゃあ『監督』ってことで……」さすがに同じ女子高生を「巨匠」呼ばわりするのは抵抗がある。「ところで監督さんに、さっそくお尋《たず》ねしますが、僕はいったいなにをやらされるのでしょうか。僕、演技とかできませんし、台詞も覚えられるかどうか……」

するとと佐伯優子は胸を叩いて、「演技指導は、わたしに任せて」と豪語するかと思いきや、意外とそんなことはなく、ただ彼女は呆れたように肩をすくめて、こういった。

「演技!? 台詞!? そんなもの、全然必要ないわ。あなたはただ、『キャー』と叫んで、ばったり倒れてくれれば、それでいいのよ。次の場面では、あなたは惨殺された女子高生の死体となって、林の中に寂《さび》しく転がるんだから。——聞いてなかったの?」

佐伯優子が僕と加藤君を交互に見やる。加藤君は頭を掻いて、「あれ」と惚《とぼ》ける仕草。

騙された。真実を悟った僕は、「帰ります!」と踵を返して逃げ出す構え。

しかし――「おっと、いまさら逃げようなんて許さないわよ」

言うが早いか、佐伯優子は手にしたメガホンをひと振りする。

するとたちまち、監督の意図を汲《く》み取った大勢のバケモノたちが、いっせいに僕を取り囲む。

血のりと特殊メイクと、もともとの人相の悪さが相まって出来上がったハイブリッドなモンスターたちは、間近で見るとかなりの迫力。僕の逃走意欲は急低下した。

「判った、判りました！　やります。死体でも殺人鬼でも、なんでもやりますって！」


そんなこんなで映画部の撮影に付き合わされること小一時間。悲鳴のあげ方にも慣れ、死体役も順調にこなし、特殊メイクの怪物たちとも仲間意識が芽生《めば》えはじめたころ、

「す、す、すみませーん、監督」と、カメラを持ったひとりの一年生男子が声を震わせながら、オドオドと右手を挙げた。「キャメラのバッテリーが切れちゃいましたぁ」

「えッ、ちょっと、ストップ、ストーップ！」ディレクターズ・チェアに座った佐伯優子はメガホンを大きく振って、撮影を急遽《きゅうきょ》中断。それから彼女は問題の男子に向けてメガホンを突き出した。「ちょっと、増村《ますむら》君！　キャメラの電池切れとは何事なの。言い訳なんか、聞きたくないわ。さっさとバッテリーを交換してキャメラを回しなさい。早くしてね」

「そ、それが充電中のバッテリーは部室でして……」

「なんですってぇ!?」と佐伯優子は目を三角にして叫ぶ。「だったら、いますぐ――」

「は、はいッ。走って取ってきますッ!」

増村と呼ばれた一年生は、佐伯優子の鋭い視線から逃げるように、林の道を駆け出していった。

佐伯優子は「やれやれ、使えない奴ね」と下級生を愚痴《ぐち》りながら、監督の椅子の上で組んだ脚をぶらぶらさせた。

僕はひとつ不思議に思うことがあって、傍らの加藤君に尋ねてみた。

「ねえ、なんで撮影中断するの？　カメラなら、もう一台あるじゃない。ほら」僕は、もう一人の男子部員が手にしたデジタルムービーカメラを指差した。「あのカメラで、撮影を続ければいいじゃない。なんで、そうしないの？」

「ああ、あれか。あれは本編を撮るためのキャメラだろ。増村が回していたのは、メイキングビデオ用なんだよ。要するに、映画制作中の監督を撮るためのキャメラだ」

ここで加藤君はぐっと声のボリュームを落とし、僕だけに耳打ちしていった。

「うちの部長は、メイキングビデオ用のキャメラが回っていないところでは、絶対に撮影をしない。なぜなら、映画に情熱を燃やす女性監督佐伯優子の恰好いい姿をキャメラに収めること、それこそが彼女の映画制作の真の目的であるからだ」

「なるほどねー」

　本末転倒、という四字熟語が僕の頭に浮かんで消えた。

「ちなみに本編のタイトルは未定のくせに、メイキングビデオのタイトルだけは半年前から決まっている。『わたしは撮り続ける～若き映画監督佐伯優子の創作と苦悩～』ってんだ」

　佐伯優子、わがままで目立ちたがりのワンマン部長である点は、探偵部の多摩川部長と一脈通じるものがあるようだ。さすが自らを「巨匠」と呼ぶだけのことはある。

あと、どうでもいいことだけど、映画部の人間は誰もが「カメラ」のことを「キャメラ」と発音するらしい。これも「巨匠」の意思だろうか。それとも映画部に脈々と受け継がれる伝統だろうか。ならば「ガメラ」は「ギャメラ」というのだろうか……？

　そんなことを考えていると、林の道に人の気配。間もなく増村君が電池を手にして現場に戻ってきた。増村君は荒い息を吐きながら、「お、遅くなりましたぁ」と巨匠監督に一礼すると、続けて怪訝そうな顔を彼女に向けた。「あの……ところで、監督さん⁉　と椅子の上で顔を上げる佐伯優子。そんな彼女に増村君が意外な問いを投げる。

「部室に置いてある大画面テレビ、修理かなにかに出したんですか？」

「はあ、修理⁉　そんなの、出すわけないでしょ。べつに壊れていないんだし……」

　ですよね、と頷いた増村君は全員に聞こえる大声で、あらためて素朴な疑問を発した。

「じゃあ、なんで部室のテレビ、なくなってるんですか?」

増村君のひと言によって、撮影は一時中断となった（もっとも、メイキング用のカメラが使えなくなって以降、ずっと中断しているが……）。

佐伯優子は少数の撮影スタッフと大勢のモンスターたちに急遽命じた。

「わたしの指示があるまで、全員ここで待機。加藤君と増村君はわたしについてきて」

いうが早いか彼女は林の道を駆け出した。彼女の後を二人の男子が追った。

一瞬迷って、僕も彼らの後に続いた。僕は映画部員ではないので、部長の指示に従う理由はないのだ。

## 三

数分後、僕ら四人は学園の部室棟へと到着。映画部の部室へと廊下を急ぎながら、

「はん、部室のテレビがなくなっているですって? そんな馬鹿な話があるもんですか!」と、佐伯優子は自分に言い聞かせるように喋り続けた。「だいたい、あのテレビは四十インチよ。いくら薄型だからって、そんな馬鹿でかいものを、そう簡単に盗みだせるわけないわ。そもそも現金や宝石ならいざしらず、いまどきテレビなんか誰が盗むっていうのよ。あり得ないわ。どうせ、なにかの勘違いでしょ」

と、そこまでいったところで部室にたどり着いた佐伯優子は、目の前の扉を自ら開け放ち、大声で叫んだ。「ないぃぃ――ッ！　液晶テレビがなくなってるぅぅ――ッ！」

佐伯優子、クールな外見に似合わず、なかなかいいリアクションをする。

僕は彼女に対する認識を修正しながら、その肩越しに部室の中を見やった。つい先ほどまで四十インチのテレビが鎮座していた台の上が、いまはガランとなっている。

「ね、なくなっているでしょ。勘違いや見間違いじゃありませんよね？」

増村君はむしろホッとした表情で、テレビ台を指差す。台の上にはテレビから引き抜かれた配線が黒い蛇《へび》のように、のたくっているばかり。肝心のテレビは影も形もない。

「信じられない……」佐伯優子は唖然とした顔でテレビ台に歩み寄る。「本当に誰かが盗んでいったの？　いまどき実在するの、テレビ泥棒って？」

「そりゃあ、いないとは限りませんよ、部長」

と加藤君がいった。撮影現場では佐伯優子のことを「監督」と呼んでいた彼だが、ここでは「部長」と呼んでいる。映画部では、それも一種の掟なのだろう。

「うちの部室にテレビがあることを羨望の眼差《まなざ》しで眺めていた連中は大勢います。他の部室には、こんなものはありませんからね。そうだろ、霧ケ峰？　探偵部の部室にもテレビなんてないよな。――あれ、どうしたんだ、霧ケ峰？　そんな悲しそうな顔して」

「…………」映画部の連中はデリカシーってもんがない。なさすぎる。

僕の返事がないのを見て、佐伯優子が口を開いた。

「だけど、加藤君、あれはうちの部員がお金を出し合って購入したテレビよ。設置する許可も学校からもらってあるわ。誰からも文句をいわれる筋合いはないじゃない」

「それでも、羨《うらや》ましがる連中はいるんですよ。そんな中のひとりが、この部室に忍び込み、テレビを持ち出したとしても、全然不思議じゃないと思いますよ」

「仮にそうだとするなら、とんだ逆恨みね」佐伯優子は憤懣《ふんまん》やるかたないとばかりに腰に手を当てた。「だけど、盗んでどうするのよ。まさか自分たちの部室に設置して楽しむってわけにもいかないでしょ。なにせ四十インチもあるんだから」

「確かに、そんなことしたら、よその部にもバレますよねえ」

と増村君が部長に賛同する。

「じゃあさ、盗むこと自体が目的だったのかもよ」

いきなり僕が口を挟むと、映画部の三人の顔がいっせいにこちらを向いた。

「どういうことなの？」

と首を傾げる佐伯優子に向かって、僕は自分の思い付きを語った。

「要するに、映画部に対して悪意を持つ人間が、映画部員に不愉快な思いをさせたいと願う、ただそれだけの理由でテレビを盗んだ。——そういうことじゃないですかね？」

「それはないわ。だって、そこまで恨まれる心当たりはないもの。わたしたちはただ観客に興奮と感動を与えることを目的とする実践的映画制作集団に過ぎないのよ」

「………」そういう言い方が、敵を増やすんじゃありませんか、佐伯優子さん？

するると増村君が僕に尋ねた。「仮に霧ケ峰さんがいうような目的だとして、犯人はそのテレビをどうするんです？　盗品のテレビじゃ、売るのだって難しいでしょうに」

「そうだね。うーん、どうするのかな。腹いせに叩き壊すとか？」

「えー、そんな無駄なことしますかねえ。壊すために奪うなんて」

「その点は、なんともいえないわね」佐伯優子は一年生の疑問をいったん保留して、「とにかく捜してみましょ。あれだけでかい代物だもの。鞄に詰めて校門から持ち出すなんて、きっと不可能だわ。ということは、テレビは案外この近くにあるのかもしれないわよ」

それもそうだ、ということで全員の意見が一致し、僕らは部室をいっせいに飛び出した。各人バラバラになって建物の周囲を見て回る。すると捜索を開始して五分もしないうちに、

「ありましたよー」

と増村君の声が僕らを呼んだ。声は部室棟の裏のほうから響いたようだった。すぐさま僕は声のする方角へと駆け寄った。加藤君と佐伯優子も僕のすぐ後に続いていた。

部室棟の裏は、裏庭とは名ばかりの殺風景な空き地のごとき光景を呈している。そん

な中に唯一聳《そび》え立つのは一台の焼却炉だ。ダイオキシンが社会問題になってからは、いっさい使用されていないのだが、取り壊すにはそれなりの費用が掛かるので、そのまま放置されているのだ。その焼却炉の傍《そば》で、増村君が僕らを呼んでいた。

「ほら、こっちですよ、こっち！」

僕らは増村君に手招きされながら、焼却炉の背後に回りこむ。そして、次の瞬間——

「うぅ！」僕らの口から、無念の呻き声が漏《も》れた。

僕らが捜していた四十インチの液晶テレビは、確かにそこにあった。焼却炉の本体に立てかけるようにして放置されている。だが、その液晶パネルの中央部には、なにかで打撃を加えられたような大きな凹《へこ》みがあった。その凹みを中心に、蜘蛛《くも》の巣を思わせるような放射状の亀裂がパネル全体に走っている。白いフレームも傷だらけだ。テレビがすでに修復不可能な状態にあることは、誰の目にも明らかだった。

「やっぱり、壊されてたか……」加藤君が悔しそうに唇を嚙む。

「ええ。きっと、犯人はこの石でパネルを一撃したんですね」

増村君がテレビの傍に転がる、大きな石を指で示す。僕は割れた液晶パネルを見ながら無言で頷く。そんな中、佐伯優子が険《けわ》しい表情で一歩前に足を踏み出した。

「だ、誰がこんな真似を……ゆ、許さない……絶対に許さないわよ！」

そして映画部の巨匠監督は、ワナワナと震える拳を突き上げながら、見えない真犯人に宣戦布告するかのように、こう叫ぶのだった。

「犯人め、絶対見つけ出してやる！　見つけ出して、絶対弁償してもらうんだから！」

# 四

僕らは壊れたテレビをそのままにして、いったん部室棟へと引き返した。東の玄関を入り、映画部の部室の前にたどり着いたところで、僕は素朴な疑問を加藤君にぶつける。

「そういえば、鍵はどうなっていたの？　部室を出るとき、加藤君、鍵掛けたっけ？」

「いや、掛けてない。本来は掛けるべきなんだろうけど、部室って大勢の部員が出たり入ったりするだろ。面倒だから、いちいち掛けないんだよ。部室をいちばん最初に使う奴が鍵を開けて、いちばん最後に帰る奴が鍵を掛ける。ルールはそれだけだ。その間、部室の扉は開きっぱなしってことだな。無用心な話だが、他の部室も似たようなもんだろ。――探偵部も、そうなんじゃないか？」

「まさか。探偵部の部室は常に密室だもん。誰も入れないよ」

僕は悔しさのあまり虚言を弄《ろう》する。だがその瞬間、あることが気になった僕は、他の三人にいった。「そうだ。先に部室に入っていてよ。僕、ちょっと用事を済ましてくるから」

了解、といって佐伯優子が片手を挙げる。映画部の三人が部室に消えるのを待って、僕はすぐさま廊下を駆け出した。向かった先は部室から遠いところに位置する、もうひとつの出入口。西の玄関だ。

そこにはジャージ姿の五、六人の男女の姿があった。彼らは真剣な表情で、大袈裟《おおげさ》な芝居の台詞を練習中だった。僕は彼らの台詞が途切れるのを待って、こう切り出した。

「君たち、演劇部でしょ。ずっとこの場所で芝居の稽古《けいこ》をしていたの?」

僕の問いに答えてくれたのは、リーダーと見られる青いジャージの男だ。

「ああ、確かに僕らは演劇部だが、それがどうかしたのか。あ、君、ひょっとして入部希——」

「違ぁーう!」入部希望者と間違われるのは本日何度目だっけ? 僕はうんざりしながら、すぐさま本題に移る。「ちょっと教えて欲しいんだけど、四十インチのテレビを持った人が、この玄関を出ていかなかったかな?」

たぶん僕の質問はシュールすぎたのだろう。演劇部の人々は混乱の表情を露《あらわ》にした。

「四十インチのテレビを持った人?」「自宅に大型テレビを所有する人物、という意味か?」「見た目じゃ判断できないわ」「あたしの家には六十インチがあるわよ」「そうは見えねえな」

いや、そういう意味ではなくて——と僕は彼らに補足説明。すると演劇部の一同は、いっせいに呆れ顔を左右に振った。そんな変な奴は通っていない、というのだ。

演劇部を代表するように、青いジャージの男が力強く断言した。

「僕らは午後三時前からここにきて、もう一時間以上もこの場所で芝居の稽古をしているが、そんな大きなテレビを抱えた不審者など、ひとりも見ていない。そんな奴がここを通れば、見逃すはずがない。――これでいいか？」

「うん、ありがとね」短く礼をいうと、僕は踵を返して西の玄関から廊下へと戻った。

長い廊下をまっすぐ進み、今度は東の玄関へと向かう。玄関を出たところで、建物の裏手に視線を向ける。建物と植え込みの間から立ち昇る白い煙があった。一時間前と変わらぬ光景だ。僕は足音を忍ばせ、煙のほうへと歩み寄る。大きく息を吸うと、いきなり植え込みの向こう側に顔を突き出して、僕は彼の名を呼んだ。

「――ねえ、荒木田君！」

覗き込む僕の目の前。学ラン姿の不良男子生徒が泡を食ったような仕草で煙草を地面にこすりつけ、濁《にご》った空気を両手でかき回す。無駄なリアクションを取るその不良の正体は、思ったとおり荒木田聡史、その人だった。

荒木田君は僕の顔を確認すると、「なんだ、霧ケ峰か」と何事もないかのように立ち上がる。そして彼は吸殻を靴の裏で隠しながら、「なんだよ、急に。俺になにか用か？」

もちろん、用があるから呼んだのだ。僕は単刀直入に用件を切り出した。

「ねえ、荒木田君、君、さっきからずっとこの場所にいて煙草ふかしてたよね？」

僕の発した重大な質問に対して、彼は不良特有のオーバーアクションで応じた。

「はあぁー⁉　煙草おぉー⁉　なーんのことだか、ぜーんぜん、わっかんねーなー」

「………」ああもう！　馬鹿丸出しの不良男子って奴は、これだから困る。「あのさ、べつに君の喫煙を咎《とが》めようとか、先生にチクろうとか、そういう考えで聞いてるんじゃないから、正直に本当のことといってもらえないかな？　時間ももったいないし」

「ほ、本当のことってなんだよ。俺は嘘なんか生まれてこのかた一度も……」

この嘘つきめ！　僕はそれ以上彼の虚言に付き合うことなく、自分の質問を口にした。

「荒木田君、午後三時ぐらいから、もう一時間以上もこの場所にいるよね？」

「ん——まあ、そうだな。確かに、おれはずっとここにいた。べつに煙草を吸っていたわけじゃねえけど、ここにいたことは事実だ。それが、どうかしたのか」

「聞きたいことがあるんだ」僕は植え込みの向こうに広がる裏庭を指差した。「この一時間ほどの間に、誰かがここを通って、焼却炉のほうにいかなかった？」

「焼却炉に？」荒木田君は顎に手を当てながら眉を顰《ひそ》めると、「ああ、いたいた」

「いたの？　どんな奴？」

「おまえだ、霧ケ峰」荒木田君は僕の顔をまっすぐ指差した。「おまえとその仲間みたいな連中が、焼却炉のほうに向かってぞろぞろと走っていった。おまえらは焼却炉のほうでしばらく騒いで、それからまた部室棟に戻っていった。俺はずっと見てたぜ」

「ああ、そっか」荒木田君が目撃したのは、消えたテレビを捜し回る僕と映画部員の姿に間違いない。「じゃあ、僕ら以外の人を見なかったかな？　そいつは四十インチのテレビを抱えていたから、きっと目立ったと思うんだけど」

「はあ、テレビを抱えた奴が、ここを通ったかって？　馬鹿いうな。そりゃあ、俺だって張り込みの刑事じゃねえんだから、ずっと裏庭を見張っていたわけじゃねえ。俺が気づかないうちに、ひとりや二人、俺の前を通っていった可能性はある。けど、そんな馬鹿でかい荷物を抱えた人間が通れば、絶対に気づく。見逃すなんて、あり得ねえ」

「ホント!?」僕は彼の証言の意外さに驚き、一歩前に出る。「絶対、間違いない？　本当に通らなかった？　ひょっとして荒木田君、居眠りしていたなんてことはない？」

「居眠りだって？　そんなはずあるかよ。だって煙草吸いながら居眠りなんて、危ねえじゃねーか。火傷《やけど》したら、どーすんだよ」

「え!?　ああ、それもそーだね」荒木田聡史、嘘つきなのに嘘のつけない奴……

僕は彼の単純さに呆れながら、一方で徐々に明らかになる謎の不思議さに首を捻る。犯人は誰にも見られることなく、いかにして部室のテレビを持ち出したのだろうか？

僕は荒木田君を連れて、映画部の部室へと引き返した。ようやく戻ってきた僕の姿を見て、佐伯優子は「長かったわね」といってニヤリと笑う。明らかにトイレと勘違いしている気配を感じたが、釈明するのも面倒なので、僕はひと言「混んでて……」といって頭を掻く。

「あらそう。でも、なんで荒木田聡史が一緒なの？」

呼び捨てにされた荒木田君はムッとした表情。だが、相手が上級生なので喧嘩にはならない。その代わり、顎の先で僕を示して、「霧ケ峰がこいっていうから、きてやったんだ」

「重要な証言者ってとこですね」僕は誤魔化《ごまか》すようにいって、部室の中を眺めた。

部屋の中央には白いテーブルクロスの掛かったテーブル。その周りを囲むように椅子が並んでいる。加藤君、増村君はパイプ椅子、佐伯優子は当然のごとくディレクターズ・チェアに腰掛けている。僕と荒木田君は余っているパイプ椅子に腰を下ろした。

「ところで、なにを話していたんですか？」僕が尋ねると、

「いま、加藤君から話を聞いて、状況を整理していたの。だいたいの流れは判ったわ。まず、わたしたち映画部員は、午後二時半にいったんこの部室に集まった。そして、撮影機材やメーキャップ道具などを持って、すぐに雑木林の撮影現場へと移動したの。そのとき、テレビは普段どおりの場所にあったわ。——ねえ、増村君？」

「ええ、もちろんです。部室にいたのは短い時間でしたし、酷く慌《あわただ》しかったから、べつ

にテレビのことなんて気にしてはいませんでしたが、テレビが存在していたことは事実です」

　増村君の発言に、佐伯優子は満足そうに頷いた。

「その後、加藤君が遅れて部室を訪れ、その直後に霧ケ峰さんがこの部屋にやってきた。そして二人は一緒に部室を出た。時刻は午後三時ごろ。そのときテレビ台の上には四十インチのテレビがあった。――間違いないわね、加藤君？　霧ケ峰さん？」

「ええ、確かに」「間違いありません」と僕らは揃って首を縦に振る。

「ということは、テレビが盗まれたのは、加藤君と霧ケ峰さんが部室を出た午後三時以降ってことね。犯人は無人になった部室に忍び込み、テレビを持ち出し、焼却炉の裏に運んで破壊した……」

「いや、それがどうも、そう簡単な話じゃないらしいんですよね」

　僕は先ほど入手した情報を、映画部の三人に伝えた。僕と加藤君が部室を出て以降、東の玄関には荒木田君、西の玄関には演劇部員たちが張り付くように存在していた。にもかかわらず彼らの中の誰ひとりとして、テレビを運び出す犯人の姿を見ていない。これはいったいなにを意味するのか――

「密室ね！」佐伯優子がパチンと指を鳴らした。「部室棟の出入口は東と西の二箇所しかない。そこが実質的に通れないということは、これは一種の密室状況だわ」

密室という単語を嬉々《きき》として口にする部長。それに対して、増村君が平凡な可能性を指摘する。

「二つの玄関以外にも、通れる道はあるんじゃないですか、部長。例えば窓とか」

「あら、そんなの駄目よ」佐伯優子は椅子から立ち上がり窓際に歩み寄ると、サッシ窓を開け放った。「見て。一階の窓は鉄柵で覆われている。廊下の窓も同様だわ。ボール遊びに興じるアホな男子が、ガラスを割らないようにとの配慮からよ。窓からテレビを運び出すのは無理よ」

「ふーむ」加藤君は半ば感心するように溜め息を吐いた。「犯人の通り道が見当たらない。だけど実際にテレビは運び出されている。まるで密室殺人だな」

「え、殺人！　誰が殺されたって？」

荒木田君が椅子から腰を浮かせながら尋ねる。僕はひと言、「テレビ君」と答えた。

「なんでえ、馬鹿馬鹿しい！」吐き捨てるようにいうと、彼は再び椅子に座りなおす。

「だけど、完全な密室なんて絶対あり得ないわ。きっとどこかに穴があるはずよ」

佐伯優子はせわしない足取りでテーブルの周囲を歩き回る。やがて、彼女の頭になんらかの閃きが舞い降りたらしい。彼女はポンと手を打ち、椅子に座る僕らを見やった。

「そうよ、唯一の可能性はこれしかないわ。すなわち——」

佐伯優子は顔の前で指を一本立て、その指をまっすぐ不良男子の顔面へと向けた。

「荒木田聡史、あなたが犯人ね。いいえ、間違いありません！　ないったらないの！」

「はあ、決め付けんなよ！」

荒木田君も今度は完全に立ち上がった。「どうやらテレビが盗まれたらしいが、そんなもん俺が盗んでどうすんだよ。意味ねーだろ、ああん⁉」

「ふん、意味なんか必要ないわ。これはただの不良の憂《う》さ晴らし、あるいは単なる暇潰しの犯行だもの。あなたはこの部室からテレビを盗んで、それを破壊した。その一方で、偶然現場に居合わせた第三者を装い、嘘の証言をでっちあげた。それだけのことよ」

部長の見解を耳にして、加藤、増村の両部員は「なるほど」と賛同の声を発した。

確かに、荒木田君が嘘の証言をしているのだとすれば、密室の謎は消えてなくなる。だが、一方的に嘘つきと断定されては、いくらなんでも荒木田君が可哀想だ。僕は孤立無援の不良番長のために、せめてもの援護射撃を試みることにした。

「待ってください。荒木田君は確かに嘘つきだけど、あんまり賢くないからそこまで複雑な嘘はつきたくてもつけません――」あれ、これって逆に荒木田君を貶《おとし》めてるかな？

不安を覚える僕の隣で、当の荒木田君が「そうだ、霧ケ峰のいうとおりだぜ」と僕の発言をぐいぐい後押しする。

――よかった。やっぱり荒木田君、あんまり賢くないみたい！

自信を得た僕は、さらに彼の援護を続ける。「それに、荒木田君を疑うなら、同じように演劇部の人たちも疑わなければ不公平なんじゃありませんか？」

するとと佐伯優子は反論する代わりに、こんなことを言い出した。

「あら、じゃあ霧ケ峰さんに聞くけど、ひとりで隠れて煙草を吸っている不良男子と、お芝居の稽古に汗を流す演劇部員たち、あなたはどっちが疑わしいと思うの？」

「え⁉」僕は一瞬言葉に詰まる。「そ、そりゃ、疑わしいのは、え、え、えんげき——」

「おい、霧ケ峰、無理すんな」

もういい、というように荒木田君がポンと僕の肩を叩く。僕は思わず俯《うつむ》いた。

「ごめん、荒木田君、やっぱりいちおう君のことを疑ってみるのが、筋だと思う……」

「まあ、そうかもな」荒木田君は諦め顔で頷く。「でも、俺の話したことは本当だ。俺はテレビを盗んでいないし、盗んだ奴の姿を見ることもなかった。何度聞かれても、答えは同じだぜ」

「じゃあ、犯人はどうやってテレビを盗み出せたんだ？」加藤君が根本的な疑問を呟く。

どうやら密室の謎はテーブルの上をぐるりと一周して、また最初の地点に戻ってしまったようだ。進展しない議論に業を煮やしたのか、佐伯優子は挑発的な態度でいった。

「霧ケ峰さん、あなた確か探偵部だったわよね。こういう難しい謎を解き明かしてくれるのが、探偵部なんじゃないの？　それとも探偵部に本物の名探偵はいないのかしら」

「むむ！」僕は彼女の言葉に眉を顰め、不愉快さを露にする。

――よーし、こうなったら仕方がない。あの人に頼んでみるか。

僕はおもむろに携帯を取り出し、学園随一の名探偵と信じる人物を呼び出した。

生物教師、石崎浩見《ひろみ》。探偵部の顧問を無料で務める、学園一物好きな男だ。

## 五

僕の連絡を受けた数分後に、石崎先生は映画部の部室に現れた。いきなり携帯で呼びつけられたことが気に食わないのか、それとも推理マニアの照れなのか、白衣の生物教師は僕の顔を見るなり、

「やれやれ、君はアレかい？　問題集を買って、まず解答編から読むタイプか。それじゃあ、いつまで経《た》っても問題を解決する能力は身に着かないよ」

と手厳しい皮肉を口にした。ならばとばかりに、僕は思わせぶりにそっぽを向いて、

「あ、だったらいいですよ、先生。今回の事件は僕が努力と根性でなんとかします。先生は生物教室でのんびり珈琲《コーヒー》でも飲んでいてください。密室の謎は僕が解きますから」

密室――と聞いて石崎先生は興味を惹かれたらしい。たちまち推理マニアとしての本性を現した。「まあ、待ちなさい。せっかくきたんだ。話だけでも聞こうじゃないか」

石崎先生はパイプ椅子のひとつに腰を下ろすと、テーブルに着く一同の姿を見回した。

「ふーん、映画部員が三名、不良男子が一名。探偵部員が一名か。面白い顔ぶれだね。ところで密室なんだって？　それで、いったい誰が殺されたのかな？」

「…………」五人分の溜め息がテーブルの上に小さな渦を形成した。

密室＝殺人事件と考えるのは、推理マニアの悪い癖である。

僕は先生の誤解を解くべく、さっそく事件について説明した。僕が長々と話をする間に、加藤君が増村君になにやら耳打ち。すると増村君はひとり椅子から立ち上がり、部室の備品らしき珈琲メーカーで人数分の珈琲を淹れはじめた。僕は気にせず事件の説明を続ける。

殺人はおろか、血の一滴さえ流れることのない、それでいてなんとも奇妙な現象を示す難事件。僕がその一部始終を語り終えたころには、カップに注《つ》がれた六人分の薫《かお》り高い珈琲が、テーブルの上で湯気を立てていた。

石崎先生は自分のカップから琥珀《こはく》の液体をひと口啜ると、「なるほど、密室って、そういう意味か」と、すべてを理解したかのように深々と頷いた。

「部室棟の玄関は二箇所。だが、そのどちらにも第三者の目があった。犯人はこの二つの玄関を通れない。窓は鉄柵で覆われていて、これも通れない。じゃあ、他に通り道はないかな。他に……そう、二階はどうだ？　二階の窓は鉄柵で覆われていないだろ。犯人はテレビを持っていったん二階に上がり、そこからロープでテレビを地上に下ろした。犯犯人自身もロープで降りれば、演劇部員や荒木田君から目撃されずに済むかも――」

　シンと静まり返る一同の中、佐伯優子が呆れたような声を発した。

「本気ですか、先生?」

「本気だとも。可能性としては充分、検討に値すると思うね」

　そんな先生の姿にイライラしたのか、荒木田君が突然、掌《てのひら》でテーブルをバシンと叩いた。「あり得ねーな、そんなやり方。二階からロープなんて非現実的過ぎるぜ!」

「ほう、非現実的というのなら、その証明をロジカルにお願いしたいね、荒木田君」

　だが残念ながら荒木田君にロジックを求めるのは、花屋で焼肉を注文するようなもの。案の定、彼は僕の耳元に顔を寄せて「おい、霧ケ峰『路地刈る』ってなんだ?」と全然ロジカルじゃない質問を投げてきた。この問いには、さすがの僕も答えようがない。

　ならば、とばかりに僕は荒木田君に成り代わり、ひとつの理論を語った。こう見えても探偵部副部長。理論と屁《へ》理屈は得意中の得意なのだ。

「荒木田君が植え込みに隠れて煙草を吸っていることは、誰も知らない事実。おそらく犯人も知らなかったでしょう。ならば、なにも知らない犯人は、堂々とテレビを抱えて彼の前を通り、その姿を目撃されていたはず。わざわざ二階の窓を使うはずがありません。違いますか」

「だけど犯人は荒木田君の存在に気づいていたのかもよ。君が気づいたようにね」

「仮にそうだとしても、荒木田君がその場所に一時間以上も居座るなんて、犯人にとっては想定外でしょう。僕が犯人なら、荒木田君がその場を離れるまで待ちます。テレビを二階の窓から運び出すような時間の掛かる真似はしません。かえって危険ですから」

「なるほど、確かに君のいうとおりだ。犯人の行動としては、あり得ないね」

石崎先生は僕のロジックにいちおうの合格点を与えるように、深く頷いた。

「どうやら二階の窓さえも、犯人がテレビを持ち出した通り道とは考えられない、というわけだ。だとすれば、結局のところ、この密室状況の中から、四十インチのテレビというような物体を持ち出すことは、まったくもって不可能という結論にならざるを得ない。実際、それがこの密室の謎に対する答えなんだろうと、僕は思うね」

「はあ⁉　それが答え、というと」瞬間、僕はハッとなった。「そっか。つまりテレビはこの部室棟から持ち出されていない。映画部の部室から持ち出されたテレビは、部室棟の中のどこか他の部室に隠されているってこと――」

「なにいってんのよ、霧ケ峰さん」佐伯優子が僕の言葉を遮る。

「そうだぞ、霧ケ峰」と加藤君も呆れ顔だ。「現にテレビは持ち出されていただろ」

「そうですよ。焼却炉の裏で壊されているのを、みんなで確認したじゃないですか」

増村君の言葉を聞き、僕はようやく自分の勘違いに気がついた。確かに三人が指摘するとおり。テレビが焼却炉の裏まで持ち出されていることは、疑いようのない事実だ。

「どういうことなんですか、先生。もう、なにがなんだかさっぱり……」

頭を抱える僕。すると、石崎先生は深く考え込むように眉間に指先を当てながら、

「うーん、なんといったらいいのかな。テレビは持ち出されているといえば持ち出されているんだが、持ち出されていないといえば、そうともいえるわけで——いや、こんなこと、くどくどいっても仕方がないね。ならば、決定的な証拠を見せるとしようか」

唐突にそんなことを言い出すと、先生はすっくと椅子から立ち上がった。

そして彼は目の前のテーブルに正対すると、両腕を広げた。先生の左右の掌が、目の前に敷かれた白いテーブルクロスの端と端とを強く握り締める。何事が起こるのかと、緊張して見守る僕ら。すると先生の口からいきなり、

「でれでれでれでれでれでれでれでれ……」

と謎めいた呪文、もしくは擬音のようなものが飛び出した。それがドラムロールを模したものであると気づくのに、僕は数秒の時間を要した。間もなく、口でおこなうドラムロールが止《や》み、静寂が舞い降りる。その直後、目にも留まらぬ速さで先生の両手が手前に引かれた。

「！」見守る一同は思わず目を見張った。

一瞬の後、カップをテーブル上に残したまま、白いテーブルクロスだけが綺麗に引き抜かれていた。カップの中の珈琲は一滴たりともこぼれていない。

——おお、これは、この技は！

「……テ、テーブルクロス引き！」

それはかつて正月のかくし芸番組で、あの大御所タレントが披露した伝説の大技に違いなかった。それをこの場面でやってのけるなんて、石崎先生、あんたは鯉ケ窪学園の『ミスターかくし芸』か！

いや、そんなことは、この際どうでもいい。僕はテーブルクロスの下から現れた黒々とした物体に視線を注いだ。その物体はまさしく四十インチの液晶テレビ——ではなく、それは単なるテーブルだった。

長方形の天板はアクリル製。その表面は真っ黒な光沢を放っている——

## 六

おお！　という歓声はおそらく石崎先生のかくし芸に対して向けられたものだ。だが一瞬の興奮がやむと、テーブルを囲む一同の間には、小波《さざなみ》のような戸惑いが広がった。

ここはもう僕が質問するしかないだろう。「あのー先生、なんですか、これ？」

「あれ、判らないのかい？　これこそ決定的な証拠だよ」

「証拠って、これが？　ただの黒いテーブルにしか見えませんけど」

「ふむ、君はこの黒いアクリル板をテーブルの天板だと、そう解釈するわけだね。じゃあ、佐伯さんに聞いてみよう。君、このテーブルの天板は、もともとこんな色だったのかい？」

「い、いいえ、違います。このテーブルは木目調のはず」佐伯優子は黒い天板に困惑した顔を寄せる。「この黒い板は、後から誰かが貼り付けたものではないかと……」

佐伯優子の発言に呼応するように、荒木田君が威勢のいい声を発した。

「よし、この板、剝《は》がしてみようぜ。おい、上に載ってるカップをどかせ」

一同はアクリル板の上にある珈琲カップを片付けて、荒木田君の行動を見守った。

荒木田君はテーブルに歩み寄り、黒いアクリル板の端に指を掛けた。腕に力を込め、板の端を持ち上げる。なにかが無理矢理剝がされるような「メリメリッ……」という音がして、板は徐々に持ち上がっていく。どうやら、アクリル板は木目調のテーブルの上に両面テープで貼り付けてあるらしい。テープが剝がれてしまうと、黒いアクリル板は完全にテーブルから離れて、独立した一枚の板になった。「――剝がれたぜ、先生」

「思ったとおりだよ。それじゃあ、その板、裏返してごらん」

「はあ、裏返したって、黒い板に変わりはねーだろ」呟きながら、荒木田君は両手で抱えた板を裏返す。だが現れた裏面を見た瞬間、彼の表情は一変した。「――な、なんだこりゃ！」

黒い板の裏面は、やはり黒い板に違いなかった。だが、そこには表とは決定的に違う点がひとつ。裏面は白いテープで縁取りがされていた。縁取りの幅は二センチ程度だ。

石崎先生は満足げに頷くと、荒木田君から黒い板を受け取り、テレビ台に歩み寄った。

「いいかい、霧ケ峰君。我々は物体を見るとき、その色や形状のみを見ているわけではない。それの置かれた状況や使われ方を見て、その物体を判断しているんだ。この黒いアクリル板だってそうだ。さっきみたいにテーブルの上に貼り付けてあれば、確かにテーブルの天板に見える。上に珈琲カップが載っていれば、なおさらテーブルにしか見えない。けれど、同じ黒いアクリル板を白いテープで縁取りして、それをテレビ台の上に立てたら、どうなるか――」

石崎先生は白く縁取りされた長方形の黒い板を、横にした状態でテレビ台の上に真っ直ぐ立てた。

「ほら、どうだい、霧ケ峰君。白いフレームの薄型大画面テレビに見えないかな?」

「は!」僕は思わず息を呑む。それから慌てて拳をブンブン振り、先生の言葉に賛同の意を表した。「み、見えます! 確かにこれは薄型テレビ。白いフレームといい、黒いパネルの質感といい、大きさといい、これはもう誰が見たってテレビですよ。ねえ、荒木田君!」

「ん!? まあ、確かにそう見えるけどよ」荒木田君は疑《うたぐ》るような目で僕を見下ろした。

「おめー、ひょっとして自分の勘違いを、必死で正当化しようとしてねーか？」

「……だ、だって、だって」あのときはそういうふうに見えたんだもん！

　自分の勘違いに否応《いやおう》なく気づかされた僕は、がっくりと肩を落とす。それを見て、石崎先生は「どうやら気がついたみたいだね」と口許にニヤリとした笑みを浮かべた。

「霧ケ峰君は今日の放課後、この部室を訪れた際に、そこに四十インチの薄型テレビが確かにあったと、そう証言したよね。だが、その正体は黒い板を白く縁取りしただけのものだったんだよ。それがテレビ台の上にそれらしく固定されているのを見て、君はそれをテレビだと信じ込んだ。実際には、君がこの部室を訪れた時点で、すでに本物のテレビは運び出されて、焼却炉の裏側に放置されていたんだと思う。――しかしまあ、君が見間違えたのも無理はないよ。部室の入口に立つ君は、離れた場所からその《薄型テレビのように見える薄い板》を眺めるしかなかったんだからね」

「やめてください、慰めの言葉なんて」ゆるゆると首を振る僕は、しかし、あることに気がついて顔を上げた。「ん!?　でも、待ってくださいよ。僕は確かに入口のところにいたから、勘違いしましたけれど、加藤君は？　彼は僕から受け取ったＤＶＤをテレビ台の隣の戸棚に並べてから、僕と一緒に部室を出たんですよ。加藤君はテレビ台にあれだけ接近しながら、そこにあるのが単なる黒い板だと気がつかなかった？　いや、そんなわけないですよね。――あ、ということは、つまり！」

事ここに至ってようやく真実に気がついた僕は、ズバリと彼の顔を指差していった。

「加藤翔太君！　君こそが僕を騙した張本人。そういうことだったんだね！」

加藤君は一瞬息を呑んだ後、「よく判りましたね」と呟き、自らの罪を認めた。

「なーに、これぐらいは簡単だね。僕の推理力を持ってすれば、余裕余裕……」

「いや、霧ケ峰、おまえじゃない。俺は石崎先生にいってるんだ。ていうか、霧ケ峰はなんにも判っていなかったじゃないか。俺の計略にまんまと嵌《はま》ってたくせして、偉そうにすんな！」

「………」確かに、そういわれては返す言葉がない。僕は渋々沈黙した。

加藤君は僕ではなく先生に質問した。「どうしてトリックに気づかれたんですか？」

「なに、さっき説明したとおりだよ。密室状況の現場からテレビを持ち出すことは不可能。ならば、テレビは密室状況が出来上がる前に持ち出されたと考えるしかない。つまり、演劇部が練習を開始したり、荒木田君が煙草を吸いはじめたりする、そのもっと前にテレビは運び出されたに違いないんだ。だとすると、霧ケ峰君がＤＶＤを返しにきた午後三時に、部室にあったというテレビは、いったいなんなのか？　それは実はテレビではなく、テレビに似せて造ったダミーではないか。そういう結論にたどり着くのは必然だよね」

「なるほど。確かにそうですね」

「では仮にこの推理が正しいとした場合、そのダミーのテレビは、どこに消えたのか。そう思ってこの部室を見回してみると、おあつらえむけの隠し場所が、目の前にあるじゃないか。これはもう間違いない。そう確信した僕は伝家の宝刀『テーブルクロス引き』で見事、隠された真実を白日の下に晒したというわけだ。納得してもらえたかな、加藤君？」

「は、はあ、テーブルクロス引きをおこなう必然性以外は、確かに納得です。さすが石崎先生」

　完全に白旗を掲げる加藤君に対して、石崎先生が確認するように尋ねる。

「この黒いアクリル板は映画部の備品ではないよね。君がこの板をわざわざテーブルクロスの下に隠したことからも、それは明らかだ。君、この板をどこから調達してきたんだい？」

「実はそれ、写真部が作品を展示するときに使うパネルなんです。彼らの部室には、それが何枚もあるので、ちょうどいい大きさのものを一枚拝借してきました。写真部の部室にも鍵は掛かっていませんでしたから」

　なるほど、と先生は頷くと、傍らでキョトンとする僕に向かって説明した。

「加藤君は今日の放課後、『歯医者にいくから撮影に遅れる』と映画部の仲間に嘘をつき、すでに部員が出払った後の部室にひとりでやってきた。写真部から調達した黒いアクリル板を持ってね。そして彼はテレビを部室から持ち出し、部室棟の玄関から外に出て、焼却炉の裏まで運んだ。これは人目につかないように、うまくやれたんだろう。彼は大きな石で液晶パネルを割り、フレームを傷つけた。それから彼は部室に戻ると、黒いアクリル板に白いテープで縁取りをしてダミーのテレビを作り、それをテレビ台に置いた。このダミーのテレビは誰か適当な人物に目撃してもらう必要がある。そんなときに、うってつけの人物が現れた」

「僕ですね。たまたまＤＶＤを返しにきた僕を、加藤君は利用することにした」

「そうだ。君は加藤君の思惑どおり、テレビ台の上に大画面テレビがあると思い込んだ。それから二人は揃って部室を出る。だが東の玄関を出たところで、加藤君は『すまん、忘れ物』といって、ひとりで部室に戻っていった。このとき、彼はなんのために部室に引き返したのか。もう君にも判るだろ？」

「はい。加藤君は部室に戻り、ダミーのテレビを隠したんですね。テレビ台の上にあったアクリル板をテーブルに貼り付け、その上にテーブルクロスを掛けた。これで見た目上、部室からテレビは消えてなくなったことになる。作業の時間は、ほんの数分しか掛かりません」

「そうだ。後は、その部室の状況に誰かが気づけばいいんだが、その役割を果したのは増村君だ。彼はカメラのバッテリーを取りに部室に戻り、そこでテレビの消失に気づいた。後のことは、君たちがよく知っているとおりだ。テレビは焼却炉の裏から発見された。そして君たちはそのテレビが運び出されたのが、午後三時以降のことだと信じ込む。午後三時に霧ケ峰君と加藤君が実際にテレビを目撃しているんだから、これは一見動かしようのない事実に思える。だが、そこに不可解な現象が加わった」

「密室ですね。三時以降の時間帯、部室棟は密室状況にあった。——ん⁉　ということは、この密室は加藤君の狙ったものではなかった、ということですか」

「もちろんだよ。君がいったとおり、荒木田君が午後三時から一時間以上にわたって、植え込みの陰で煙草を吸い続けるなんてことは、加藤君だって予期しちゃいない。この密室はまさしく偶然の産物ってわけだ。加藤君にしてみれば、むしろ迷惑な思いだったろうね」

「てことは、加藤君が敢えてトリックを用いた意味は、いったい何です？　密室でないとすると……」

「アリバイだよ。これは密室トリックではなく、アリバイトリックなんだ。犯行を午後三時以降だと信じ込ませることができれば、加藤君は容疑の対象から外れるだろ。だって午後三時以降、彼はずっと霧ケ峰君や映画部の仲間たちと一緒に過ごしている。アリバイ成立だ。もちろん雑木林で撮影中の映画部の面々にも、その時間帯の犯行は不可能だ。結果、映画部の全員が疑われずに済む。それこそが加藤君の狙いってわけだ」

「そうか。加藤君は自分が容疑を逃れたいと願う一方で、映画部の人たちも事件に巻き込みたくなかったんですね」

僕の言葉を聞きながら、加藤君は黙ったままで何度も頷いていた。

だが、それでも納得いかないとばかりに、佐伯優子が首を左右に振った。

「判らないわ。なぜ加藤君がそんなことをするの？　そこまで映画部の仲間のことを思いやる加藤君が、なぜその映画部のテレビを持ち出して壊すような真似を？」

「いや、そうじゃないんだ、佐伯さん」石崎先生が手を振った。「事実は逆なんだよ。持ち出して壊したんじゃない。加藤君がそんなことをしても意味がない。そうじゃなくて、テレビは壊れていたんだよ。壊れていたから、彼はそれを持ち出して、焼却炉の裏でこれ見よがしに滅茶苦茶にしたんだ。そうすることで、『映画部ではない誰かがテレビを壊した』という間違った結論に、みんなを誘導しようとしたんだと思う」

「はあ、テレビは壊れていた⁉」佐伯優子は難しそうに眉間に皺《しわ》を寄せた。「どういう意味ですか？　映画部員が部室に集まった午後二時半の時点では、テレビは壊れていませんでしたけど」

「おや、なぜ佐伯さんは、そう言い切れるのかな？　誰かテレビの電源を入れてみたのかい？　あるいは液晶画面やフレームを丹念に観察した部員がいたの？」

「い、いえ、そういうわけではありませんが。――そうか、パッと見て異状はなくても、あのテレビは中身がすでに壊れていた。だけど撮影のことで頭がいっぱいのわたしたちは、そのことに気づかなかった。そういう可能性は考えられますね。だとすれば、テレビはいつ誰が壊したんです？」

「そう。その問いこそが重要だ。いいかい、部室のテレビが壊れていると判れば、当然、誰もがそのことを考えるだろう。テレビはいつ誰が壊したのか、と。そして、その問いを考え続けるうちに、おそらく映画部員の誰かしらが、ある出来事との関連性を疑うに違いない。そういえば、部員のひとりが頭を怪我したといって、今日学校を休んでいるな……彼女はいったい何に頭をぶつけたのかな……とね」

瞬間、僕はすっかり忘れていた友人の名前を思い出した。そもそも僕がこの事件に巻き込まれるきっかけとなった女の子。「星野真澄ちゃん！　彼女もこの事件の関係者なんですね」

「おそらくね。例えばこれは想像だが、昨日の夕方、この部室で何者かが星野さんと一緒だったとする。やがて二人の間に諍《いさか》いが起こり、その何者かは星野さんを突きとばした。星野さんはテレビに頭をぶつけて怪我をした。と同時にテレビも倒れて、その衝撃で壊れた。その人物は自らの暴力行為を隠蔽《いんぺい》するべく、あるトリックを思いつく……」

先生の推理を聞き、佐伯優子の険しい視線が加藤君に注がれる。

「あなた、まさか……」

「え、ちょ、ちょっと！　違います、違いますって！」

いままで椅子の上でうなだれていた加藤君が、いきなり立ち上がって猛抗議する。

「そんなんじゃありません。俺、彼女を突き飛ばしたりしてませんから。判りました。そこまで疑われちゃかないませんから、本当のことをいいます。確かに俺と星野は昨日の夕方、この部室に二人でいました。でも、諍いなんか起こっていません。彼女はね、自分ひとりでパイプ椅子に躓《つまず》いて転倒し、それでテレビに頭をぶつけて怪我をしたんですよ」

「おや、そうだったのかい」と石崎先生。「ではテレビが壊れたのも、そのときだね」

「ええ。壊れたといっても、フレームの角に傷がついたのと、液晶パネルの一部に小さなひびが入っただけ。ちょっと見ただけでは、壊れているとは判らない程度でした。だけど電源を入れるともう駄目です。画面の一部が映像を表示できなくなっていました。彼女はオロオロと泣いていました。頭の怪我が痛くて泣いていたんじゃありません。彼女が恐れていたことは、ただひとつ――自分がテレビを弁償させられるのではないか、そのことでした」

「………」弁償という単語に、部室全体がシンと静まり返った。

多くの視線が注がれる中、映画部部長、佐伯優子は絶対の確信を持った口調で、

「あら、そんなの当然だわ。星野さんが壊したのなら彼女が自分で弁償するべきよ」
と、にべもなく言い放った。
なるほど、彼女の定める映画部の掟、それこそがこのような事件を引き起こしたのか。
僕にはようやくこの事件の真相が見えた気がした。
弁償という罰に怯える真澄ちゃん。男気を刺激された加藤君は「俺がなんとかする」
とかなんとか調子のいいことをいって、それからひと晩かけて必死で考えたのだろう。
実際には昨日壊れたテレビを、今日何者かが壊したとみんなに信じさせる方法を。
それは部員たちがテレビの電源を入れないうちに、速やかに実行される必要がある。
しかもそれは、真澄ちゃんや加藤君本人、それから他の映画部員にも、いっさい容疑が
掛からないようなやり方でなければならない。
そうして彼が考え出したのが、あの黒い板を薄型テレビに見せかけるトリックだ。
彼のトリックはいちおう成功した。実際、テレビの破壊は今日の午後三時以降に映画
部員以外の誰かの手でおこなわれたとしか思えなかった。加藤君の狙いどおりだ。ただ
し荒木田君や演劇部員のおかげで、現場は想定外の密室状況となった。それが石崎先生
の探偵魂に火をつけ、彼の名推理と、思いがけない「テーブルクロス引き」を招く結果
となった。
これはそういう事件だったのだ。

石崎先生は密室の謎が解けて、充分満足したようだ。彼はそれ以上、加藤君や真澄ちゃんの行為について咎める様子を見せなかった。あまり興味がないのだろう。

「二人の処分は実質的な被害を受けた映画部に任せよう」といって、先生は今後の対応を映画部の部長に一任した。

「ただし、か弱い女子高生にテレビの代金を全額弁償させるのは、酷だと思うな。なにせ四十インチだろ。だいたい二十万円ぐらいかい、霧ケ峰君？」

「それ、いつの感覚ですか、先生⁉　大画面テレビが一インチ五千円だったのは、相当昔ですよ」

先生の金銭感覚はあまりに酷い。僕は呆れるしかなかった。

「心配には及びません、石崎先生」と佐伯優子がいった。「星野さんに過酷な負担が掛かるようなことにはなりません。幸い彼女には頼れる共犯者がいたのですから、責任も分担されるべきでしょう。そうですねえ、二人で十日ほどバイトすれば、また同じサイズのテレビが買えるんじゃないかしら――ねえ、加藤君」

加藤君は言葉を発する代わりに「はあ～」と深い溜め息で答える。そんな彼の肩を増村君が、「頑張ってくださいね」と励ましながらポンと叩いた。増村君、励ましはするけれど、手助けするつもりは全然ないらしい。どうやら加藤君と真澄ちゃんのバイトは確定のようだ。

ともかく、こうして事件は一件落着した。石崎先生の活躍もあって、事件は稀《まれ》に見るスピード解決。学園には再び平穏な空気が戻ったかに見えた。だが、しかし——

僕らが事件解決の余韻に浸る、ちょうどそのころ、また新たな事件が！

なんと、雑木林に取り残された例のハイブリッド・モンスターたちが、いっこうに現場に戻らない監督に業《ごう》を煮やし、ついに特殊メイクのままぞろぞろと一般道を歩き、学園への帰還を開始したのだ。——夕暮れの街に解き放たれたバケモノたちの群れ！

当然のごとく巻き起こる女性たちの悲鳴。逃げ惑う子供たち。

学園の周辺がパニック映画の様相を呈したことは、いうまでもない。

# 霧ケ峰涼への二度目の挑戦

―

それは二月のとある放課後のこと。今朝にかけて降った雪は、意外な量の積雪となり、雪化粧を施した国分寺の街は、束の間清らかな風景を見せている。そんな中――

「ふーん、あの家が今日の集会場所なの？」

瓦《かわら》屋根に重そうな雪を乗せた平屋の民家を指差し、僕はマフラーを巻いた首を傾けた。

「だけど、ここっていったい誰の家？　勝手に入っていいのかな？」

いいわけないよね、と思いつつ、僕は隣に佇む赤坂通君を見やる。学ランにダウンジャケットを羽織った彼は門柱を指で示して、大胆にも言い放った。

「どうせ空き家だ。ほら、門にも表札とか掛かってないだろ。だから大丈夫」

なにが大丈夫かは、さて措《お》くとして、「でも誰が言い出したの？　ここに集まろうなんて。探偵部の底辺に位置する赤坂君には、そんなこと決める権限、なにもないよね」

「誰が底辺だ、誰が！」

まあ、確かに権限はないけどな、と呟きながら彼は白い息を吐いた。「決めたのは多摩川部長だ。部長がこの空き家を見つけて、次の集会はここにしようって」

「なるほどー、そういや探偵部って、いまだに部室ないもんねー」

呟きながら、ゆるゆると首を振る僕の名は霧ケ峰涼。鯉ケ窪学園の探偵部において副部長の重責を担う二年女子。俊足巧打とびっきりナイスな笑顔が売り物で、将来の夢はマツダスタジアムの年間予約席を誰かに買ってもらうこと。

一方、隣の赤坂君は、僕と同じく探偵部に所属する男子。褒《ほ》められるほど賢くもなく、かといって笑えるほど馬鹿でもない彼は、個性的な面々が集う探偵部の中にあって、もっとも地味な存在だ。だが、そんな現状に抗うかのように、彼は時折、意外な形で存在感を示すことがあるので注意が必要。そういえば、十一月の学園祭のときが、まさにそうだったっけ……

苦い想い出を嚙《か》み締めつつ、僕はあらためて周囲の様子に目をやった。

場所は学校近くの住宅街。積み木を並べたような二階建て住宅が、所狭しと立ち並ぶ様子は、普段なら眺めるほどの価値もない。だが、雪の衣を纏《まと》った街並みは、いつもとは違う輝きを放っている。そんな中、真新しい住宅に四方を囲まれたその空き家は、若者の中で身を縮める老人のように、その古びた外観を晒していた。

「こんなとこに突っ立っていたら、凍えちまう。とりあえず中に入ってようぜ」

そういいながら、赤坂君は錆《さ》びついた門扉を押し開いた。

空き家の玄関から僕らのいる門までの距離は、約十メートル。その間を一本の細長い通路が延びている。四方を隣家に囲まれた空き家は、その一本の通路だけで、僕らのいる車道と繋がっているのだ。

通路に人の通った気配はなかった。地面には乱れのない綺麗な雪が、降り積もった状態のままで残っていた。空き家に続く通路だから、誰も通らないのは当然のことだ。赤坂君はその通路に迷わず足を踏み入れた。僕も彼の後に続く。

僕と赤坂君は雪を踏みしめながら約十メートルの通路を渡りきり、空き家の玄関にたどり着いた。木製の玄関扉は古くはあるが、頑丈そうなものだった。

「でも、いくら空き家っていってもさ、鍵ぐらいは当然掛かってるよね、ははは」

笑いながら僕はノブを握る。ノブはくるりと回転し、扉は易々《やすやす》と開いた。

「はは……は⁉」あまりにも楽チンな成り行きに、僕はふと疑問を覚える。「ねえ、いくらなんでも無用心すぎない？　こんなに戸締りが緩いんじゃ、この空き家、そのうち素行の悪い高校生の溜まり場にされちゃうんじゃないの？」

「うん。いま俺たちがやろうとしていることが、まさしくそれだ」

「あッ、それもそっか」

いっけねえ、と自分で頭をポカリとしながら、僕は扉を開け放つ。

さすが空き家の玄関だけあって、たたきには一足の靴も見当たらない。僕と赤坂君は靴を脱ぎ、空き家の中へと上がりこんだ。立派な不法侵入である。

昭和のころの建造物だろうか。木造平屋のその家は、造りはしっかりしており、いまでも充分暮らせそうな雰囲気だ。これって本当に空き家なのかしらん、という素朴な疑念が僕の胸に一瞬浮かび上がる。

そのとき、赤坂君が嬉しそうな声で僕の名を呼んだ。

「見ろよ、霧ケ峰。珈琲があるぞ。きっと多摩川部長が用意してくれたんだな」

そこは六畳の和室だった。かつては茶の間として使われた空間なのだろう。中央には、星一徹《ほしいってつ》が見たら大喜びでひっくり返しそうな、昔ながらのちゃぶ台がある。その上にポットと珈琲カップ、それにインスタント珈琲や砂糖といったものが、お盆に載せた状態で一式置いてあった。

確かにこれは、誰かが僕らのために用意してくれたものに違いない。けれど多摩川部長が、訳もなくこんな気の利いた真似をするだろうか。ますます僕は不審を覚えずにはいられない。

だが、そんな僕の思いをよそに、赤坂君はさっそく二杯の珈琲を作りはじめる。やがて湯気の立つ二つの珈琲カップが、ちゃぶ台に並べられた。

「さあ、飲めよ」赤坂君は自分の珈琲カップを手にして、迷わずひと口啜《すす》った。

数分が経過し、時計の針が午後三時を差す――

彼の様子に異変がないのを充分確認した僕は、ようやく自分のカップに口をつけた。琥珀の液体を一気に半分ほど飲んでから、「――あー、おいしい！」

「おい、こら、なにが『あー、おいしい』だ！」赤坂君はちゃぶ台の向こうで不満げに顔を歪めた。「おまえ、俺を毒見役にしやがったな。俺が『う、苦しい～』とかいって、喉《のど》をかきむしりながらバッタリ倒れるんじゃないかって、警戒してただろ」

「だって、これが本当に部長の用意した珈琲かどうか、判《わか》らないでしょ。仮に部長が用意した珈琲だとしても、なにが入っているか判ったもんじゃないし」

「おまえ、身内のこと、全然信用してねえな」赤坂君は呆れ顔で、もうひと口、珈琲を啜る。「ははッ、大丈夫さ。毒入り珈琲なんて、本格ミステリじゃあるまいし。そんなもの実際に飲まされるなんてこと、あり得な……い」

と、その瞬間、赤坂君の顔に突然現れる苦悶《くもん》の表情。やがて震えはじめた彼の指先から、空になった珈琲カップが滑り落ち、畳の上にごろんと転がった。

「ど、どうしたの、赤坂君！」

叫ぶ僕の前で赤坂君は「う、苦しい～」といって喉をかきむしりながらバッタリ倒れる。そして彼は「水、水ぅ～」と呻きながら、ふらつく足取りで六畳間を出ていった。

――なにこれ⁉

まるで陳腐な犯罪ドラマの冒頭のような光景に、僕は思わず腰を浮かせる。

だが、立ち上がろうとする僕の両脚に、なぜか少しも力が入らない。

「あ、あれ、なに？　どーなってんの、これ？」

とうとう僕はその場でよろけて、畳の上へと無様に倒れこむ。全身の筋肉が弛緩《しかん》していくような感覚。もはや這《は》うことすらも不可能だ。これは、ひょっとして毒⁉

そうだ。僕は毒を盛られたに違いない。だとすると、犯人は彼しかいない。

「くそー、許さんぞ、多摩川部長めぇ」

薄れていく意識の中で、僕は拳を握りながら部長への恨み言を呟くのだった。

## 二

ひんやりとした空気の流れと人の気配を察して、僕は意識を回復した。いったい、自分の身に何が起こったのか。順を追って考えようとした瞬間、その思考を阻止するかのような強烈なビンタが、いきなり右頬《ほお》に飛んできた。「――大丈夫、霧ケ峰さん！」聞き覚えのある女子の声が、僕の耳に届く。彼女の問いに答えようと口を開きかけると、今度は左の頬にもう一発、炎のようなビンタが炸裂《さくれつ》した。

「――目を覚ましてちょうだい！」

大丈夫、もう目は覚めてるから――と僕は返事をしようとするのだが、その女子は、僕の言葉を遮るように、いきなり制服の胸倉を摑んで、「いったい何があったの、霧ケ峰さん！」と叫びながら、またビンタ。さらにビンタ。またまたビンタ。ビンタの嵐が僕の両頬を三往復程度したところで、当然のごとく僕の堪忍《かんにん》袋の緒がブチ切れた。

「くをらぁ、いい加減にしろぉ――ッ！」

僕は突然ガバッと上半身を起こすと、目の前の女子を問答無用の張り手一発で突き飛ばす。女子の身体《からだ》は軽々と壁際まで吹っ飛んでいった。

「目を覚まさせたいんだか、眠らせたいんだか、いったいどっちよ、まったく」

上体を起こし、僕は壁際の女子を睨みつける。彼女は頭を手で押さえながら、しゃがみこんだ恰好。僕と同じ茶色いブレザー姿なので鯉ケ窪学園の生徒だと判る。尖った顎と切れ長の目、凍えるような冷酷さと美しさを湛えた彼女の横顔を見た瞬間、僕は思わずアッと声をあげそうになった。「あなたは……」

すると彼女は、弱みを見せまいとするかのように、その場ですっくと立ち上がった。肩幅に両脚を開き畳の上に立つ彼女は、偉そうに腕組みをしながら、僕の姿を見下ろす。切れ長の目が意地悪そうな輝きを放っている。

「お久しぶりね、霧ケ峰さん。相変わらず、お間抜けなお顔だこと！」憎まれ口を叩いた彼女は、自らの胸に手を当てると、「どうやら、あたしのことを覚えていてくれたようね。その点だけは心から感謝するわ」と芝居がかった仕草で一礼する。彼女の顔の両側で自慢のツインテールが大きく弾んだ。

僕は忌《い》まわしい言葉であるかのように、彼女の名を呟いた。「……お、大金《おおがね》うるる」

彼女こそは、『鯉ケ窪学園ミステリ研究会』通称『鯉ミス』において部長として君臨する女子である。高慢にして身の程知らず、なおかつ信じ難いほど負けず嫌いな彼女は、探偵部副部長である僕を勝手にライバル視する実に迷惑な存在だ。事実、秋の学園祭において彼女は、「ミスコン」と称して、僕を無理矢理「ミステリ・コンテスト」に巻き込み、難題を吹っかけてきた。

まあ、そのときは彼女の繰り出す密室の謎を、この僕が快刀乱麻を断つ名推理で見事解き明かし、学園一の美少女探偵の名誉を保つことに成功した（一部、誇張アリ）。

だが、それに懲《こ》りることなく、再び僕の前に姿を現したということは、さては大金うるる、またなにか企んでいるな――

いや、待てよ。彼女の企みを暴く前に、ひとつ重要な確認事項があった。

「あんた、本当にうるる？　うるると見せかけて、実はさららなんじゃないの？」

大金うるるには、双子の妹がいて、嘘か真か名前を「大金さらら」という。うるるとさららは、まるで二台のエアコンを並べたように瓜二つ。二人は入れ替わり可能な姉妹なのだ。もっとも、似ているのは外見だけ。中身はずいぶんと差があるらしく、姉のうるるが鯉ケ窪学園でくすぶっているのを尻目に、妹のさららは地元の名門、早稲田実業に通っている。姉の鬱屈《うっくつ》した心情が、しのばれるというものだ。

するとと、目の前の彼女は自分の胸に右手を押し当てて、

「馬鹿ね。あたしはうるるよ。邪推はやめてちょうだい。それともライバルの顔も見分けられないほど、頼りない観察力なのかしら、霧ケ峰さん？」

そして彼女は右手を口許にやり、「おーッほッほッほッ！」と彼女特有の甲高い嘲笑《ちょうしょう》を、空き家全体に響かせた。他人には真似できない、この馬鹿っぽい笑い方。どうやらこの女、正真正銘マジ本物の大金うるると見て間違いないようだ。

「で——うるるが、この僕に何の用なの？」

「何の用とは、ご挨拶《あいさつ》ね。あなたのほうこそ、他人の家で何をしてらっしゃったの？ここは大金家の所有する家なのよ。あなた知らなかったの？」

「え、ここが大金家⁉」僕は思わず薄汚れた六畳間を見回した。「うるる、あんたの家って意外に貧乏なんだね。名前の印象から、てっきり大金持ちだとばかり……」

「勘違いしないでね、貧乏じゃないから。名前のイメージどおり、大金家は大金持ちよ。そしてこの家は、うちが山ほど所有する不動産のひとつってわけ」

「ああ、そうなんだ。えーっと、それじゃあ、なぜ僕はこの家に……はッ」

瞬間、僕の脳裏に過去の映像がフラッシュバックする。僕は赤坂君と一緒にこの空き家を訪れ、二人でちゃぶ台の珈琲を飲んだのだ。すると、彼が突然苦しみはじめて、僕の身体も自由が利かなくなって——それから、どうなったのか？

時計を見ると、午後六時。あれからすでに三時間が経過している。窓の外はもうすっかり夜の闇。僕らのいる六畳間は天井の蛍光灯の明かりで照らされている。空き家なのに電気が使えるというのも変だが、もっと気になることがある。ちゃぶ台のある六畳間にいるのは僕と大金うるるの二人だけ。赤坂君の姿は見当たらない。

「ねえ、赤坂君は？　そういや彼、『水、水ぅ〜』っていって、部屋を飛び出していったけど——」

僕が赤坂君の姿を周囲に捜そうとした、その瞬間！

「きゃあああぁぁぁ——ッ」

空き家に突然、響き渡る女の悲鳴。僕とうるる以外に、まだ誰かいる。僕は声の方角へ向かい、六畳間を飛び出した。短い廊下を小走りに進むと、その向こうは蛍光灯の明かりに照らされた、四畳半程度の台所だった。古びた流し台があり、作り付けの食器棚がある。空き家なので、食卓や家電製品などは見当たらない。

そんなガランとした空間に、制服姿の若い女が背中を向けて立っていた。彼女は背後に僕の気配を感じると、くるりと振り向き、真っ直ぐ僕を見詰めた。

「あ、あなたは！」僕は震える指で目の前の女を指差した。

その彼女は大金うるると同じ顔、同じスタイル、同じ髪型。だが、着ている制服は鯉ケ窪学園とは違う、どこかハイレベルな匂いを漂わせた紺色のブレザーだ。

ということは——「あなた、大金さららちゃんね！」

「はい、その節はどうもでした。姉がいつもお世話になっています～」

さららは、はにかむような笑顔でペコリと僕に一礼した。大金姉妹の出来のいい方、大金さららは、傍若無人な姉とは違い、ちゃんと挨拶できる娘なのだ。

「いま、悲鳴をあげたのは、さららちゃん？」

「はい。そうです。見てください、霧ケ峰さん。大変なんですよ～」

そういって、さららは横に退いた。目の前の視界が開け、台所の様子が露《あらわ》になる。たちまち、僕の口から驚愕の声が漏れた。「――あ、赤坂君！」

台所の床の上に、学ラン姿の赤坂君がうつ伏せに倒れていた。両手を投げ出した不自然な恰好、表情のない横顔、両目は閉じられたままだ。異変を察知した僕は、すぐさま彼のもとに駆け寄った。うつ伏せの彼を抱きかかえ、「赤坂君、しっかり！」と叫びながら、その身体を半回転させる。瞬間、彼の胸元に見えたのは鮮やかな赤色。傍《かたわ》らには朱に染まった包丁も転がっている。

「し、死んでる……」僕の口から思わずうめき声が漏れた。「赤坂君が、死んでる！」

「はい、そのようです。確かに死んでるようですね～」

赤坂通、空き家に死す。それは疑いようのない事実だった。

なぜなら彼の学ランの胸元には、B5のコピー用紙が貼ってあり、そこには血の色を思わせる濃厚な赤のマジックで『死んでる』と書かれていたからだ（小さな文字で「刺殺」そして「即死」とも書いてある）。

　このような形で『死んでる』男子にお目に掛かるのは、学園祭以来のことだ。ということは、やはりこの事件の策謀者は、彼女を措いて他には考えられない。

「大金うるる！　彼女の仕業ね。——そうなんでしょ、赤坂君！」

　僕が尋ねると、彼は薄っすらと片目を開けて「まあ、そういうこと」と小声で答えた。

「こらッ、駄目じゃないの、死体が返事しちゃ！」

　叱責の声とともに台所に現れたのは、うるる本人だった。「赤坂君、あんたは刺されて死んでるんだから、黙ってそこで死んでなさい」

　一方的に命じられた赤坂君は、無言のまま彼女の指示に従い、改めて『死んでる』状態に戻った。それにしても赤坂君、探偵部員のくせに、なぜ鯉ミスの部長の言いなりなの？　何か弱みでも握られた？　借りたお金が返せないとか？

　疑問は山ほどあるが、いまは考えないことにして、僕はうるるに顔を向けた。

「要するに、これは鯉ミスから探偵部への二度目の挑戦。僕がこの空き家に誘い込まれたのも、赤坂君が『死んでる』のも、空き家に電気が通じていることだって、すべては鯉ミスが仕組んだ推理ゲームの舞台設定。そういうことだね」

　僕の問い掛けに、黙って頷く鯉ミス部長。僕は右の拳を握り締めて、

「よぉーし、判った。そういうことなら、その挑戦、この霧ケ峰涼様が受けて立とうじ

ゃないの——って、本気で僕がそういうと思ってるわけ？　あんた馬鹿じゃないの？」

「誰が馬鹿なもんですか。霧ケ峰さんには、是が非でもお相手をしていただくわ」

僕は探偵部とミステリ研究会との根本的な相違を明らかにする必要を感じた。

「あのね、残念だけど、探偵部は現実の事件における探偵活動を本分とする実践的部活動。鯉ミスが好むような推理ゲームや小説といった創作的活動には興味がないの」

「あら、逃げるのね。仲間が刺されて死んでるっていうのに、薄情なこと」

「に、逃げるだってぇ……」僕の奥歯がギシッと軋《きし》む。

いや、落ち着け、霧ケ峰涼。この手の安い挑発に乗っては駄目だ。僕は冷静さを装いながら、くるりと踵《きびす》を返すと、大金姉妹に背中を向けた。

「悪いけど、あなたたちの推理ゲームに付き合ってやるほど、暇じゃないんだ。それじゃあ、僕はこれで。帰って日南《にちなん》のキャンプ情報を見ないといけないから」

充分暇そうね——そんなうるるの呟きを無視して、僕は台所を出た。六畳間で鞄とマフラーを手にし、そのまま玄関へと向かう。大金姉妹に、僕を追いかける気配はない。意外にアッサリだな。そう思いながら僕は靴を履き、玄関扉を開けて、ひとり外に出る。だが、玄関から門へと続く細長い通路に足を踏み出そうとした瞬間、僕は妙な引っ掛かりを覚えて、思わずその場に立ち止まった。

「そういや、雪が積もってたんだっけ」

明かりに照らされた雪の通路には、当然のようにいくつかの痕跡が残されていた。まずは門から玄関へと続く二種類の足跡がある。僕と赤坂君がここを訪れた際の足跡だ。

それとは別に、自転車のタイヤ痕《こん》が雪の上にくっきりと残っていた。僅《わず》かに蛇行したようなタイヤ痕だ。タイヤの幅は通常の自転車より若干太いようだ。

玄関先を見回してみると、軒先に一台の自転車が置いてある。太目のタイヤを装着したスポーティな車種だ。僕らが、ここを訪れた際には、この自転車はなかった。うるるたちが二人で乗ってきた自転車に違いない。つまり、自転車のタイヤ痕は、大金姉妹が空き家を訪れたときに残されたものだ。とすると――

「犯人の足跡は、どこ？　これって、変じゃないかしらん？」

いや、そうでもないか。赤坂君は毒を飲んで死んだのだから、犯人の足跡がないのは、不思議でもなんでもない。いやいや、違う。そうじゃない。彼は毒ではなく、刺されて死んだのだ。B5の用紙に「刺殺」そして「即死」と書いてあったではないか。ならば、この通路に犯人の痕跡がないのは、いったいなぜ？　犯人は別のルートから逃げた？　いや、それとも、まだこの空き家のどこかに潜んでいる？　あるいは、雪の上に痕跡を残さずに移動する、なんらかのトリックが存在するとでも？　だとすれば、それは果してどんなトリックなのか――

思い悩んだ僕は、玄関先で再び回れ右。靴を脱ぎ、台所に引き返してみるが、そこには赤坂君の死体が転がるばかりである。ならば、とばかりに六畳間を覗くと、こちらには呑気《のんき》にインスタント珈琲を楽しむ大金姉妹の姿があった。

「あ、霧ケ峰さん、戻られたんですね～。うるるちゃん、凄ぉ～い」

「ほらね、さらら、あたしのいったとおりになったでしょ」

うるるは勝ち誇ったように悠然と珈琲を啜る。そんな彼女に、僕は尋ねた。

「ねえ、うるるん。これって、ひょっとして雪の密室ってやつ？」

僕の問いに、すぐさま彼女はこう答えた。「――うるるんって呼ぶな！」

## 三

「雪の密室かどうか、あなたがご自分で確かめてみてはいかが？」

うるるの挑発を真に受け、さっそく空き家の検証に取り掛かる僕は、悔しいけど、もうすっかり推理ゲームのプレーヤーだ。だが目の前に用意された密室の謎を、黙って見過ごすことは難しい。それが本格ミステリマニアの性《さが》というものだ。

僕は空き家を調べた。それは四角い箱のような形をした平屋だった。二つの和室と広めの台所、風呂、トイレ完備。間取りとしては、いわば２ＤＫといっていい。

空き家だから家具類はない。人が隠れられるスペースは、ごく限られている。押入れ、天袋、下駄《げた》箱、浴槽の中、流し台の収納スペースなどをひと通り確認すると、もう他に捜索すべき場所は、どこにもなくなった。

「……といっても日本家屋だから、畳を剝《は》がした床下や屋根裏に誰かが潜んでいるって可能性は残る。だけど、まさかこの推理ゲームで、そこまで要求しないよね」

するると、ちゃぶ台の前に座るうるるは、のんびりと珈琲カップを傾けながら、

「ええ、そこまで探す必要はないわ。だって『犯人は床下に隠れていました』なんて結末じゃ、逆に鯉ミスの評判を落としかねないもの。そうよね、さらら？」

「ええ、うるるちゃんは、性根は腐ってても、フェアプレーにはこだわる人です〜」

辛辣《しんらつ》な妹の発言に対し、うるるは「お黙んなさい！」と一喝し、妹のツインテールの片方を「いーっ」と意地悪く引っ張った。さららは、「やめてやめて〜」と両手をバタバタさせる。うるるとさららは見た目は同じでも、中身を比べた場合、姉のほうが圧倒的に性格が悪いのだ。

ともかく、見知らぬ犯人が空き家のどこかに隠れてる、という安易な結論は否定された。ということは、やはり犯人はこの家から逃走したということだ。

「それにしては、玄関先に犯人の逃走を示す痕跡はなかった——ってことは、調べるべきは窓だね。犯人は玄関ではなく窓から逃走したのかも」

僕はさっそく空き家の窓を調べた。東西南北のそれぞれの方角には、人が通れる窓が

ある。鍵の掛かった窓もあれば、鍵の壊れた窓もあった。僕はすべての窓から顔を突き出しては、外の雪の様子を確認してみる。

そうして判ったことは、東西南北、どの部屋のどの窓から見ても、雪の上に犯人の痕跡らしきものは、何ひとつ残されていないということだった。

「うーん、人間どころか、猫の足跡さえ見当たらないねえ」

最後に残った六畳間の窓から外を眺めながら、僕は溜め息混じりに呟く。ちゃぶ台の前に座り込むうるるは、相変わらず美味そうに珈琲を啜っている。

「状況は絞られてきたわね。ところで霧ケ峰さん、その窓から何か見えない？」

「はあ、何かって――お隣さんの家の窓明かりが見えるだけだけど」

そう呟いた瞬間、まさしくその隣の家のサッシ窓が、自動ドアのように開いた。

「やあ、俺を呼んだかい」窓から顔を覗かせたのは、茶髪の男子だった。

おそらくは鯉ケ窪学園の生徒。しかも鯉ミスの部員に違いない。それが証拠に、その高校生の胸には白いプレートがぶら下がっている。プレートには黒いマジックで『善意の隣人』と書かれていた。明らかに推理ゲームの登場人物として、あらかじめ仕込まれた証言者だ。茶髪の彼は自分の胸に親指を当てた。

「俺に聞きたいことがあるなら、なんでも聞いてくれ。知ってることは嘘偽りなく答えるからさ。た・だ・し――聞かれたこと以外は、なんにも答えないぜ」

茶髪の彼は、『た・だ・し』の部分で、キザったらしく人差し指を三度振った。

僕は「ゴホン」と咳ばらいしながら、うるるを見やる。「僕、こいつに何か質問しなきゃ駄目？」

「べつに」と、うるるは素っ気ない返事。「したくないなら、しなくても結構よ」

「できれば質問してあげて〜。彼ずっと出番を待ってたんですから〜」と、さらら。

「うーん、あんまり相手したいタイプじゃないけど――ま、いっか」

僕は渋々ながら、茶髪の彼に聞くべき質問を考えた。「そうだ、君ずっとそこにいたなら、誰か怪しい人の姿とか見なかったかな？」

「怪しい人⁉」彼は芝居っぽく首を傾げた。「いいや、誰も見なかったなあ」

「そう。じゃあ、怪しい物音を聞いたとかは？」

「ん、怪しい物音⁉」善意の隣人は突然、何か引っ掛かりを覚えたかのように、「怪しい物音、怪しい物音……」と遥か昔の記憶を手繰るように眉間に皺《しわ》を寄せたかと思うと、いきなり大きな声で「ああ、そういえば！」といって手を叩き、「聞いた聞いた！　確かに怪しい物音を聞いたぜ、ああ、絶対間違いねえ」と太鼓判を押すかのように自分の胸を拳でドンと叩いた。

「…………」その無駄に長い小芝居、必要か？　僕はうんざりした気分を抱きながら、彼に証言の続きを求めた。「それ、どんな物音だったの？」

「男の声だ。『やられた〜ッ』って叫んでたから、きっと誰かに襲われたんだな」

「あ、そう」誰かに襲撃されて、『やられた〜ッ』と叫ぶ男は、現実には皆無だと思うが、まあゲームだからそれでいいのだろう。おそらく、その悲鳴こそは赤坂君が残した最期の言葉に違いない。「ちなみに、悲鳴を聞いたのは何時ごろ？」

「午後三時を少し過ぎたころだ。時計を見たから、間違いはないぜ」

「ふーん、午後三時過ぎ、それが犯行時刻ってことだね」

僕が珈琲を飲んで眠らされたのは、ちょうど午後三時。その直後に犯行がおこなわれたということだ。そして赤坂君を殺した犯人は、もうこの空き家にはいない。だが犯人が逃走したにしては、雪の上にその痕跡がないのは奇妙だ。「やはり、雪の密室か……」

「どうした、もう質問は終わりかい？　だったら、俺ドロンしちゃうぜ」

「あ、ちょっと待って」僕はドロンする寸前の彼を呼び止めた。「君、知ってることは、何でも答えるっていったよね。だったら教えて欲しいんだけどさ、赤坂君は大金うるるに、どんな弱みを握られているの？　何か知ってたら教えて——わ！」

瞬間、二人の会話を遮断するように、僕の顔の前でピシャリと窓が閉まった。傍らには窓枠を両手でしっかり押さえる赤坂君の姿。切羽詰った表情の彼は、ハッハッという荒い息の間から、不気味な低音で僕に忠告した。

「余計な、ことは、聞かなくて、いいっての！」

そんな彼に、うるるは再び注意を促《うなが》した。「――死人は死んでなさい、赤坂君」

「やってみて判ったんだが、本格ミステリの死体って哀しいもんだな」

赤坂君はしみじみと呟きながら踵を返す。「発見されたときは散々スポットライトを浴びるけどよ、それが過ぎると後はもう見向きもされないもんな」

不満を抱えながらも、すごすごと台所へ引き返す赤坂君。そんな彼の背中に向かって、「地味な彼にはピッタリの役だわ」と、うるるは情け容赦ない言葉を呟く。さららは、「頑張ってくださいね～」とまるで役に立たない声援を彼に送った。

それからうるるは二杯目の珈琲を啜りながら、探るような視線を僕に向けた。

「ところで霧ケ峰さん、現場を調べて何か判ったかしら？」

「まあ、それなりにね」僕は敢えて余裕のポーズで、彼女の問いに答える。「この空き家は雪に閉ざされていた。そんな中、赤坂君は包丁で刺されて殺された。犯行時刻は午後三時過ぎ。もちろん、雪はもう降っていない。けれど犯人の逃走の痕跡はない。空き家の中に隠れているわけでもない。犯人はどうやって空き家に入り、どうやって逃走したか。それが問題。要するに、鯉ミスは典型的な雪の密室の謎でもって、探偵部に挑戦しようってわけだね」

「さすが探偵部副部長さんね。話が早くて助かるわ。そこまで理解できているなら、当然、ご自分の立場も充分理解されているんでしょうね」

「僕の立場⁉」自分の顔を自分で指差し、僕は首を捻る。「……探偵役、だよね？」

「あら、意外と判っていらっしゃらないようね。まだ薬が効いているのかしら」

「あーッ、忘れてた！」僕はいまさらながらうるるに詰め寄る。「あの珈琲に眠り薬を入れたのは、やっぱりあんたなんだね！　たかが推理ゲームに、そこまでする⁉　なに、そのリアリズム⁉　いくらなんでも、やりすぎでしょーが」

「あら、睡眠薬ぐらい、べつにいいじゃない。それに厳密にいうと、あの眠り薬をあなたの珈琲に入れたのは、赤坂君よ。それを指示したのはあたしだけど」

「だったら、やっぱりあんたの仕業ってことじゃない！」

「うるさいわね。なんなら延髄をぶん殴って眠らせるっていう手段も考えたんだけど、それじゃああんまり可哀想《かわいそう》だって、さららがいうから――」

「はい。せめて睡眠薬にしてあげて、とわたしがうるるちゃんにお願いしたんです～」

「そう。それで薬にしてあげたの。感謝しなさいね、霧ケ峰さん」

「……うう」僕はいったい誰に感謝すればいいのだろうか。「それにしても、なんでそこまでして、僕を眠らせる必要があるわけ？」

僕の問いに、うるるは意地悪そうな切れ長の目をさらに細くして答えた。

「だって、これが密室殺人で、霧ケ峰さんが探偵役なら、あなたは喜んでその役を演じるでしょ。それじゃ面白くないから、違う役を用意してあげたのよ」

「違う役⁉」

「あら、まだ判らないの？　よくお考えになってみて。第一発見者であるあたしとさらがこの空き家を訪れたとき、台所には赤坂君の死体があり、あなたはこの和室で倒れていた。雪に閉ざされた建物の中には、あなた以外には誰も見当たらない。普通、この状況から導かれる結論は、ひとつしかないわよねえ」

「あ、そーいうこと」僕はようやく彼女の狙いを理解した。「要するに、僕が犯人ってことだね。現場の状況からみて、赤坂君を殺害できるのは僕しかいない」

「そうなるわね」うるるは両手を胸に押し当て、悲しみの表情を作った。「あたしも残念だわ。同じ学園に集う仲間同士が殺しあうなんて、ああ、なんという悲劇！」

　ふん、とんだ喜劇だね。僕は白けた表情で、うるるの三文芝居を眺める。

「ところで、念のため聞くけど、僕が赤坂君を殺す理由は何なのさ？」

「動機ってことね。でも、その問題は重要視しなくていいわ。だって動機なんて、なんとでも考えられるもの。どうしても動機が必要だっていうなら、そうねえ、こういうのはどうかしら。赤坂君は、この空き家に霧ケ峰さんを連れ込み、薬を飲ませて無理矢理×××しようとした。しかし、あなたは無我夢中で抵抗し、台所に残されていた包丁でもって赤坂君を殺害。ショックで気を失ったところを、あたしたちに発見され――」

「こらこら、待て待て待て待てぇ――ッ」

制止の声を連発しながら僕らの部屋に飛び込んできたのは、台所の死体、赤坂君だ。彼は顔面を紅潮させながら、そのままの勢いでうるるに掴みかかった。

「てめー、うるるッ！　人聞きの悪いこというんじゃねぇッ」

「あらあら」うるるは彼の突進を余裕でひらりとかわした。「よく生き返る死体だこと」

「ふん、死んでねえ。それから霧ケ峰にも変なことは、いっさいしてないからな」

「ま、そうだよね」僕はホッと胸を撫で下ろす。「もともと犯人は僕じゃないし」

「ああ、もちろんだ」深々と頷いた赤坂君は、いままでの鬱憤《うっぷん》を晴らすかのように、ひと際、声を荒らげた。「こうなったらハッキリいおう。俺を殺した犯人はだな――」

「わ、赤坂君、駄目ぇ――ッ」　悲鳴にも似た叫び声とともに、僕の右の拳が彼のボディのド真ん中を無意識のうちにぶち抜いた。

「ぐふうッ」呻き声をあげた赤坂君は、力尽きたボクサーのように、畳の上に膝から崩れ落ちていった。「な、なぜだ、霧ケ峰……俺が何をした……」

「駄目だよ、赤坂君！　推理ゲームの途中で、ヤケクソになって犯人の名前をバラすなんて、絶対許されることじゃないよ。みんなガッカリするじゃない！」

すると赤坂君は苦しげな声で、素朴な質問。「み、みんなって、誰だよ……」

――え!?　だから、それは僕を含めたゲームの参加者全員ってことだけど、何か問題

ある⁉

まあ、細かい疑問点はさておくとして——

畳の上に長々と伸びた赤坂君はほったらかしのまま、僕らの対決は続いた。

とりあえず、現在の僕の立場は明確になった。僕は探偵ではなくて容疑者。無実を証明するためには、雪の密室の謎を自ら解き明かすしかないというわけだ。

「判った。だったら、やってやろうじゃないの。降りかかる火の粉は払わなきゃね」

「ようやく、状況をご理解いただけたようね」

悠然と珈琲カップを傾けるうるるに、僕は疑惑の視線を向けた。

「僕が容疑者だってことは認める。でも、容疑者は僕だけじゃない。僕以外にも、疑われるべき存在が他にもいるはず。たとえば、あなたたち大金姉妹——」

「あたしたちが容疑者⁉」心外だとばかりにうるるが細い眉を寄せる。「盗人猛々《ぬすっとたけだけ》しいとはこのことね。あたしたちは単なる第一発見者よ。ねえ、さらら」

「そうですよ〜、霧ケ峰さん。わたしたちは午後六時にこの空き家を訪れたんです。午後三時過ぎの殺人事件とは、まったく関係ありませんから〜」

真っ直ぐな眸《ひとみ》で訴えるさらら。だが、騙されてはいけない。

「じゃあ、さららちゃんは、通路に残る自転車のタイヤ痕、あれが午後六時のものだと証明できる？　あれは午後三時過ぎのものかもしれないよね」

「確かにタイヤ痕を見ただけでは、それが何時のものか、判別できませんね～」

「それじゃあ、霧ケ峰さん、あなたはあたしたち姉妹が、午後三時過ぎにこの空き家を訪れ、赤坂君を殺害したと、そうおっしゃりたいのね」

「そう。そして、その罪を僕になすり付けるため、敢えて第一発見者を装った」

「つまり、午後三時過ぎに犯行に及んだあたしたちは、空き家でジッとしたまま時間を過ごし、午後六時にあなたをビンタで叩き起こした。そういう流れね」

「う、うん、そうなるはずだけど――違う？」

「ええ、違うわ」うるるは断固とした口調で否定した。「だって、午後三時過ぎから六時まで、約三時間もあるのよ。その間、馬鹿みたいに犯行現場でジッとしている犯人なんて、いると思う？　なんでそんな真似するのよ」

「そ、そりゃ不自然は不自然だけど、べつに不可能じゃないでしょ」

「いいえ、不可能よ。だってあたしは、その時間帯、この空き家にはいなかったもの」

「じゃあ、どこにいたっていうのさ」

「その時間帯、あたしは恋ケ窪駅前のゲーセンにいたの。さららも一緒だったわよね」

「うん、うるるちゃんとわたしは、その時間、ゲームセンターで遊んでたよね～」

妹と顔を見合わせたうるるは、勝ち誇ったような笑みを僕に向けた。

「ほらね。あたしたちには、確実なアリバイがあるわ。あなたが推理したように、犯行現場に三時間もジッとしていたなんてことは、絶対あり得ないのよ」

「な、なにさ。そんなのただの自己申告じゃん。アリバイでもなんでもないよ」

するると、うるるは僕の反論を見越していたかのように、即座に立ち上がった。

「あら、そんなにいうのなら、ご自分でお調べになってみてはいかが？」

## 四

昏々《こんこん》と眠る赤坂君を六畳間に残し、僕は大金姉妹とともに空き家の玄関を出た。すでに外は暗く、夜の空気は肌を刺すように冷たい。そんな中、僕は玄関から通路に足を踏み出した。ついでなので、問題のタイヤ痕をあらためて間近で観察してみる。

現代の警察ならば、このタイヤ痕を正確に記録に取り、科学的に分析し、タイヤメーカーや自転車の車種まで明らかにすることだろう。だが、一介の素人探偵にその手は使えない。ただ自分の目を頼りに眺めるのみだ。

しかし所詮、目視での観察には限界があった。

雪上のタイヤ痕は真新しいようにも見え、また数時間前のもののようにも見えた。玄関先に停《と》められた自転車のタイヤと雪上のタイヤ痕を比べてみても、ピッタリ一致するような一致しないような微妙な感じに見える。

結局、モヤモヤした気分のまま、僕は観察を終えた。

僕らは足跡とタイヤ痕を踏み消さないように通路の端を歩いて、門の外に出た。門の前は人通りも多く、すでに雪は滅茶苦茶に掻《か》き乱されている。

「んーと、駅にいくにはこっちが近道だっけ……」

僕が自分の感覚を頼りに歩き出すと、うるるの手が僕の襟《えり》首をむんずと摑んだ。

「駄目よ、霧ケ峰さん。こっちの道にしなさい。――さあ、いくわよ」

僕は首を捻りながらも、なんとなくうるるの指示に従う。数十メートルほど歩いたところで、僕はようやく彼女の意図を汲み取った。

雪の積もった電信柱の陰に、赤い頭巾《ずきん》を被《かぶ》った少女が、しゃがみこんでいた。右腕に籠《かご》をぶら提げたその少女は、凍える手でマッチを擦《す》ると、小さな焰《ほのお》を見詰めながら、「ああ、暖かな暖炉……美味しそうな料理……」と呟いている。その姿はどう見ても『可哀想なマッチ売りの少女』にしか見えないが、彼女の提げた籠には、『善意の売り子』と書かれたプレートが貼ってあるから、彼女もまたうるるが用意した『可哀想な鯉ミス部員』に違いない。

どうやら僕は、この少女に的確な質問をしなくてはならないらしい。

「えーっと」とりあえず僕は少女の前に身をかがめた。「君、ずっとこの通りで売り子をしていたの？　じゃあ君、ここで二人乗りの自転車を見なかったかな」

　こんな顔の双子が乗ってたはずなんだけど――といって、僕はうるるとさららを指差した。だが赤い頭巾の少女は、力なく首を左右に振った。

「自転車なら何台も見かけましたが、いちいち覚えていません。さあ、双子といわれても……。御免なさい。あまりの寒さで心まで冷え切ってしまって、よく判りません」

　この娘、ホントに大丈夫？　若干の不安を覚えながら、僕は別の質問。

「この先に空き家があるよね。君、その家の門の前を通ったりしなかった？」

「ええ、何度も通りました。お客さんを求めて、何度も何度も。でも、今夜は雪のせいでしょうか、本格ミステリを買ってくれる人は、誰もいません……」

　この娘、マッチじゃなくて本格ミステリを売ってたのか。そりゃ誰も買わないぞ！

　僕は呆れながらも、質問の続きを口にした。「あの空き家、門を入った通路に雪が積もっていたでしょ。その上に足跡があったと思うんだけど」

「はい、男性のものらしい大きな足跡と、女性のものらしい小さな足跡が」

　それは、僕と赤坂君の足跡だ。「その足跡の他に、何か見なかったかな？」

「ええ、見ました。自転車のタイヤ痕のようなものを」

「タイヤ痕！」僕は思わず少女ににじり寄った。「そ、それは何時ごろのことかな。君がそのタイヤ痕を見たのは――午後六時ごろ？」

「いいえ。それより、もっと前です。確か午後三時過ぎには、もうあの通路にはタイヤの痕が付いていました」

「午後三時過ぎ！」僕は胸の中でビンゴと叫ぶ。「午後三時過ぎで間違いないね」

「ええ、間違いありません。台本にも、そう書いてありますから」

少女は籠の中から製本された台本を取り出し、該当するページを僕に示した。確かに、午後三時過ぎ、と書いてある。どうやら彼女の証言に間違いはないようだ。

「うん、判った」僕は台本を少女に返しながら、最後の質問をおこなった。「ところで君、雪の中でこんな茶番劇に付き合わされて、いったいどんな気分？」

「ど、どんな気分って……」

少女は肩を震わせながら、突然ふらりと立ち上がった。「わたし、もうほとほと嫌になりました。鯉ミス、辞めます。辞めさせていただきます！」

少女は籠に貼られた『善意の売り子』のプレートを剝がし、「ええい、こんなもの！」と雪の上に投げ捨てる。そして少女は少し身軽になったようなふわふわとした足取りで、僕らの前からゆっくりと立ち去っていった。

だが鯉ミス部長大金うるるは、雪に埋まったプレートを拾い上げると、遠ざかる少女の背中に向かって残忍な笑みを向けながら、「ふッ——辞めさせるもんですか」

「………」鯉ミスって恐い。僕は縛りの緩い探偵部で本当に良かった（あれ、学園祭のときも、同じことを思った気がするな）。

僕らは再び恋ケ窪駅前に向けて歩きはじめた。その道中、僕は先ほど少女から得た証言を頭の中で反芻《はんすう》する。午後三時過ぎの時点で、空き家の通路には自転車のタイヤ痕があった。ということは、大金姉妹が空き家を訪れたのは、午後六時ではなく三時ということだ。ならば赤坂君殺しの犯人は、やはり大金姉妹。そういう結論になる。

だが、待てよ――

僕は後ろを歩く双子の姉妹の様子をチラリと窺《うかが》う。うるるは小さな胸を精一杯張って、相変わらず他人を威嚇《いかく》するような態度。さららは普段と変わらぬ呑気そうな微笑みを浮かべている。二人はそれぞれに確かな足取りで僕の後に続いていた。

姉妹の様子には動揺の欠片《かけら》も見当たらない。考えてみれば当然のことだ。そもそも赤い頭巾の少女は、鯉ミスがあらかじめ用意していた証言者。その証言内容は、彼女たちにとって、すでに判りきったことなのだ。ということは――

やはりゲームセンターには、大金姉妹の午後三時過ぎの犯行を否定する証言者、すなわちアリバイの証人が待っているということなのか。

そんなことを考えるうちに、僕ら三人は恋ケ窪駅前にたどり着いた。

駅前には一軒のパチンコ屋がある。その隣にあるのが鯉ケ窪学園の生徒たちの溜まり場、ゲームセンター『放課後のオアシス・恋ケ窪店』だ。

自動ドアをくぐり店内に足を踏み入れると、騒々しい電子音楽と点滅する光が、僕を迎えてくれた。だだっ広い店内には、プリクラやクレーンゲームの筐体《きょうたい》、シューティングゲームのテーブル、さらにはスロットマシーンやピンボールといった昔ながらのゲーム機なども並んでいる。

そんな中、僕はさっそく白いプレートをぶら下げた人物を捜した。そのプレートには、おそらく『善意のお客さん』とでも書かれているに違いない。

「といっても、そんな馬鹿っぽい恰好した人、そうそういないよね……」

呟きながらキョロキョロと店内を眺める僕。その視界に、いきなり飛び込んできたのは、「学費値上げ反対」を訴える学生のように、堂々とプラカードを掲げた学ランの男子だった。彼は格闘ゲームのテーブルに向かい、両脚をがばっと開いて座っていた。プラカードには、『善意の不良』と書かれている。僕の想像とは少し違ったが、これはこれで充分に馬鹿っぽい。

「てめえ、遅いんだよ！　待ちくたびれたぜ、まったくよお！」

不良男子はイライラしたように足を踏み鳴らす。そんな彼の前のゲーム卓には、クレーンゲームの戦利品だろうか、くまモンのぬいぐるみが黒いピラミッドのように高々と積み上がっていた。なるほど、確かに僕はこの鯉ミス部員を、ずいぶん長く待たせてしまったようだ。

「ごめんごめん」と簡単な詫《わ》びを入れてから、僕は離れた場所に佇む姉妹の姿を彼に示した。「さっそくだけど君、あの自販機の傍にいる双子に見覚えない？」

「ん、早実と鯉学の制服だな……待てよ、何か引っ掛かるな……うーん、なんだったっけ……畜生、俺としたことが……ああ、待ってろ、いま思い出すからよ……」

ああ、始まった。鯉ミス部員の伝統芸、《記憶を呼び起こすまでの無駄に長い小芝居》だ。どうせそのうち手を叩いて、「思い出したぜ」とか言い出すに違いない。僕は頭の中で数字を数えながら、彼の芝居の終わりを待つ。

やがて僕の頭の中のカウンターが十七を示したところで、「そうだ、思い出したぜ」といって不良男子は手を叩いた。「あの双子なら、午後二時半ぐらいに、このゲーセンにきて、一緒にワイワイいいながら遊んでたはずだぜ。二人でワニぶん殴ったり、モグラ叩いたりしてよ」

大金姉妹は、そういった動物虐待系のゲームを楽しんでいたらしい。

「へえ、午後二時半ね。それで彼女たちは何時ごろまで、この店にいたの？」

「確か、午後六時近くまで二人ともいたんじゃねえか」

「午後六時近く？」僕は慎重に確認した。「それ、間違いない？　二人はずっと一緒に午後六時近くまで遊んでいたの？　本当に二人はずっと一緒だった？」

それが事実ならば、大金姉妹のアリバイは完璧ということになるのだが――

「待て待て。ずっと一緒だったなんて、誰もそこまではいってねえだろ」

不良男子はバタバタと両手を振った。「そもそも俺は、彼女たちを監視していたわけじゃねえ。ただ、その姉妹がとびきり美人でキュートで、ツインテールの髪も綺麗で、おまけに制服の着こなしも抜群、しかも気取ったところがなく、笑顔が素敵な双子の女子高生だったから、記憶に残っただけなんだって」

「なるほど、そっか」僕は頷き、彼の耳元に顔を寄せた。「――にしても君、疲れない？ うるるが書いた台本、無理矢理読まされるのって」

僕の問いに、不良男子は感極まったように俯《うつむ》くと、「ぐすん」と鼻を鳴らす。そして、目尻に浮かんだ雫《しずく》を指先で拭いながら、「へ、平気だぜ。もう慣れっこだしよ」

うッ、なんて健気《けなげ》な男子なの！ 僕は涙目になりながら質問を続けた。「じゃあ、あらためて聞くけど、双子の姉妹は午後二時半にこの店に現れて、しばらくは一緒に遊んでいた。けれど、それ以降はバラバラに行動していたってこと？」

「ああ、そうだな。最初は二人で楽しむようなゲームをやっていたけど、そのうちそれぞれで好きなゲームをやり始めたみたいだったな。ひとり用のゲーム機も、この店にはたくさんあるんだし、べつにおかしなことじゃねえだろ」

「確かに。で、そのバラバラになった姉妹は、午後六時近くまで、二人ともこの店にいたんだね。その点は間違いない？」

「ああ、いたぜ。早実の彼女も、鯉学の彼女もな」

「そう、判った」そして僕は不良男子を正面から見据えて聞いた。「ちなみに君、その双子の姉妹が一緒にいるところを最後に見たのは、何時ごろだった？」

「二人が一緒にいるところ……そりゃあ、もちろん……いや、待てよ……そういや、いつだっけ……あのときか……いや、違うな……じゃあ、あのとき……いやいや……」

またただ。また始まった。鯉ミスの伝統芸。だが、僕はもはや彼の小芝居に付き合う気はない。僕は大袈裟《おおげさ》な演技を続ける彼の耳に、大音量の質問を届けた。

「いいから、さっさと答えろっての！　双子が揃ってたのは、何時までなのさ！」

「は、はいッ」不良を演じていた男子は、思わず素に戻った顔になり、「じ、実はハッキリした記憶がありません。午後二時半に店にきた二人が、しばらくの間、一緒に遊んでいたことは間違いないんですが、バラバラに遊びはじめてからは、あまり印象がなくて。二人とも店にいたことは事実ですが、二人で一緒にいる場面は、よく思い出せないです、はい」

不良としての演技を諦めたかのように、彼は敬語で僕にそう語った。

「なるほどね。よく判ったよ。――ありがとね」

僕は彼への質問を終えて、大金姉妹のほうへと戻った。自販機で買ったジュース片手に、うるるが勝ち誇ったような視線を僕に向ける。

「どう⁉　あたしたちは午後二時半から午後六時まで、このゲーセンにいた。彼の証言したとおりよ。これであたしたちのアリバイは完璧に証明されたはずよね」

「はあ、どこが完璧よ」僕は薄ら笑いを浮かべながら、肩をすくめた。「正直、期待外れだだね。今回のあなたたちの贋《にせ》アリバイ。僕にはすっかりお見通しだよ」

「あらそう。だったら、ここで説明していただけるかしら」

いわれて、僕はさっそく説明に移った。

「確かに、あなたたち姉妹は午後二時半に二人でこのゲーセンにきた。しかし二人が一緒に遊んでいたのは、実際は午後三時までのこと。その後、姉妹は二手に分かれた。そして姉妹の片方が空き家で赤坂君を殺害し、もう片方がゲーセンで贋アリバイを作った」

「へえ。じゃあ、仮にあたしが主犯だとして、どういう流れになるのかしら?」

「うるるは、午後三時にゲーセンを出て、自転車を飛ばし、空き家に駆けつける。そこには赤坂君と眠っている僕がいる。あなたは赤坂君を包丁で殺害する。そして、そのまま空き家に残る。一方さららは、うるるがいない間、ゲーセンで自分とうるるの二役を演じた。あの不良の目には、早実の制服を着た女の子と、鯉学の制服を着た女の子、二人が店にいるように見えたはず。でも実際は、さららが二種類の制服をトイレで何度も着替えて、二人いるように見せかけただけ。つまり、これは典型的な一人二役トリックってことだね」

「ふーん、だとすると、さららはこの店に午後六時近くまで、いたってことね」

「そういうことだね」

あれ⁉　なにか変だと、僕の胸が激しくざわついた。違和感を覚えながらも、僕の説明はまだ続く。「さららは午後六時近くまで、この店で一人二役を演じていたはず。それから、さららは空き家に駆けつけると、うるると再び合流し……うッ」

駄目だ。それは不可能だ。僕は自分の推理の甘さを思い知り、愕然となった。

そんな僕の狼狽《ろうばい》ぶりを面白がるように、うるるは冷ややかな視線を僕に向けた。

「あら、それじゃあ、さららはあの雪に閉ざされた空き家に、どうやって入れたのかしら。さららの足跡は、十メートルの通路のどこにもなかったわよねえ」

「う、うん……」

「自転車のタイヤ痕は、あたしが午後三時過ぎに残したものなんでしょ」

「そ、そう、そのはず……」

「だったら、さららは何の痕跡も残さずに、どうやって空き家に入れたの？」

「そうです～。わたし、十メートルの通路をジャンプできませんよ～」

うるるとさららの厳しい視線が、僕を問い詰めた。僕は言葉に詰まる。

「…………」

確かに彼女たちのいうとおりだ。僕の推理だと、アリバイの説明は付いたとしても、さららが空き家に入れない。だが実際には、午後六時に僕がうるるのビンタを喰《く》らって目覚めたとき、さららは確かに台所にいたのだ。判らない。これはいったい、どういうことなのか。

進退窮まった僕は、ついにあの男に救いを求めることにした。学園祭において、うるるの提示した難題を解決することに貢献した彼。我らが探偵部の顧問、生物教師の石崎先生だ。僕はさっそく自分の古い携帯をパカッと開いた。しかし――

液晶画面に視線を落とした僕は、思わず舌打ちした。「ちッ、《圏外》か！」

液晶画面には白い紙が貼ってあった。

その紙には黒いマジックで大きく《圏外》と書かれていた。

# 五

「行き詰まる度に顧問の先生を呼ぶなんて、探偵のすることじゃなくってよ」

「そうです～。霧ケ峰さんも探偵部副部長なら、ご自分で解決してください～」

「…………」どうやら僕の行動は大金姉妹にすっかり読まれていたらしい。

まあ実際、二度挑戦を受けて、二度とも石崎先生を頼るのでは、探偵部員として情けない。幸か不幸か、携帯も《圏外》になっていることだし、今回は僕がこの謎を解き明かすしかないようだ。

しかし、何をどう考えればいいのやら。

首を捻りながら、僕はゲーセンを後にした。空き家への道のりを引き返しつつ、とりあえず僕は先ほどの不良男子の証言を検証する。

彼の証言に嘘偽りはない。それはこの推理ゲームの前提条件だ。つまり不良男子の証言したとおり、大金姉妹は午後二時半からしばらくの間は、確かに二人ともゲーセンにいたのだ。だが、その後の彼の証言は曖昧だ。姉妹は二人揃ってゲーセンにいたとは限らない。そこにアリバイトリックの余地がある。けれど――

「一人二役のトリックを使うと、片方は空き家に戻れない……」

「だからぁ」と、うるるが横から口を挟む。「トリックなんて最初から存在しないの。あたしとさららは、午後六時に一緒に空き家を訪れた。それが真実なのよ」

いや、それは嘘だ。仮にうるるのいうとおりだとすれば、赤い頭巾の少女の証言が宙に浮く。少女は、午後三時過ぎに空き家の通路に『自転車のタイヤ痕のようなもの』があった、と証言しているのだ。ならば、何者かがその時刻に空き家を訪れていることも事実。それは大金姉妹のどちらか片方であり、そいつが赤坂君を殺害した真犯人。そうとしか思えないのだが――

あれこれ思考するうちに、僕らは元の空き家に舞い戻っていた。

門を入ると、問題の通路がある。雪の上には、僕と赤坂君の足跡、それから大金姉妹の乗ってきた自転車のタイヤ痕がある。雪上にいまだくっきりと残る三つの痕跡を眺めながら、僕は通路の端を選んで進む。「――あれ⁉」

通路を渡りきったところで、僕はようやく異変に気が付いた。

玄関先に黒い鞄が落ちている。しかも二個だ。形は正方形に近く、大きさは五十センチ四方くらい。鞄というより、何かを運搬するための専用ケースのように見える。空き家を出るときには、こんなものは落ちていなかったはずだ。

「何、これ？」僕は二個の鞄に歩み寄った。「なんでこんなところに鞄が？」

僕は素早く周囲を観察した。鞄の周辺には、玄関の屋根から滑り落ちたと思われる雪の塊があった。僕は視線を屋根に向け、それから再び鞄を見やった。どうやら、二個の鞄は屋根の上からこの玄関先に、雪と一緒に落下したらしい。

では、誰が屋根に鞄を？　そもそも鞄の中身は何？　そう思って、鞄の一個に手を伸ばそうとした瞬間、「――うわあ！」

僕は背後から邪悪な力で突き飛ばされ、悲鳴をあげた。鞄に伸ばした右手は宙を摑み、前のめりになった僕は玄関の扉を、おでこでノックした。空き家でなければ、家主が現れるところだ。

その直後、背後から響く大金姉妹の叫び声。「――さらら！　ほら、パス！」

「はい、うるるちゃん！」

姉妹の間でなんらかの連携がおこなわれたらしい。振り向くと、うるるとさららは、それぞれ一個ずつの鞄を抱えて、雪の通路を駆け出したところだった。「証拠隠滅」という四文字熟語が、僕の脳裏に浮かんだ。

そうはさせるか。闘争心に火のついた僕は、猛然と二人の後を追いかける。

「こら、待てぇーい、大金ツインズッ」

とはいえ所詮は、鞄を抱えた姉妹と身軽な僕。勝敗の行方は明らかだった。

門を出た直後には、僕は前をいくさららに追いつき、その背中に「ドスン！」と体当たり。すると、バランスを崩したさららは、さらに前をいくうるるの身体に「バタン！」と衝突。雪上の玉突き事故のような恰好で、僕ら三人は揃って路上に倒れこんだ。その衝撃により、姉妹の抱えた鞄が路上に放り出される。

僕は二人よりひと足早く体勢を立て直し、鞄の一個を右手で摑み取った。

黒い鞄は見た目以上にズシリと重みがあった。

「鞄の中身は、いったい何？　あなたたちがそこまでして隠蔽《いんぺい》しようってぐらいだから、きっと事件と関係ある代物だよね」

うるるとさららは、雪の上に倒れこんだまま答えない。ならばとばかりに、僕は鞄の口のファスナーを全開にする。そのまま鞄を逆さまにして、中身を一気にぶちまけた。ガチャンという金属音とともに、複数の物体が路上に転がった。

「ん⁉」僕はそれらの意外な物体にキョトンとした。「こ、これって……」

現れたのは、ひとつの車輪とひとつのサドル、そして二つのペダルなどなど。

それは分解された一輪車だった。

それからしばらくの後。空き家の六畳間には僕と大金姉妹、そして長い眠りから目覚めた赤坂君の四人が再び顔を揃えていた。どうやら推理ゲームの答え合わせのときだ。

僕はちゃぶ台に向かい、珈琲カップ片手に、悠然と自らの推理を披露した。

「うるるとさららは自転車に二人乗りして、午後六時にこの空き家を訪れ、眠っている僕を発見したかのように装っていたよね。だけど、あれは真っ赤な嘘。実際には、うるるとさららは一台の自転車ではなく、二台の一輪車に乗って別々の時刻にこの空き家にやってきた。そうなんでしょ、うるるん？」

「うるるんって、いうな！」

汚れた制服姿のうるるは、ちゃぶ台の向こうで不貞腐れたように腕を組む。さららは肩を落として、沈黙したままだ。そんな二人に成り代わって、赤坂君が僕にいった。

「もう少し判りやすく、順を追って説明してくれないか」

「判った」僕は頷き、説明した。「まず、午後二時半に大金姉妹は駅前のゲームセンターに二人で姿を現した。その姿を不良男子が目撃する。しかし、午後三時には双子の片方――仮にうるるだとしておくね――うるるはゲーセンを出て、ひとりで空き家へと向かう。うるるは午後三時過ぎに空き家に到着した。雪の積もった通路には、僕と赤坂君の足跡だけが付いている。そこでうるるは、用意していた一輪車に跨《またが》り、その十メートルの通路を渡りきった。雪の上には一輪車のタイヤ痕が一本だけ残ったはずだよね」

「そうなるな」

「その直後に門の前を通りかかった赤い頭巾の少女は、『自転車のタイヤ痕のようなものを見た』と証言していた。けれど、それはまさしく『のようなもの』であって、自転車のタイヤ痕そのものではなかった。彼女が見たのは、自転車ではなく一輪車のタイヤ痕だったってわけ」

「なるほど。普通、雪の上に一輪車の痕があるなんて、誰も思わないもんな」

「そういうこと。彼女の見間違いは無理もないことだよね。――さてと、話をうるるに戻すね。玄関に着いたうるるは、一輪車を降りて空き家に足を踏み入れる。そこには薬で眠らされた僕と赤坂君がいる。うるるは赤坂君を包丁で殺害する。そして犯行を終えたうるるは、そのまま現場にじっと留《とど》まり、午後六時になるのを待った。うるるの行動は、だいたいこんなところだね」

「ふむ——で、さららのほうは？」

「さららは、ひとりゲーセンに残り、制服を着替えることで、双子の両方が店にいるように装った。やがて午後六時が近づくと、さららも店を出て、この空き家にやってきた。そしてさららも一輪車に跨り、十メートルの通路を渡った。この際、さららはうるるの残したタイヤ痕とピッタリ同じ場所を走っちゃ駄目。かといって、大きく外れたところを走ってもいけない。おそらくさららは、うるるのタイヤ痕を微妙な感じでなぞったんだと思う」

「微妙な感じでなぞった？」

「ほら、自転車で雪の上を走った場合、前輪と後輪のタイヤ痕って、ピッタリ重なるわけじゃないよね。かといって、全然重ならないってこともあり得ない。その微妙な感じを再現するため、さららはうるるのタイヤ痕をなぞったり、離れたりしながら、慎重に一輪車を走らせたんだよ。その甲斐《かい》あって、雪の上に残る二台の一輪車のタイヤ痕は、見た目上、一台の自転車の前輪と後輪の痕とそっくりになった」

「実際、霧ケ峰はそのタイヤ痕を自転車のものだと信じ込んでいたな」

「うん、確かに」悔しさを滲《にじ》ませながら僕は頭を掻く。「とにかく、そんなふうに一輪車を操ったさららは、無事にうるると合流する。それから二人はトリックの鍵となる一輪車を隠した。家の中だと見つかる恐れがあるから、彼女たちはそれを分解して鞄に詰めて玄関の屋根に載せた。その一方で彼女たちはあらかじめ家の中に隠してあった自転車を、玄関先に運び出した。いかにも、二人がその自転車に二人乗りして空き家を訪れたかのように見せかけるためにね。実際には、その自転車は前の晩、まだ雪が降っている最中に、この空き家に運び込まれて、押入れの中にでも隠してあったんだと思う」

「なるほど。トリックの仕込みは、雪の夜にすでにおこなわれていたわけだ」

「うるるはそういうことに情熱を燃やすタチだからね。とにかく、そんなふうにトリックをやり終えた直後、うるるはこの六畳間にやってきて、眠っている僕をビンタで叩き起こした。それ以降、姉妹は無実の第一発見者を装ったってわけ。僕の推理によれば、事件の真相は、ざっとこんな感じなんだけれど――どうかな？　たぶん間違っていないよね」

　僕は、どうだとばかりに胸を張って双子の姉妹を見詰めた。

「ふふん、この推理ゲーム、どうやら僕の完璧な勝利みたいだね」

　僕の唇《くちびる》から、思わず《マエケン完封勝利》にも似た会心の笑みが漏れる。

　だが、大金うるるは突然すっくと立ち上がったかと思うと、腰に手を当てる得意のポーズで、「おーッほッほッほッ！」と彼女特有の甲高い嘲笑を、僕に向かって浴びせかけた。「残念ながら、霧ケ峰さん、あなたの導き出した答え、肝心な部分が間違っているわよ」

「な、なんだってぇ⁉」僕も思わず立ち上がる。

「あなたはあたしを犯人だといった。あたしのキャラのほうが犯人役に相応《ふさわ》しいとでも思ったのかしらね。だけど、考えてごらんなさい。あたしが犯人なら、この空き家であたしは死体役の赤坂君と、午後三時過ぎから六時まで、密室の中で三時間も一緒に過ごすことになるのよ。そんなの我慢できると思う？」

「はッ、いわれてみれば確かに」うるるはともかくとして、赤坂君はこの傲慢を絵に描いたような腹黒女と一緒に三時間も過ごすことはできないはず。「——ということは！」

「ええ、犯人はさららのほうよ。赤坂君は最初、この推理ゲームに協力することを渋っていた。けれど、犯人役をさららにするといったら、途端にＯＫして——」

「ば、馬鹿ッ、やめろ、いうなぁ——ッ」

うるるの話を遮るように、赤坂君が突然大きな声を張り上げて立ち上がる。その顔は絵の具で塗ったみたいに真っ赤だ。彼の顔色を見た瞬間、僕はようやく合点がいった。

——ははん、なるほど、そういうことだったんだ。

赤坂君がうるるの言い成りになっているのは、彼女に何らかの弱みを握られているか、あるいはお金を借りているため。いまのいままで、僕はそう思っていた。だが、実際は違ったらしい。彼はむしろ《雪の密室でさららと過ごす三時間》という魅惑の特典に目を奪われ、自らその餌《えさ》に飛びついたのだ。

確かに大金姉妹は美少女ツインズだし、特にさららのほうは性格も天然っぽくて、頭もいいから男子にはモテそうだ。だから彼女に少しでも近づきたいと願う気持ちは判るが、それを理由に鯉ミスの片棒を担ぐなんて、赤坂通、最低な探偵部員である。

かくして、今回の事件における最大の謎（？）も無事に解明された。雪の密室を舞台にした推理ゲームも、どうやら終了のときを迎えつつあるようだ。

「まあ、いろいろあったけど、今回のゲームが僕の勝利であることは間違いないよね。大金姉妹のトリックは、僕の推理によって完璧に見破られたんだから」

「ふん、なにが『僕の推理によって』よ。あれのどこが推理なの。現場に戻ってきたら、屋根に隠していた証拠の品が、偶然目の前に転がっていただけでしょ。あんなの、ミステリ小説をパラパラ捲《めく》っていたら、偶然犯人の名前が目に飛び込んできたのと同じよ。推理でもなんでもないわ。あれは事故よ、事故！」

「そうです〜。本当は霧ケ峰さんに、あの一輪車の存在を推理して欲しかったのに〜」

「はあ!?　事故とはなにさ。あなたたちの隠し方が甘かったんじゃない」

「隠したのは、うるるちゃんだよね〜、せっかくのトリックが台無しだよ〜」

「ふん、台無しどころか、大成功よ。この女の無能な探偵っぷりが見られたでしょ」

「こら、無能とはなにさ、無能とは！　あんたらよりかは、うんと賢いってーの！」

うるるとさらら、それに僕。三人は身体を接近させ、胸倉を摑み合う勢いで互いのことを激しく罵り合う。すると、うら若き乙女たちが醜く争う姿に、いたたまれなくなったのだろう。呆れ顔の赤坂君が、僕ら三人の争いに割って入る。

「おいおい、おまえら三人、もっと仲良くしろよ、エアコン同士なんだから」

無造作に発せられた禁断のひと言に、僕ら三人の身体が一瞬にして凍りつく。赤坂君も自らの失言に気づいたように、「シマッタ！」と口許を覆うが、もう手遅れだ。

三人の口からいっせいに飛び出す、まったく同じ叫び声。

「エアコンって、いうなぁ――ッ！」

次の瞬間、三人の繰り出す三つの拳が、彼の顔面を三方向から打ち抜いた。

そして赤坂君はスローモーションのように、その場に崩れ落ちていくのだった（あれ、学園祭のときも、似たようなこと、なかったっけ……）。

# 霧ケ峰涼とお礼参りの謎

# 一

三月一日月曜日。気のせいかもしれないが、今日はなんだか先生たちの様子が変。

たとえば、朝の登校時のことだ。僕は前を歩く校長先生の姿を発見。さっそく駆け寄って、「おはようございますッ」と背後から声を掛けたところ、普段は温厚な校長が「ビクッ」と背筋を震わせて、「な、なんだ、君か、脅《おど》かさないでくれ！」と、ちょっとキレ気味に訴えてきた。普通に挨拶しただけなのに、なぜ？　当然、僕は腑《ふ》に落ちない。

あるいは、夕方近くの放課後。なぜか人目を憚《はばか》るように、こっそりと裏門を出ていく教頭先生の姿を発見。不審に思った僕は、密かに彼の後を追ってみる。すると裏門を出た教頭先生は、次の瞬間、鉄砲弾のような勢いで瞬時にその場から駆け出し、僕の尾行を僅か三秒で終わらせた。いったい彼は何に怯え、何から逃げようとしているのか？

――これは変だ。不可解だ。まさにミステリといっていい。

と、この現象に俄然《がぜん》興味を抱く僕の名は、霧ケ峰涼。鯉ケ窪学園高等部に通う二年生。探偵部に所属し、日夜、謎と論理に満ちたトリッキーな学園生活を送る女子高生だ。

ちなみに探偵部という部活動の実態については、この一年間、何度も何度も繰り返し繰り返し説明してきたから、いまさらいうべきことはなにもないけど、やっぱり念のため説明しよう。

　要するに探偵部というのは、探偵小説の研究や創作に明け暮れる『探偵小説研究部』などとは似て非なる組織。あくまでも現実の事件の調査と解決を活動目的とする実践的探偵集団。それが探偵部である。哀しいほどにレベルの低い『鯉ケ窪学園ミステリ研究会』などとは、まるで次元が違うので、絶対間違えないように！

　さて、そのような探偵部において、僕は副部長の重責を担っている。したがって教師たちが見せる異常な行動に、人一倍の関心を持つのは当然のこと。そんな僕は、教頭先生を見失った直後に生物教室を訪れた。ここは探偵部顧問、石崎浩見先生の教室だ。彼ならば、この不可解な謎に対する、なんらかの見解を聞かせてくれるかも。そんな期待を胸に抱きながら、僕は教室の扉をガラッと開けて、いきなり彼に呼びかけた。

「——石崎先生！」

　その瞬間、机に向かっていた白衣姿の生物教師は、「ひッ」と引き攣《つ》った声を発すると、椅子の上から確実に五十センチほどジャンプ！　そのまま彼は、床の上を飛び跳ねるように横移動し、最終的には壁際に置かれていた人体模型の背後に身を隠した。

「………」驚きのあまり、僕は一瞬言葉が出ない。「な、なにやってんスか、先生？」

　恐る恐る尋ねる僕に、人体模型の背後から先生が強張《こわば》った顔を覗かせた。

「な、なんだ、霧ケ峰君じゃないか！　お、脅かさないでくれよな！」

石崎先生の言葉も、なぜかちょっとキレ気味だ。僕の謎は、さらに膨《ふく》らむ一方である。

それから十数分後。生物教室は鼻腔《びこう》をくすぐる芳醇《ほうじゅん》なアロマに満たされていた。ガスバーナーと三角フラスコとビーカーと漏斗《ろうと》と濾紙《ろし》。それらの実験器具を用いて作られた生物教室特製の珈琲が、僕の目の前で湯気を立てている。僕は琥珀の液体をひと口啜り、その実験的な味わいを舌で感じながら、小さく声をあげた。「――お礼参り⁉」

「そうだ」と先生は頷き、自分の珈琲を啜った。「おや、知らないのかい、霧ケ峰君？」

「ええ、初耳ですけど。なんですか、お礼参りって？」

「ほら、三月といえば卒業シーズンだろ。三年生は卒業式が終われば、学校とは縁が切れる。そうなる前に、お世話になった教師のもとを生徒が訪れてくる。そして彼らは有り余る感謝の気持ちを込めて、その教師に対して、こういうのさ。『よお、センセイ、三年間ずいぶん世話になったなあ。このお礼はタップリさせてもらうぜ！』ってね」

「ああ、そういう意味の『お礼』ですか……」

だけど、いまどきいるのかな、そんな生徒⁉　まるで、昭和の学園モノみたい。

「もっとも、お礼の仕方は様々だ。面と向かって喧嘩《けんか》を売ってくる生徒は、まだいいほうだ。タチが悪いのは、物陰からいきなり襲ってくるタイプでね」

「へえ、それは怖いですねえ」

多少の疑問はあるにせよ、教師たちの怯えぶりを見ると、確かにその手の実例は過去にあるのだろう。それこそ昭和の時代から延々と続く学園の伝統行事なのかもしれない。

「まあ、三年間も一緒に過ごしてきたんだ。どの生徒だって、ぶん殴ってやりたい教師の一人や二人はいるだろう。卒業の時期にトラブルが起こるのは、無理もない話さ」

「ふーん」と僕は珈琲片手に意味深な視線を送りながら、「その様子だと、先生も心当たりがあるんですね。誰かにタップリ『お礼』をされてしまうような心当たりが」

「馬鹿な。僕は誰かの恨《うら》みを買うようなことは絶対ない。ないと思う。ないはずだ」

石崎先生、断言し切れていない。そんな自分を誤魔化すように彼はまた珈琲を啜った。

「まあ、逆恨みってこともあるから、油断はできない。それに今日は三月一日。例年、お礼参りはこの日から開始されるというのが、学園のお約束となっているんだよ」

「へえ、『アユ解禁』みたいなもんですか」

「うむ、『冷やし中華始めました』みたいなものだね」

「…………」要するに、季節の風物詩ってことなのかな？　いずれにせよ、探偵部副部長としては、大いなる不安と、そして多少の期待を感じざるを得ない。「てことは、先生。この時期、鯉ケ窪学園では物騒な事件が起こる確率が高いってことですね」

「君、なんかワクワクしてない？」先生は非難するような視線を僕に向けた。「教師側の身にもなって欲しいね。なにしろ、いつどこで誰が誰のお礼参りを受けるか、僕らには見当もつかないんだ。その恐怖ときたら、もう……」

「思わず、人体模型の後ろに身を隠すほど？」

「まあ、そういうことだね」と溜《た》め息混じりに呟いて、先生は珈琲を飲み干した。

そんな僕らの噂話が現実のものとなったのは、翌日の放課後のことだ。

もっとも、不幸中の幸いというべきか、被害に遭ったのは石崎先生ではなく、別の先生だったのだが――

## 二

三月二日の放課後。僕は学園の片隅に位置する瓢簞池《ひょうたんいけ》の畔《ほとり》にいた。僕の前には紺色ジャージを着た三年生男子の姿。彼の名前は武田義久《たけだよしひさ》先輩という。ジャージの背中には『鯉ケ窪学園庭球部』の文字。池の畔に置かれた大きなスポーツバッグにも、やはり同じ文字がプリントされている。武田先輩はテニス部なのだ。いや厳密にいうなら、元テニス部と呼ぶべきか。この時期なので、三年生はすでに部活動を引退している（引退していないのは、探偵部の多摩川部長ぐらいのものだが、それはまた別の話）。ちなみにテニス部の紺色ジャージは、着ているだけで女性人気が三割アップすると評判の人気アイテムで、魔法のジャージとも呼ばれている。履くだけで身長が八センチアップする魔法の靴みたいなものだ。

そんな紺色ジャージの武田先輩は、池の端に立ちながら、あり得ないほどの前傾姿勢をとっている。彼の手には長い柄のついた網《あみ》。瓢簞池の水面には一個のテニスボールが、プカプカと漂っている。彼はその網でボールを掬《すく》い取ろうとしているのだ。

そんな先輩が池に落ちないように、僕は彼の身体《からだ》を後ろから支えていた。

なぜ、僕が先輩のボール掬いを手伝うことになったのか。理由は単純。たまたま瓢簞池の畔を通りかかった僕が、池に網を伸ばす先輩の姿を発見。なんとなく見過ごせなかった僕のほうから、「お手伝いしましょうか」と彼に申し出たのだ。

ちなみに、瓢簞池といえば昨年秋の学園祭のときに、不思議な事件が起こったことで記憶に新しい。あれは確か、何者かが棍棒《こんぼう》のような凶器で殴られて瓢簞池に落ちた、と思ったら、実は被害者はカッターナイフで切られていて――といったような奇妙な事件だった。最終的に犯人は被害者のドロップキックで、池に蹴り落とされるという結末だったはずだ。

そんな記憶を懐かしく辿《たど》りながら、僕は先輩の背中を両手で摑《つか》み、両足を踏ん張る。

先輩は池に網を伸ばしながら、僕に真剣な声を掛けた。

「いいな、霧ケ峰君。絶対、手を離すんじゃないぞ。絶対に離したら駄目だからな！」

「え⁉　えーっと、それって……」お笑いのセオリーからすると、『絶対離すな』と三度いわれたら、手を離すのが正解だっけ？

と、不謹慎なことを考える僕。池の中では、一メートル近い鯉たちが大きな口を開けて、まるで誰かが落っこちてくるのを期待しているかのようだ。そこそこ広い瓢箪池は、水が濁《にご》っているため、多くの鯉にとって快適な環境にあるらしい。

するとそのとき、携帯の着信音が響いた。慌てて右手をポケットに伸ばした僕は、携帯を開いて耳に当てる。野球部の名物男からだった。「もしもし、ああ、土山《つちやま》先輩。ごめんなさい、いま手が離せないんですよね」

と、いったときには、もうとっくに僕は武田先輩のジャージから手を離していた。先輩の口から「うわ、馬鹿！」と悲鳴があがり、瓢箪池に過去最大規模の盛大な水しぶきが舞い上がる。驚いた多くの鯉がバシャバシャと水音を立て、水面で大きな錦鯉が一匹、「ぴょん」と綺麗に跳ねた。濁った水の中では先輩が怒りと寒さで激しく声を震わせる。

「て、てめー、き、霧ケ峰！　お、おまえ絶対、わ、わざとやりやがったな！」

すみません、けっしてわざとじゃないんです、二つのことを同時にできないだけ――

と、僕は池の畔から先輩に謝った。「あ、先輩、テニスボール、そこに浮いてますよ」

「判ってるよッ」先輩は念願のボールを素手で摑み取ると、「もう、いい。この役立たずめ。おまえはあっちにいってろ」と、無情にも僕に戦力外を通告した。

「ごめんなさーい」

もう一度頭を下げてから、僕は逃げるように瓢箪池を後にした。「なにさ、せっかくボール拾いを助けてあげたのに、あんな言い方しなくたっていいのに。まあ、あんまり助けになってなかったけど。むしろ邪魔だったろうけど」

呟きながら、僕は野球部のグラウンドへと直行する。

そこでは相変わらず下手《へた》クソな野球部員たちが、仲良しクラブのような甘ったれた練習、いや練習の名を借りた愉快なお遊戯を披露してくれていた。

僕はキャプテン土山のもとに歩み寄り、呆れるようにいった。

「やれやれ。これじゃあ、土山先輩も安心して卒業できませんね」

僕の隣でキャプテン土山が小さく頷く。彼もまた厳密にいうと、すでに野球部員ではない。元野球部主将、土山博之《ひろゆき》が彼の正式名称だ。長らくキャプテンだったので、『キャプテン土山』という呼び名が彼のニックネームのごとく定着しているのだ。そんなキャプテン土山は、腕組みしながら険しい表情で僕にいった。

「霧ケ峰、悪いが一年生たちに見せてやってくれないか。本当の練習というやつを」

望むところですね、と頷いた僕はバット一本を手にして、ダイヤモンドへ向かう。右バッターボックスに立った僕は、それから約三十分間、内野に散った一年生たちに向かって、これでもかとばかりにノックの雨と痛烈な罵声《ばせい》を浴びせてやった。

「おらおら、そんなことでコーシエンにいけると思ってんのかぁ！　野球やめちまえ！」

普段、絶対いえない言葉を叫びながらのノックは、最高の気分。やがてノックが終了すると、下級生たちは帽子を取り、僕に向かって「蟻《あり》がゴザ癒《いや》した！」と全員一礼。なにやら聞き間違えたダイイングメッセージのようだが、彼らは全力で「ありがとうございました」といっているのだ。虫が敷物を癒しているのではない。

心地《ここち》よい疲労感の僕は、そんな下級生たちを眺めながら、「なに、礼には及ばないよ。お姉さんは君たちが多少なりとマシになってくれれば、それでいーんだから」と謙虚な態度で先輩風をびゅんびゅん吹かす。

僕がベンチに戻ると、キャプテン土山が満足そうな表情で僕を迎えた。

「相変わらず霧ケ峰コーチの『鯉の滝登りノック』は見事だな。ほら、これ飲めよ」

キャプテン土山はベンチの片隅に置かれたクーラーボックスの中から、ペットボトルのスポーツドリンクを取り出して、僕に手渡す。サンキュ、といってボトルを受け取ったそのとき、再び僕の携帯が鳴った。電話の相手は友人、高林奈緒子《たかばやしなおこ》ちゃんだった。

「もしもし、奈緒ちゃん。え、お好み焼き⁉　いくいくー、お腹《なか》ペコペコー」

じゃあ、裏門のあたりで待ってるからね、と奈緒ちゃんが言い残して、通話は切れた。

僕はすぐさまベンチを立つと、キャプテン土山に片手で謝りながら、「友達が呼んでいるから、もういきますね。これ、いただいていきます」

僕はドリンクのペットボトルを振って、野球部のグラウンドを足早に去っていった。

数分後。僕が裏門にたどり着いたとき、奈緒ちゃんはすでに門柱に身体を預けて僕を待っていた。「お待たせ」と軽く片手を挙げながら、僕は友人に駆け寄った。「じゃあ、さっそくいこうか。どうせ『カバ屋』だよね」

カバに似たおばさんが熱々の鉄板で広島風のお好み焼きを焼いてくれる店、それが『カバ屋』。暇な生徒が集い合う、僕らの憩《いこ》いのオアシスだ。だが奈緒ちゃんは身の入らない口調で「うん、そうだね」と頷くと、門柱の陰から校舎側を指差して、僕に尋ねた。

「ねえ、シバセン、あんなところで何やってるのかしら」

僕はすぐさま彼女の指差す方角に目をやる。そこは池だった。先ほどの瓢箪池とは違う池。こちらは瓢箪ではなくて半円をしているので、半月池と呼ばれている。形も違うが、大きさはもっと違う。瓢箪池が教室一個分ほどの広さなのに対して、半月池は遥かに小さい。直径三メートル程度の円をすっぱり二つに切ったぐらいの大きさだ。

そんな半月池では、三、四十センチサイズの中形の鯉が泳いでいる。瓢箪池と違って、こちらの水は綺麗に澄んでいるので、緋鯉、真鯉、錦鯉と様々な種類の鯉たちが泳ぐ姿を楽しむことができる。池の傍には、大きな桜の木が植えられている。あとひと月もすれば、満開を過ぎた桜の花びらが、池の表面をピンク色に染めることだろう。

そんな半月池の畔に、確かにシバセンがひとりで佇んでいた。

シバセンとは漢文の授業で馴染みの深い中国の歴史家のこと――ではない。それは司《し》馬遷《ばせん》。鯉ケ窪学園においてシバセンといえば体育教師、柴田幸三《しばたこうぞう》先生のことを指すのが常識だ。

生徒を震え上がらせる怒声。泣く子をさらに号泣へと追い詰める強面《こわもて》。愛用の竹刀《しない》を片手に、生徒たちをビッシビシ指導して回る彼こそは、鯉ケ窪学園最強にして、もっとも恐れられる武闘派教師である。

そんな柴田先生は普段から愛用する水色のジャージ姿で、池を向いて立っている。

裏門から先生の姿を眺める僕は、ふと昨日の生物教室での会話を思い出した。

「ねえ、奈緒ちゃん、お礼参りって知ってる?」

「うん、知ってる。『冷やし中華始めました』みたいなやつでしょ。昨日からだっけ?」

「う、うん、まあ、合ってるような間違ってるような……」僕は苦笑いを浮かべながら、先を続けた。「シバセンってさ、いかにも三年生からタップリお礼をされちゃいそうなタイプだよね。暴力的だし、偉そうだし、ヤンキーよりヤンキーっぽいし」

「うん、判る判る。あの先生のこと狙ってる人、きっと大勢いるよね。いまこうしている瞬間にも、何者かが物陰からシバセンのことを付け狙っているのかも……」

と、奈緒ちゃんが物騒な想像を口にした直後、その何者かは唐突に現れた。

半月池から少し離れたところに建つ第二校舎。その建物の周囲を取り巻くように植えられたツツジの植え込み。その陰から身をかがめながら飛び出してきたのは、学ラン姿の男子生徒だ。

大きなマスクを装着しているために、顔は誰だか判らない。手に何かを持っている。武器のようにも、邪魔な荷物のようにも見える。武器だとすれば、棍棒か何かだろう。男はそれを両手でぶら下げるように持ったまま、半月池へと一気に駆け寄った。

池のほうを向く柴田先生は、背後に迫る男の姿に、まったく気づいていない。

そんな彼の無防備な背中に、学ランの男子はまんまと接近を果たす。二人の距離は一メートル弱。そのとき、ついに学ランの男が手にした武器を高々と振り上げた。すると、ようやく先生も背後の異変を察知したらしい。慌てて身体を反転させる柴田先生。

だが、時すでに遅し！

学ラン男子の振り下ろした武器は、振り向きかけた先生の首筋のあたりを直撃。強い衝撃があったのだろう。体育教師の頑強な肉体が、ぐらりと揺れた。さしもの強靭《きょうじん》な足腰にも乱れが生じる。柴田先生は池の端で二、三歩よろけたかと思うと、次の瞬間、完全にバランスを喪失。踏ん張りの利かなくなった彼の身体は、半月池の水面目掛けて、まともにぶっ倒れていった。

池の水がなくなるほどの盛大な水しぶきが舞い上がる。

奇襲を成功させた学ラン男子は、喜びが抑えられなかったのだろう。両手で握り拳を作り、その場でド派手なガッツポーズ。そして成功の余韻に浸る間もなく、男は脱兎《だっと》の如き勢いで校舎の方角へと駆け出し、再びツツジの植え込みの陰へと消えていった。

すべては一瞬の出来事だった。

一連の光景を眺めていた僕と奈緒ちゃんは、門柱の傍で思わず互いの顔を見合わせた。

「な、奈緒ちゃん……ぷ……い、いまの、ぷぷッ……見た？」

「み、見たけど……ぷ……駄目よ、人の不幸を……くくッ！」

僕らは互いの肩をバシバシ叩きあいながら、こみ上げてくる何かを必死で堪えた。

「シ、シバセンが……あのシバセンが、池に落ち……あは！」

「と、とにかく、助けにいってあげなくちゃね……ひひッ！」

僕らは二人揃ってすぐさま半月池に駆けつけた。池に落っこちた柴田先生は、当然のことながら全身ずぶ濡れ。自分の身になにが起こったのか、まったく理解できないといった様子で、水に浸《つ》かったまま呆然と首を左右に振っている。そんな彼の周囲では、中形の鯉たちが餌をねだるように口をパクパク。中でひと際巨大な真鯉が、大きな尾ひれで「ぱしゃ！」と水を撥《は》ね上げ、体育教師の顔に駄目押しの一撃を加えた。

「だ、大丈夫ですか、柴田先生……ぷぷッ」

「か、風邪ひきますよ、柴田先生……ぷッ」

笑いを隠せない僕と奈緒ちゃんを前に、体育教師は忌々《いまいま》しげに平手で水面を叩いた。

「くそ、おまえら、なにがおかしいんだよッ！」

# 三

奈緒ちゃんは水に浸かる体育教師に、救いの右手を差し出した。

「ほら、先生、摑まってください」

「す、すまん高林……」柴田先生は奈緒ちゃんに弱々しく右手を差し出した。

僕は柴田先生のことよりも、彼を襲撃した勇敢な、いや卑怯極まる男子生徒の行方のほうが気になった。僕はツツジの植え込みを指差しながら、友人にいった。

「僕、ちょっとあっちの様子を見てくる。ここは奈緒ちゃんに任せるね」

「え、ちょっと待ってよ……」慌てた奈緒ちゃんが摑んでいた先生の手を離す。

哀れ、柴田先生はもう一度、背中から水面へと叩きつけられ、再び水中に没した。

その光景を横目に見ながら、僕は勢いよく駆け出した。ツツジの植え込みの陰を確認するが、当然、そこにはもう誰の姿もない。ならば先生を襲撃した犯人は、第二校舎と第三校舎の間に広がる中庭へと逃走したはず。山勘でそう見当をつけた僕は、迷うことなく中庭に進路を取った。

すると、狙いは的中。中庭の中間あたりにある渡り廊下で、なにやら小競《こぜ》り合いが起こっていた。学ランの男子の首根っこをブレザーの女子が摑まえて、激しく文句をいっている。しかも男子のほうは口許に大きなマスクをしているではないか。これは怪しい。

さっそく僕は争う男女のもとへと駆け寄った。男女はともに三年生のようだった。

「あのー、どうしたんですか、いったい？」

何食わぬ顔で尋ねると、髪の毛をうっすら茶色く染めた女子が、乱暴な口を開いた。

「こいつがよ、向こうから全力で走ってきて、歩いているあたしに衝突したんだ」

そういって、彼女は男の駆けてきた方角を指で示した。半月池のある方角だった。

「なのに、こいつ、何もいわずに逃げようとするから、あたしも頭にきてよ。謝りやがれっていってやってんのさ」

「だから、謝ってるだろ！」男子は彼女の手を振りほどきながら、「ああ、悪かったよ」

「それで謝ってるつもりか、てめー。謝るならマスクぐらい取れってんだ」

すると彼はいわれるままにマスクを取り、唇を歪めていった。

「うるさいな、急いでるんだよ！」

「まあまあ、落ち着いてください」と、僕は両者の間に割って入り、疑惑の視線を彼へと向けた。「ところで、いったいなにをそんなに急いでいるんですか、先輩」

「ふん、初対面の君に先輩と呼ばれる理由はないと思うぞ。それに、君の質問にわざわざ答えてやる義務もない。だいたい、なぜ僕らの争いに君が首を突っ込むんだ？」

聞かれた僕は、彼らにおおまかな事実を伝えた。「実は、この先の半月池で、ちょっとした事件が起こりましてね。体育の柴田先生が、誰かに殴られて池に落ちたんです」

「なに、シバセンが⁉」茶髪の三年女子が呟く。「それって、まさかお礼参り――はッ」

たちまち何かに思い至った彼女は、男子の前で申し訳なさそうに目を伏せた。

「そ、そうか、それはすまなかった。そういうことなら、あたしもこれ以上、なにもいわない。さあ、逃げてくれ！　あたしが向こうを見ている、その隙に。さあ、早く！」

学ラン男子のことを体育教師襲撃の勇者と見て取った彼女は、彼のためにアサッテの方角を向き、祈るようにそっと目を瞑《つぶ》った。「いいな、必ず逃げおおせてくれよ……」

「おい、こら！　おまえ、なに勘違いしてんだ」三年男子は慌てて首を振った。「俺は知らない。それは、俺のせいじゃない。俺はただカノジョとの待ち合わせに遅れそうだから、急いでいただけなんだよ。悪いことして逃げていたんじゃないんだって！」

茶髪の女子は閉じていた目を開き、再び彼のほうへと向き直った。

「本当か。おまえ、それ、シバセンの前でもいえるのか？」

聞かれた三年男子は、僕らの前で堂々と胸を張った。が、その声は酷《ひど》く震えていた。

「もも、もちろんだとも！　ぜぜぜ、全然、平気だぜ！」

学ランの三年男子の名前は高沢博也《たかざわひろや》。茶髪で男っぽい口調の三年女子は岡野千夏《おかのちなつ》と、それぞれ名乗った。僕は岡野千夏とともに、高沢博也を半月池まで《連行》した。

だが半月池の畔には、奈緒ちゃんがいるばかり。「柴田先生は?」と僕が聞くと、彼女曰《いわ》く、「先生、着替えてくるんだって。またすぐ戻ってくるはずよ」

ああ、そうか、と僕は納得した。ずぶ濡れのジャージ姿では、いくら体力自慢のシバセンでも耐えられまい。春とはいっても、まだ三月。池の水は氷のように冷たかったはずなのだ。

数分待つと、着替えを終えた柴田先生が、再び僕らの前に姿を現した。水色のジャージを脱いだ先生は、今度は黒いジャージ姿だ。服の色は変わっても、怒りの色に変わりはない。

「くそ、教師を馬鹿にして。絶対、ただでは済まさんからな」怒り心頭の体育教師は、僕らが連れてきた高沢博也に視線を注いだ。「――ん、こいつが、どうかしたのか、霧ケ峰?」

「はあ。いちおう怪しい人物みたいなんですが……」

僕は事情を説明して、高沢博也を先生の前に突き出した。たちまち、柴田先生の表情が鬼の形相に変化した。「おまえ、三年の高沢だな。そうか、おまえの仕業か。おまえが俺の首筋を拳骨でぶん殴ったってわけだ。そうなんだな」

「あ、それ違いますよ」と僕は即座に彼の勘違いを訂正した。「先生は拳骨で殴られたんじゃありません。棍棒みたいなもので殴られたんですよ」

僕の指摘に、柴田先生は意外そうな表情を浮かべた。「ん、棍棒だと!?　そうなのか。だがまあ、同じことだ。おい高沢、おまえ、俺になんの恨みがあって……」

「ちょっと待ってくださいよ」高沢博也は顔を振って自らの無実を主張した。「俺じゃありませんよ。だいたい棍棒って何ですか。俺そんなもん、持っていませんから」

そんな彼を援護するように、岡野千夏が口を開いた。「そういや、あたしにぶつかったとき、おまえは手ぶらだったな。棍棒なんて持っていなかった」

「ふん、どうせ隠し持ってるんだろ。特殊警棒みたいな武器を」と先生は決め付ける。

「馬鹿な。過激派じゃあるまいに」高沢博也は開き直ったように両手を広げた。「そんなに疑うなら、ポケットでもパンツの中でも、好きなだけ捜してみてくださいよ」

すると柴田先生は、挑発的な彼の態度にムッとした様子。さっそく彼の前に立つと、万引Gメンを思わせる執念深い手つきで、彼の学ランの上下を隈《くま》なくまさぐった。

「どうですか、先生。何か見つかりましたか?」ふてぶてしく尋ねる三年男子。

体育教師は悔しげに横を向くと、「ふん、凶器の捨て場所ぐらい、いくらでもあるさ」

「どういう意味ですか、それ?」

「おまえは俺を棍棒で殴って逃走した。その途中で、凶器を捨てたんだ。その直後に、おまえは岡野千夏と衝突し足止めを喰《く》った。だから、そのときおまえは手ぶらだった」

「はあ、途中で凶器を捨てた?　どこに?」

「どこか、そのあたりだ。遠くまで捨てにいく暇はなかったはずだからな」

「まったく疑り深いんですね、先生は」高沢博也は溜め息まじりに呟く。

だが柴田先生が示した可能性は、当然検証されるべきものだ。そしてその責任は高沢博也に容疑をかける先生の側にある。そのことは彼自身も充分理解しているようだった。

「よおし、こうなった以上、凶器の捜索を徹底的におこなう必要がありそうだな」

先生の言葉に僕は大きく頷いた。「見つかるといいですね、先生」

奈緒ちゃんも眸《ひとみ》を輝かせていう。「きっと見つかりますよ、先生」

岡野千夏も力強い口調でいった。「頑張ってくれよな、センセイ」

僕ら女子三人の激励を受けて、黒いジャージの体育教師は感謝の笑みを浮かべた。

「ああ、頑張るさ。君たちの応援に報いるためにも必ずや俺の手で——って馬鹿！」

柴田先生はいきなり癇癪《かんしゃく》を爆発させると、地団太踏むように地面を足で蹴った。

「おまえらも俺と一緒に捜せ！　なんで、俺ひとりにやらせようとするんだよ！」


それから約三十分間にわたり、僕らは棍棒らしき凶器を探し回った。

仮に高沢博也が犯人だとした場合、彼の逃走経路はというと、まずは半月池から第二校舎の脇のツツジの植え込みへ。それから校舎の角を曲がって中庭へ出て、渡り廊下へと向かう一本のルートだけだと思われる。寄り道している時間的余裕はなかったはずだ。

ならば、彼の通った道なりに捜索していけば、必ず棍棒か、もしくはそれに似た形状の物体が発見されるはず――

と、柴田先生はそう高を括《くく》って、凶器の捜索に自信を覗かせていたのだろう。だが、結果は意外にも空振りに終わった。棍棒はおろかマッチ棒さえ見つからない散々な結果に、柴田先生の表情にもさすがに焦りの色が窺われた。

凶器の捜索を諦めた僕らは、再び半月池の畔に集まった。意気消沈する体育教師に、高沢博也は勝ち誇るような笑みを向けた。

「ほら見てくださいよ、先生。凶器の棍棒なんて、どこにもないじゃありませんか。凶器を持っていない俺が、どうやって先生をぶん殴れるんですか、ああん？」

高沢博也、シバセンとは違う意味で結構ヤな奴。正直、僕はどっちも好きになれない。

「く、くそ！　そんなはずはないんだが……」柴田先生は困惑の表情で、あらためて僕に確認した。「おい、霧ケ峰、さっきのおまえの話は本当なんだな？　犯人は本当に、棍棒のような凶器で俺を殴って逃げたんだな。見間違いじゃないんだな？」

「ええ、間違いありませんよ。ねえ、奈緒ちゃん？」

咄嗟に、僕は傍らの友人に同意を求める。すると、奈緒ちゃんは意外にも歯切れの悪い口調で、「う、うん、そうだったと思うけど……ちょっと待って」と額に指を当て、深く考える素振り。やがて顔を上げた彼女は、僕に向かって唐突にこんなことをいった。

「確かに、犯人は手に棍棒みたいな凶器を持って、先生に襲い掛かった。それは事実。だけど、その襲撃の直後には、もうすでに犯人の手に凶器はなかったと思うの」

「え⁉　それ、どういうこと」

「ほら、あの犯人、襲撃が成功した後、両手でガッツポーズしてたじゃない。てことは、つまり二つの拳骨を上に突き上げていたってことよね。あのとき、もうすでに犯人の手には、何も握られていなかった気がするの」

「ああ、そういえば……」

瞬間、僕の脳内スクリーンに、事件直後の犯人の振る舞いが映し出される。確かに彼女がいうとおり、あの場面において、犯人は何も握っていない二つの握り拳を突き上げながら、快哉《かいさい》を叫んでいたようだ。これはいったい、どういうことなのだろうか。

「犯人は襲撃を終えて逃走に移ったときには、もう凶器を手放していたってこと？」

「うん、たぶんそうだと思う」僕の友人は頼りなげに頷いた。

「もし、そうだとすれば」岡野千夏が茶色い髪を掻き上げながら、半月池とその周辺の光景に視線を走らせた。「問題の凶器は、この池のすぐ傍に転がってるって話になるな」

彼女の言葉に導かれるように、一同の視線が半月池に集まる。

すると黒いジャージの体育教師の口から、「ははん、判った」と自信ありげな呟き。

そして彼は、やおら池の端に膝《ひざ》を突くと、鋭い視線で水面を凝視するのだった——

# 四

「――ほう、なかなか面白い話じゃないか」

　興味深げに頷くと、白衣の女教師は眼鏡を指先で押し上げた。「で、柴田先生は、いったいなにが判ったんだ？　水面に映る自分の顔の悪さにでも気がついたのか？」

　事件翌日の昼休み。地学教室の椅子に座り辛辣《しんらつ》な物言いをする彼女は、地学教師の池上冬子先生だ。過去に二度ほど難事件に遭遇し、それを解決に導いたことのあるクールで知的な美人教諭。そんな彼女に、僕は昨日の出来事の概要を語って聞かせたところである。

「柴田先生が『判った』と呟いたのは、要するに凶器の在《あ》り処《か》が判ったという意味だったんです」

「へえ、凶器の在り処ねえ」

　先生は皮肉っぽく笑うと、椅子の上で長く綺麗な脚を組んだ。「まさか『凶器は池の中だ』とかいうんじゃないだろうな。それは単純馬鹿の発想だぞ」

「それが、実に残念なことに、柴田先生はまさにそれでして……」

　僕は生徒用の机に浅く腰を掛けた恰好で、思わず苦笑い。

池上先生は、やれやれとばかりに首を振った。「犯人は逃走する前に、すでに凶器を手放していた。ならば、凶器は犯行のあった池のすぐ近くに捨てられているはず。岡野千夏が口にした考えは正しい。だが、凶器が池の中に転がっていたら、もうとっくに誰かが発見しているはずじゃないか。半月池は大した広さじゃないし、おまけに池の水は澄んでいる。池の底まで肉眼でバッチリ確認できるから、棍棒みたいな目立つ物体があれば、池の畔にある複数の目が見逃すはずがない。そうだろ」

「ええ、そのとおり。実際、池の中に凶器らしきものは、見つかりませんでした」

「だろうな」

と池上先生は短く呟き、「池の周辺も捜索したのか。そっちはどうだった？」

「やはり駄目です。半月池の周辺には岩やら桜の木やら灯籠《とうろう》やら、いろいろなものがありますが、そういった物陰を捜してみても、凶器らしきものは見つかりませんでした」

「そうか」池上先生は面白がるようにニヤリとする。「それは不思議な現象だな」

「そうなんですよねー」僕は思わず腕組みしながら呟いた。「仮に、犯人が凶器を遠くに投げたとしても、五十センチかそれ以上ある棍棒みたいな物体を、そう遠くまで放れるはずはない。だいいち、僕も奈緒ちゃんも犯行時の犯人の様子を見ていたけど、犯人は凶器を放り投げるようなアクションをしなかった。だったら、やはり凶器は池の傍に転がっているはずなんですが……」

「なるほど、判った」女教師は頷くと、得意げな顔で自分の胸に手を当てた。「要するに、柴田先生襲撃事件は消えた凶器の謎とともに、暗礁《あんしょう》に乗り上げたってわけだ。それで、その謎をこの才気溢れる美人教師池上冬子に解いてほしいと、そういうわけだな」

「えーっと、違います、そうじゃありません。といっても、べつに『才気溢れる美人教師』っていう肩書きを否定しているわけじゃなくてですね……」

　僕は慌てて制服のポケットに手を突っ込むと、中から一枚のメモ用紙を取り出し、彼女に手渡した。「これを、いちおう先生に確認してもらおうと、そう思いまして」

「ん!?　なんだ、これは」才気溢れる美人教師は、メモ用紙に書かれた短い文章を読み上げた。「なになに、『折り入って、お話ししたいことがあります。今日の放課後、午後三時半、半月池でお待ちしています。池上冬子より』――へえ、そうか。わたしは昨日、誰かにお話ししたいことがあったのか。それは初耳だな。全然知らん」

「やはりそうですか」僕はホッと溜め息をついた。「そのメモ用紙、昨日の午後、柴田先生の机にあったそうです。メモを受け取った柴田先生は、そこに書かれた文章を真に受けて、放課後に半月池を訪れ、犯人の襲撃を受けた。――てな感じみたいですね」

「そうか。この文章のどこに真に受ける要素があるのか、わたしにはまるで判らんが」

　女教師は手にしたメモ用紙を天井の明かりにかざしながら、首を傾げる仕草。やがて、彼女はメモ用紙を僕に突き返すと、再び凶器の謎へと話を戻した。

「柴田先生を襲った凶器が一瞬で消えた。これが今回の事件のポイントだ。それは地上に見当たらず、水中にもない。だとすれば他に考えられる可能性は、ひとつしかない」

「というと——？」

思わず身を乗り出して聞く僕。すると池上先生は真っ直ぐ頭上を指差した。

「上だ。空だ。つまり凶器は遥か上空に舞い上がったんだな。他に考えようがないじゃないか」

「な、なるほど。確かにそれは盲点かも」僕は女教師の溢れる才気とやらに、思わず感嘆の声をあげた。「で、具体的には、どういうことがおこなわれたんですか。凶器は、どのようにして、空高く舞い上がったのですか。教えてください、池上先生！」

真面目に女教師の見解を求める僕に対して、彼女もまた真面目な顔でこういった。

「UFOだ！」

「………」僕は証拠品のメモ用紙を折りたたみ、それをポケットに仕舞うと、「えーっと、それじゃあ用件も済んだことですし、そろそろ午後の授業ですから……」

「待て、霧ケ峰、慌てるな。わたしの話は、まだ終わっていないぞ」

地学教室から立ち去ろうとする僕の前に、女教師が立ちはだかる。普段のクールな印象はもはやない。その代わり、眼鏡の似合うその顔には『UFO命』と書いてある。なにを隠そう池上冬子は知的な外見とは裏腹に、UFOと宇宙人を心から愛する哀しい女なのだ。

「どうせ、ＵＦＯに乗った宇宙人の仕業だっていうんでしょ、先生」

この人は不可解な現象を、すべてそのように解釈する傾向がある。詳しく聞くまでもない。そう決め付ける僕の前で、意外にも彼女は「いや、違う」と激しく首を振った。

「違うってなにがですか？」

すると、池上先生は勿体《もったい》ぶるように僕に背中を向け、淡々とした口調で語り出した。

「わたしには以前から、ずっと不思議に思うことがあってな。それはＵＦＯや宇宙人のサイズの問題だ。例えば映画に出てくる宇宙人たちは、大小さまざまとはいえ、だいたい地球人の考える常識的なサイズに納まっているようだ。まあ、そうしておかなければ、映画にならないという事情があるのだろう。『宇宙人ＶＳ．地球人――ただし、宇宙人のほうが地球人より五倍デカイ』ではハンデ戦みたいで盛り上がらないからな」

「はあ……」いったい、なんの話をしているのだ、この女教師は？

「だが現実の宇宙は広い。地球人の常識など意味を持たないほどに！」

キョトンとする僕に対して、池上先生はさらに熱弁を振るった。「いいか、霧ケ峰。もし仮に、東京都よりもでかい宇宙人がいたとしたら、どうなる？　彼らの乗るＵＦＯは、日本列島ぐらいの大きさになるはずじゃないか。逆に、小指の先ぐらいの宇宙人がいたなら、どうだ？　彼らの乗るＵＦＯが全長五十センチか、それより少し大きい程度で、棍棒のような形状をしていたとしても、なんの不思議もないはずじゃ——おい、霧ケ峰、どこへいく！　わたしの話を、最後まで聞け！」

いいえ、もう結構！　そういう代わりに、僕は地学教室の引き戸をピシャリと閉める。

時を同じくして、昼休みの終わりを告げるチャイムが廊下に鳴り響いた。

## 五

「うーむ、なるほど。それはいかにも池上先生らしい見解だな」

同じ日の放課後。今度は生物教室にて。石崎先生は僕の話を聞くなり、感心したような顔つき。そして手許の珈琲をひと口啜ると、さらに彼はこう続けた。

「つまり池上説によると、棍棒のようだと思われていた武器は、実は棍棒でも武器でもなく、それ自体が運動性能を有した未知の乗り物だった、というわけだ。そして、その乗り物は柴田先生襲撃事件に使用された直後、エンジン全開で急上昇。上空に舞い上がり、遥か宇宙空間へと逃げ去った。なるほど、確かにそれなら地上にいる霧ケ峰君や柴田先生が、いくら凶器を探し回ったところで、何も見つかるはずはない。——はは、これは傑作！　いやはや、凄い！」

というわけで、最終的には石崎先生も池上説を一笑に付した。どうやら、さほど真に受けていたわけではないらしい。そうと判って、僕は少しホッとした。

「まったく、『宇宙人は友達、恐くない』の池上先生には困ったものです」

「まあね。だが、彼女の発想は独創的で侮《あなど》れないと思うよ」

石崎先生は同僚を庇《かば》うようにそういうと、今度は僕に意見を求めた。「ところで、そういう霧ケ峰君は、今回の事件について、なにか独自の見解があるのかい？　探偵部副部長として、池上説を凌駕《りょうが》するような、独創的でパンチの効いた見解が。もしあるなら、ぜひ聞かせてもらいたいんだがね」

「はあ……」そういわれると困る。僕は自信のない口を開いた。「要するに、今回の事件のキモは、凶器の消失ですよね。それも池の傍で起こっているのだから、水が関係している可能性が高い。となると、水の中で消える凶器というのが、いくつか思い浮かびますが」

そして僕は、清水《きよみず》の舞台からバンジーするような気分で、その言葉を口にした。

「たとえば、氷とか」

「――氷ぃ!?」

瞬間、石崎先生の表情が文字どおり氷のように固まった。「ふむ、それはつまり棍棒のような形状をした氷の棒ってことかい、霧ケ峰君？」といって、先生は僕のことを冷ややかな目で眺めながら、短く皮肉を口にした。「実に独創的だね。恐れ入ったよ」

僕は背中に冷や汗を感じながら懸命に語った。「いや、まあ、独創的か否かはともかく、あり得ない話じゃないと思うんですよ。大きな冷凍庫を使えば氷の棍棒は作れると思うし、クーラーボックスに入れておけば、しばらくの間は持ち運びも可能でしょう」

「で、使用後は池に放り込んでおけば、消えてなくなるってわけだ。まあ、凶器の消失としては、いちおう教科書どおりだけど、それでいいかい？　何か問題はない？」

「そりゃ、ありますよ」僕は溜め息混じりにいった。「大きな氷の塊が水の中で一瞬にして消えてなくなるはずはない。僕と奈緒ちゃんは、事件の直後に半月池に駆けつけたのだから、もし氷が使われたのなら、それはまだ池の表面にプカプカ浮いていたことになる」

「まあ、そうなるね。だが、池に氷は浮いていなかった。では、氷でないとすると？」

僕はダメモトで二の矢を放つ。「ド、ドライアイス、とか？」

「ドライアイスの棍棒——って、おいおい、霧ケ峰君。それじゃ凶器が煙のように消えるどころじゃない。まさしく凶器が煙になるって話だ。半月池が大物演歌歌手のステージみたいに白い霧に包まれてしまうぞ。氷以上に目立つじゃないか」

「ですよね」やっぱり無理か。僕はポリポリと頭を掻く。「となると、他は……」

正直、何も思い浮かばない。だから、僕はこうして石崎先生の知恵を借りにきたのだ。

僕は期待を込めた目で、目の前の生物教師を見やる。すると彼は、仕方がないな、というような表情を浮かべ、手にしたカップの珈琲をぐっと飲み干した。

「まあ、君の話はだいたい判った。犯人が高沢博也君かどうかは別として、凶器の消失は確かに不可解だ。逆にいうなら、凶器消失の謎を解き明かすことが、真相解明への近道になるのだと思う。理由もなく凶器が消えることは、あり得ないのだからね」

そういって石崎先生は立ち上がり、足早に教室の出入口へと向かった。

「とにかく、現場にいってみようじゃないか。考えてみれば僕自身、半月池の様子を丹念に観察したことなんか、過去に一度もない。あらためて現場を眺めてみれば、思い浮かぶアイデアだって、あるかもしれないからね」

「そうですとも。いきましょう、いきましょう。現場百遍っていいますもんね！」

僕は喜び勇んで、前を歩く白衣の背中を追いかけた。


放課後、それもかなり遅い時間帯ということで、半月池の周辺には、僕ら以外の人影は見当たらなかった。昨日の現場と、だいたい似たような状況だ。

僕は先生に、柴田先生が襲撃されたポイントを正確に教えてあげた。襲撃を受けた際の先生の様子や、犯人が逃げ去った方角なども、あらためて詳しく説明する。石崎先生は僕の話を淡々とした様子で聞いていた。それから彼は池の形状を確かめるように、池の周囲をぐるりと一周。そしてまた元の位置に戻ると、白衣の生物教師は意外な言葉を口にした。

「実はね、僕は今回の事件に、ちょっとした違和感を覚えているんだ」

「――違和感⁉」

「うん、収まりの悪さとでもいうべきかな。凶器消失の謎が、まさにそうなんだが」

そういって、先生は今回の事件の根本的な部分に疑問を呈した。「ねえ、霧ケ峰君。この凶器消失は、いったい誰が何のためにおこなったことなんだろうか」

「それはもちろん、犯人が容疑を逃れるため――なんじゃありませんか？」

「うん、普通はそうだ。だが今回の事件は、通常の事件とはちょっと性格が違う。おそらく今回の事件は、卒業を間近に控えた三年生による、お礼参りだ。いわば季節の風物詩。犯罪といえば犯罪だが、その中身は悪戯《いたずら》やドッキリに近いものだ。学校側だって、よっぽどのことがない限り警察なんか呼ばないし、犯人探しもおざなりだ。そんな事件の中で凶器をわざわざ消す意味なんてあるだろうか。犯人は気に食わない教師を贋《にせ》のメモで半月池に誘い出し、背後から襲い掛かって、相手を池に落っことした。してやったりの犯人は、大喜びでガッツポーズ。それで充分じゃないか。まるで手品師のように、綺麗サッパリ凶器を消す必要なんて、まったくないと思うんだが――ん！」

瞬間、半月池の水面を眺めていた石崎先生の表情が、激しく強張った。なにか意外なものを発見したかのように、彼の顔には驚愕の色が浮かんでいる。だが、傍らに立つ僕の目からは、彼が何を見つけ、何に驚いているのか、サッパリ判らない。仕方がないので、僕は先生に質問を投げようと口を開いた。「あの、先生、いったい何が……」

　すると次の瞬間、普段は真面目で端正な先生の横顔が、かつてないほど激しく歪《ゆが》んだ。苦痛のためではない。彼の表情を歪めているのは、こみ上げてくる笑いの感情だった。

「あはッ、おいおい君、なんだい、こりゃ！　あは、あは、あはは！　こりゃ面白い。実に傑作じゃないか！　霧ケ峰君、なぜ君は、このことを教えてくれなかったんだい！」

「え……!?」

　普段とは異なる石崎先生のハイテンションに、僕は思わずキョトン。一方の石崎先生はなおも笑いが堪えきれない様子で、涙目になりながらこういった。

「霧ケ峰君、謎は解けたよ。ほら、真実は僕らの目の前にあるじゃないか……あはは！」

# 六

　ひとしきり笑い終えた石崎先生は、ようやく普段の真面目な顔に戻って、僕に尋ねた。

「この池の様子を見て、君はなにも感じないのかい？　なにか違和感みたいなものを」

「いえ、べつに……」

「それじゃあ、困るねえ。鯉ケ窪学園の生徒としても、熱烈なカープファンとしても」

「ん!?」先生の言葉に、僕は思わず首を捻る。「それって、どういう意味……」

僕は咄嗟に考えた。鯉ケ窪学園と広島カープ。共通点はズバリ、鯉だろう。僕は半月池を悠然と泳ぐ数匹の鯉を眺めながら尋ねる。「この池の鯉たちが、なにか?」

先生は僕の問いに答える代わりに、池の中の鯉を指差した。「ほら、よく見てごらん。一匹だけやけに大きな鯉がいるだろ。体長六、七十センチぐらいのやつが」

ええ、と頷きながら、僕はその一匹を眺める。それは身体全体がくろずんだ、大形の鯉だ。まるで池の主のような存在感を示しながら、水の中を泳いでいる。柴田先生が池に落ちた直後、尾ひれを振って彼の顔に水を撥ね上げた、あのひと際大きな真鯉だ。

「一方、他の鯉を見てごらん。どれも、だいたい三、四十センチってところだろ」

「ええ、そのようですね。――それが、なにか問題でも?」

「ああ、とても奇妙なことだと思うね」そして石崎先生は、唐突に生物教師としての一面を覗かせた。「あのね、霧ケ峰君、鯉という生物にはひとつの特徴があってね、彼らは生活環境によって、個体の大きさが決定されるんだ。早い話、小さな水槽や狭い池の中で飼われている鯉は、それに見合った大きさにしかならない。ほどほどのところで成長をやめて、それ以上、大きくはならないんだよ。一方、大きな池で飼われている鯉は、どんどん大きくなって、全長一メートルを超えるものも珍しくない。だとすると……」

石崎先生はあらためて目の前の大きな真鯉に視線を移した。

「同じ半月池で飼われていながら、なぜこの一匹だけが、ここまで大きく育ってしまったのだろうね。いや、そもそもこの狭い半月形の池の中で、普通の鯉がこれほどの大きさまで育つものなのだろうか。その点、僕は大いに疑問を覚えるね」

僕は石崎先生のいわんとするところを、ようやく理解した。

「そうか。この特別大きな真鯉は、この半月池で育った鯉じゃない。どこか別の場所で育った鯉を、誰かが後から半月池に運び込んだ。そういうことですね？」

「うむ。おそらくその可能性が高いと、僕は思う」

「なるほど」僕は頷き、そして先生に尋ねた。「で、いったい誰が何のために――？」

僕の問い掛けに、石崎先生はあからさまな落胆の表情。そして彼は大袈裟《おおげさ》な身振りで両手を広げると、呆れたような声で僕に訴えた。

「おいおい、なにをいってるんだ、霧ケ峰君。まだ判らないのかい？　君は、この鯉が半月池に放たれる瞬間を、実際に目撃したんだよ。昨日の放課後、高林君と一緒に」

「え、昨日の放課後⁉」僕は一瞬キョトンとしてから、「それって、柴田先生が襲撃された、あの場面――はッ！」

この期に及んで、ようやく僕は先生の話の核心を理解した。だが、それはあまりに突拍子もない話だ。半信半疑の僕は、恐る恐るといった調子で口を開いた。

「じゃ、じゃあ、あのとき犯人が持っていた棍棒みたいな凶器って、まさか――」

「そう、そのまさかだ」石崎先生は自信を持って断言した。「凶器は鯉だったのだよ」

「………」

「凶器は真鯉だったのだよ、霧ケ峰君！」

「え、ええ、二度いわれなくたって判ります」僕はガクガクと首を縦に振った。

凶器は鯉。その言葉を、僕は頭の中で反芻《はんすう》した。確かに鯉という生き物は、頭や胴の部分が太く、尾ひれのほうにいくにしたがって細くなる独特の形状。特に真鯉は色も黒っぽくて、一見して、棍棒のように見えなくもない。手に持って振り回せば、むしろ棍棒にしか見えないかも。

——いや、しかし、待て待て！僕は思わずブルブルと頭を振った。

「だ、だけど鯉ですよ。魚ですよ、魚！　それを凶器みたいに振り回す犯人なんて！」

「いるわけないって？　だが、必ずしも突飛な話ではないと思うよ。ミステリの世界で凶器消失テーマといえば、古典的なものではロアルド・ダールの『おとなしい凶器』などが有名だよね。それになぞらえるならば、今回の事件に用いられた凶器は、『元気な凶器』とでも呼ばれるべきものだ。凶器消失事件としては、充分あり得る話だと僕は思うね」

そういって、石崎先生は今回の事件の流れを一から説明した。

「犯人は池上先生の名前を騙ったメモで、柴田先生を放課後の半月池に呼び出した。何も知らない柴田先生は池の畔で、池上先生を待った。そのとき犯人は、ツツジの植え込みの陰に隠れていた。犯人は大きな鞄か袋を持っていたはずだ。中身は、もちろん大きな真鯉だ。犯人はその真鯉を取り出し、尾の部分を持って、植え込みの陰から飛び出した。犯人は柴田先生の背後に駆け寄り、そして手にした棍棒ならぬ鯉棒を振り上げた」

「鯉棒って……」この期に及んで駄洒落《だじゃれ》を挟んでくるとは、恐るべし、石崎浩見！

呆気に取られる僕をよそに、生物教師は滑らかな口調で話を続けた。

「犯人の振り下ろした鯉棒は、狙いどおりに柴田先生の首筋を捉《とら》えた。柴田先生は池に落ち、派手な水しぶきが上がる。そのとき犯人の手にしていた鯉棒もまた、池の中に放たれたのだよ。するとたちまち凶器の鯉棒は、本来の鯉に戻り、元気に水の中を泳ぎはじめた。まるで水を得た魚のように――」

「先生、『水を得た魚のよう』って喩《たと》えは変ですよ。鯉は魚そのものですから！」

しかし僕のツッコミもどこ吹く風で、先生は話し続けた。

「目的を遂げた犯人は、両手の拳を突き上げてガッツポーズ。そして、再びツツジの植え込みに戻ると、そこに放置していた鞄か袋を手にして、すぐさま中庭のほうへと逃走した。偶然、その光景を目撃した君たちは、すぐさま現場に駆け寄り、池に落ちた柴田先生を助けた。そのとき、君たちの目の前に凶器はあった。凶器は池の中を元気に泳ぎ回っていた。だが君たちの目に、それが凶器として認識されることはない。凶器は一瞬で、どこかに消えてしまった。少なくとも君たちの目には、消えたように思えた。——これが、今回の凶器消失事件の真相というわけだ。判ってもらえたかな？」

「なるほど」僕は頷き、そして首を振った。「だけど判りません。犯人はなぜ、そんな奇妙な凶器を用いたんでしょうか。凶器を消して見せるため？　だけど、さっき先生がいったように、そんな手品師みたいな真似をする意味は、全然ないと思うんですが」

「いや、意味はある。ただし、それは凶器を消したり隠したりするためではない」

石崎先生はキッパリと断言し、こう続けた。「犯人がわざわざ鯉を凶器として選んだ理由。それは今回の事件が三年生によるお礼参りだからだよ。考えてもごらんよ。鯉ケ窪学園の生徒が鯉ケ窪学園の教師に対して、三年間の鬱憤《うっぷん》を文字どおりぶつけるんだ。その場合に用いる凶器として、鯉より相応《ふさわ》しいものはないじゃないか。それに鯉が凶器なら、ぶつけられたほうもあんまり深刻なダメージにはならないしね！」

「な、なるほど。そーいうことですか……」

だけどそれじゃあ、鯉が可哀想《かわいそう》！　と、僕は生まれて初めて凶器に同情した。

# 七

さて、凶器消失の謎を見事解き明かした石崎先生だが、その推理力が発揮されたのはそこまで。結局、彼は柴田先生襲撃事件の真犯人を指名するには至らなかった。

事件の最終的な決着は、僕の手に委《ゆだ》ねられたというわけだ。

そんなわけで、翌日の放課後。僕はひとりの男を半月池へと招き寄せた。『折り入って、お話ししたいことがあります。今日の放課後、午後四時半、半月池でお待ちしています』。そんな匿名のメモを彼の机に貼っておいたのだ。この文面にピンときたなら、彼は必ずや、半月池にやってくるに違いない。

そう期待して、待つこと数分。夕暮れ迫る半月池に、男は紺色のジャージ姿で現れた。ジャージの背中には、『鯉ケ窪学園庭球部』の文字。テニス部の武田義久先輩だ。

武田先輩は池の畔に佇む僕へと歩み寄り、気さくな口調でこう切り出した。

「なんだ、霧ケ峰か。あのメモ用紙は、おまえが書いたのか。なんだよ、折り入って話したいことって？　愛の告白でもしてくれんのか？」

彼の戯言《ざれごと》を背中で聞きながら、「いえ、そういうことではなくて」といって、僕は何食わぬ顔で池の水面を覗き込む。透明な水中を泳ぐ鯉たちを眺めながら、ふいに僕は驚きの声を発した。「うわッ、ちょっと先輩、あれ見てくださいよ、あれ！」

「え、なんだよ、あれって？」つられて彼も水面に目をやる。

「ほら、あの鯉！」

僕は目の前を泳ぐ、一匹の大きな鯉を指差した。「見てください。あの鯉、全身に包帯巻いてますよ！　うわあ、きっと痛い思いをしたんですね。酷《ひど》い目にあったんですね。だから、あんなに身体中に包帯を……ああ、なんて可哀想な鯉……」

「………」武田先輩はあまりのことに、しばし言葉を失う。だが、やがて彼は険しい表情を僕に向けると、威嚇するような低い声でいった。「いったい、なんの真似だ？」

「なんの真似って、なにかおかしなことでも？」

「ふ、ふざけるなあ！」武田先輩は唐突に僕への怒りを爆発させた。「包帯している鯉なんて、おかしいに決まってるだろ。あれは、君の仕業か、霧ケ峰！」

「いいえ、違います。あれは武田先輩の仕業。先輩があの鯉をいじめるから……」

先輩は池の鯉に背中を向けた。「ふん、いってる意味がサッパリ判らんな」

「判らないはずはありません。一昨日の放課後のことです。この半月池で、体育の柴田先生が棍棒のような凶器で殴られて、池に落ちるという痛快な――いえ、悲惨な事件が起こりました。噂ぐらいは、先輩の耳にも届いていますよね」

「ああ、知ってるとも。犯人は三年の高沢博也なんだろ。噂じゃ、そうなってるぞ」

「いいえ、高沢先輩は犯人ではありません。彼は事件発生の直後に、たまたま現場の付近を猛スピードで走っていたために、逃走中の犯人に間違われただけです」

「なぜ、そう断言できるんだ？　高沢博也が真犯人かもしれないじゃないか」

「いいえ、それはありません。実は、ここだけの話ですが、犯人が柴田先生を殴るのに用いた凶器は、棍棒などではなく、一匹の鯉だったんですよ。大きな鯉って、見た目、棍棒みたいに見えるじゃないですか――ほら」

そういって、僕は包帯でぐるぐる巻きにされた池の鯉を指で示した。「このことは、生物の石崎先生が教えてくれました。詳しい説明は省きますが、これは事実でしょう。だとするなら、犯人は凶器の鯉を持ち運びするために、大きな鞄か袋を持っていたはずです。が、高沢先輩はそのようなアイテムを持っていなかった。現場周辺に鞄や袋が捨てられている形跡もない。これだけでも、高沢先輩が真犯人でないことは明らかです」

「ほう、そうかい。――それで？」

「それで僕はこう考えました。凶器が鯉ならば、犯人はその鯉をどこから連れてきたのか。狭い半月池には、もともと大形の鯉はいない。ならば、その鯉の本来の生息場所として考えられるのは、学園にあるもうひとつの池、瓢簞池でしょう。あの池は結構広いですから、大形の鯉もたくさん泳いでいます。と、そこまで考えたときに、僕は思い出したんですよ。まさしく一昨日の放課後、あの瓢簞池で大きな網を持って、何かを掬い取ろうとしていた人物がいたことを。しかも、その人物は大きなスポーツバッグまで持っていた……」

「ば、馬鹿な。君は僕を疑っているのか。とんだ見当違いだ。あのとき、僕は池に落ちたテニスボールを網で掬おうとしていただけじゃないか」

「そう見せかけて、本当は池の鯉を手に入れようとしていたのかも。そこに偶然、僕が通りかかったんで、ボールを取ろうとしているフリをしただけなのかも……」

「妙な勘ぐりはよせ」先輩は吐き捨てるようにいった。「そもそも瓢簞池の鯉を網で掬うなんてことは、僕以外の人間でも、誰だって可能じゃないか。僕がボールを掬い終えた後に、別の誰かが瓢簞池にやってきて、そいつが大きな鯉を掬っていったのかもしれないだろ」

「う……それは、まあ、確かにそうですが……」

急に歯切れが悪くなる僕。それを見て、武田先輩は畳み掛けるように言葉を続けた。

「それに学園の外にだって、真鯉の生息する池はあるぞ。学園から歩いていける範囲に限ったとしても、『武蔵国分寺公園』とか『真姿の池』とか『姿見の池』などがある。そういう池にも、黒っぽい大形の鯉が何匹も泳いでいるじゃないか」

「え、ええ……確かに……」

次第に消え入りそうな僕の声。それとは逆に、先輩の声は次第に大きくなっていった。

「な、そうだろ。棍棒に似た黒っぽい鯉なんて、その気になればどこでだって手に入る。真鯉が泳いでいるのは、なにも瓢簞池に限った話じゃないはずだ。すなわち、瓢簞池での僕の行動は、僕が事件の犯人であることを示すものではない。そうだろ、霧ケ峰」

「ええ、確かに先輩のいうとおりです」

僕は深々と頷きながら、「でも先輩」と鋭く彼の顔を睨《にら》みつけた。「先輩、なぜ犯人の用いた凶器が黒っぽい鯉、真鯉だってことをご存知なんですか？」

「――え!?」

突然の僕の指摘に、武田先輩の端正な顔が激しく強張った。「ど、どうしてって、そ、それは君がそういったんじゃないか。凶器は真鯉だって、君が僕にいった」

「いいえ、いってませんよ。凶器が大きな鯉だとはいいましたが、真鯉とはひと言も」

僕は後ろを振り向き、そこに立つ桜の木に向かって尋ねた。

「――ねえ、石崎先生？」

すると太い桜の幹の向こうから白衣姿の生物教師が姿を現し、僕の言葉に頷いた。

「確かに霧ケ峰君のいうとおりだ。君は一度も凶器が真鯉だとは、いわなかった」

突然の石崎先生の登場に、武田先輩の緊張と混乱はピークに達したようだった。

「な、なにをいってるんだ、霧ケ峰。それに、石崎先生まで」そういって彼は池の畔に立つと、夕暮れ迫る薄暗い水面を見やった。「実際、凶器は黒っぽい真鯉なんだろ。ほら、現にそこを泳いでいる真鯉が凶器だって、君はさっき指で示したじゃないか」

「ああ、その鯉ね」

僕は素っ気ない視線を池の鯉に向けた。「それ、真鯉じゃありませんよ」

「は！」先輩の表情が再び激しい驚愕に歪んだ。「ま、真鯉じゃないって――嘘！」

「嘘じゃないです。本当です。ぐるぐるに包帯巻いてて、しかも夕暮れ時で薄暗いから、色が見えにくくなっていますけど、それ、真鯉じゃありませんから。錦鯉ですから。なんなら包帯外して、中身、確認してみますか？」

「………」先輩は餌を求める鯉のように口をパクパクさせるばかりだった。

そんな彼に対して、僕は止《とど》めを刺すように、最後の質問を投げた。

「ねえ武田先輩、この大きな鯉が真鯉だと、なぜあなたは思い込んだんですか？」

僕の問い掛けに、ついに武田先輩は答えることができなかった。その沈黙は何よりも雄弁に、彼の有罪を示している。やはり柴田先生襲撃事件の真犯人は、彼だったのだ。

こうして僕は、なんの証拠もない今回の事件を、ハッタリひとつで見事解決に導くことに成功した。だが、事件の謎が解かれたのはいいが、むしろ問題はこれからだ。武田先輩の罪は許されるべきではない。だが、僕としては柴田先生の味方をする気はサラサラないし――

と、そんなことを思案する僕の耳に、突然、聞き覚えのある男の怒声が鳴り響く。

「いまの話、全部聞かせてもらったぞ、武田義久！」

そういって、ツツジの植え込みから姿を現したのは、棍棒を手にした襲撃者――ではなくて、竹刀を手にした体育教師だ。怒れる柴田先生の姿を認めた瞬間、武田先輩の口からは、「ひえぇぇ」と情けないほどの怯えの声が漏れた。そんな彼を目指して、柴田先生は竹刀を振り回しながら、猛然と駆け寄った。「覚悟しろ、武田ぁ――ッ」

体育教師は手にした竹刀で相手の首を掻ききらんばかりの鬼の形相。その迫りくる恐怖だけで、軟弱なテニス部員には充分だった。体育教師が竹刀を一閃《いっせん》させると、武田先輩は腰を引くように後退。そして池の端の岩に踵《かかと》をぶつけると、彼は大きくバランスを崩した。

「あわわ、わッわッわッ！」

池の端で両手をバタつかせながら、懸命に堪える武田先輩。そんな彼に手を貸してあげようかと一瞬僕は考えて、結局なにもしないことに決めた。やがて僕の目の前で、彼の身体はまるでスローモーション映像のように、背中から水面へと落ちていった。舞い上がる盛大な水しぶき。何事かとばかりに水面で「ぴょん」と飛び跳ねる鯉たち。哀れ、武田先輩は紺色ジャージをずぶ濡れにしながら、池の中にしゃがみこむ恰好。その身体が小刻みに震えているのは、冷たい水のせいだけではあるまい。

そんな彼の姿を見て、ようやく鬱憤が晴れたのか。柴田先生はそれ以上、相手を深追いすることなく、黙って竹刀を肩に担ぐと、池の畔でくるりと反転。

「はーッ、はッはッはッ」と派手な笑い声を響かせながら悠然とその場を去っていった。

僕は、体育教師の遠ざかる背中を見詰めながら、「なんですか、いまのは？」

呆気に取られる僕に、石崎先生はこう教えてくれた。

「いまのは、三年生のお礼参りに対する体育教師のお礼参りだな。これも、まあ、ほぼ毎年あることなんだ。あれ、僕、そんなふうに教えてあげなかったっけ?」

「……は、初耳です……」

そう呟く僕は、この学園の底知れぬ意外性を知り、あらためて新鮮な驚きを覚えるのだった。――う―む、鯉ケ窪学園、まだまだ奥が深い!

# 八

こうして謎のお礼参り事件は無事に――いや、無事ってこともなかったけれど――いちおう、なんとか幕を閉じた。お礼参りの是非はさておくとして、鯉が凶器という今回の事件、鯉ケ窪学園の卒業シーズンを飾るに相応《ふさわ》しい事件だったといえなくもない。

そう、気がつけば季節は春。思い起こせば、E館にある生物教室を訪れようとした僕が、謎の人間消失事件に遭遇したのは、昨年の春のことだった。あの事件において、僕は初めて石崎先生の名推理に接したのだ。そうか、あれからもう一年も経つのか。なんだか、つい昨日のことのような気が……いや、違うな……なんだか、もう十年も昔の出来事のような気がするぞ……なんで? そういえば、あの事件のころ、カープのエースは前田健太じゃなくて佐々岡真司だった気がする。前田智徳はまだバリバリのレギュラーで、代打の切り札は、確か町田康嗣郎《こうじろう》……いや、そんなことどうでもいいか。たぶん気のせいだしね。

とにかく探偵部副部長として過ごした、僕のこの一年は実に慌《あわただ》しいものだった。なにしろ、僕の周辺では一ヶ月に一件以上のハイペースで、不可解な事件が頻発《ひんぱつ》したのだ。お陰で、僕は退屈する暇《ひま》もなかったけれど、鯉ケ窪学園の評判は地に落ちたに違いない。

そんな中、幸運と思えることが、ひとつ。それは、これほど数多い事件に遭遇しながら、意外にも僕の周りに死者はゼロだったということだ。奇怪な事件は数あれど、殺人事件はついに一件も起こらなかったのだ（ちなみに、多摩川部長の周りでは数件起こっていたらしい）。ある意味、僕は神がかり的な幸運に恵まれたのだろう。

だがその幸運を、僕らの日頃の行いが良かったせいであると結論付けることは、若干無理がある。事実、朝夕に騒々しく登下校を繰り返す僕らの騒音は、いまも相変わらずシスター・アンジェリカを憤慨させ、彼女の口からは「コノ、クソ餓鬼ドモメ……」という呟きが止むことはないという。

そうそう、『クソ餓鬼』で思い出したけど、陸上部の足立駿介は、先日の競技会の走り幅跳びで、十八人中九位という成績だった。本人は「調子がイマひとつだったぜ」と言い訳していたが、いやいや、実に彼らしい順位であると僕は納得。まさに『平均点のスーパースター』足立駿介の面目躍如といったところだ。

一方、もうひとりの『クソ餓鬼』荒木田聡史は、相変わらず授業をサボっては体育倉庫や植え込みの陰で、時間を潰《つぶ》しているらしい。「また隠れて煙草吸ってるでしょ？」と僕が問い詰めると、彼はあの下手な演技力で「俺、煙草なんか、ぜってー吸ってねーから」と猛烈に否定するので、彼は絶対煙草を吸っていると僕は確信する。この調子で彼が無事に卒業までこぎつけられるか否か。それについてはまったく予断を許さない状況だ。頑張れ、荒木田聡史！

ところで映画部の『巨匠』佐伯優子は卒業制作の自主制作映画をついに完成させた。出演者のひとりである僕は、高林奈緒子ちゃんを誘って試写会に参加。映画は予想したとおりB級感溢《あふ》れるホラー作品だった。『巨匠』の撮る映画じゃないな——といった本音の呟きが広がる中、僕の姿がスクリーンに登場。すると奈緒ちゃんは「わ、出たよ、涼が映ってるよ！」と大喜び。だが次の場面、いきなり死体となって転がった僕を見て、奈緒ちゃんは大爆笑。僕の背中をバシバシ叩きながら、親友は目にいっぱい涙を浮かべ、椅子からずり落ちそうになっていた。

奈緒ちゃん、ちょっと笑いすぎじゃないの？　僕は笑い転げる親友を横目で睨《にら》みつけながら、もう二度と映画なんか出てやんない、と固く心に誓った。

それから、あの女のことについては、べつに語ってやる義理もないけど、いちおう少しだけ触れておこう。大金うるるのことだ。彼女は鯉ケ窪学園ミステリ研究会の部長という立場を利用して再び、いや三度《みたび》、我らが探偵部に挑戦しようと計画を練っているらしい。先日も僕の前に現れた彼女は、「いまに見ていてごらんなさい。おーほッほッほッ」と、例の馬鹿っぽい笑い声をあげていた。どんな複雑な謎を考案中か知らないが、なに恐れることはない。どうせまた双子の妹さららちゃんとの入れ替わりトリックに決まっている。所詮、探偵部の敵ではないってことだ。

そしてそう、探偵部といえば、彼らについて言及しないことには話が終わらない。我らが探偵部の誇る例の二人組。野球でいうならエースと四番、サッカーでいうならツートップ、相撲でいうなら東の横綱、西の大関。そう、多摩川部長と八橋先輩である。信じてもらえないかもしれないが、先輩たち両名は三月吉日をもって鯉ケ窪学園を無事に卒業していった。どうやら鯉ケ窪学園は、元気があれば誰でも卒業できる、そういうシステムを採用しているらしい。とりあえずは、めでたいことだ。

その卒業式において、多摩川部長と八橋先輩は珍しく神妙な顔つきだった。彼らの脳裏に去来するのは、親しかった友の笑顔か、お世話になった先生か、はたまた事件を巡り凌《しの》ぎを削った犯人たちの姿だろうか。いずれにしても、校長先生から卒業証書を受け取る二人の姿に、僕はジンと胸が熱くなった。「よかった、本当によかった……ねえ、赤坂君」

すると僕の隣にいた赤坂通君は、僅かに首を傾げながら、「うん、でも、待てよ」と、せっかくの感動に水を差すかのように、こういった。「あの二人が卒業する前に、ハッキリさせておくべき重要事項があったような気がする……」

なるほど、いわれてみれば確かに。赤坂君の言葉にハッとなった僕は、彼と一緒になって、卒業式後の中庭で先輩二人を呼び止めた。学園祭当日に僕らがお好み焼きの屋台を出していた、あの中庭だ。足止めを喰《く》った二人は、揃って僕らに陽気な笑みを向けた。

「ああ、トオルかよ。なんだ？　卒業祝いの紅白饅頭《まんじゅう》でもくれるのか？」

「おお、霧ケ峰かいな。なんや？　第二ボタンなら、やれへんでー」

僕は「いりません」と八橋先輩の戯言に即答し、「そんなことより、重大なお話が」

僕の隣で赤坂君も頷く。「そうです。お二人が卒業する前に」

「重大な話⁉　なんのことだ」

と真顔で首を傾げる多摩川部長は、どうやら『部長』の肩書きのまま卒業していくつもりらしい。だが、それでは残された僕らが困るのだ。

僕はキョトンとする部長に訴えた。

「知ってますか、部長。数ある部活動の中で、卒業式当日まで『部長』と呼ばれているのは、多摩川部長ぐらいのものなんですよ。だけど、卒業式も終わったいま、そろそろハッキリさせていただけませんか」

「霧ケ峰のいうとおりです、部長。探偵部の新しい部長を決めてくださいよ」

僕らがハッキリさせたいのは、まさにその点だ。探偵部の新部長は誰なのか？

「赤坂君ですか？」

「それとも、霧ケ峰ですか？」

回答を求めてにじり寄る僕ら。すると、困惑した表情の多摩川部長は、「うッ、それは……」と返事に詰まり、そしておもむろに右手を頭にやると、「――すまん！」といって、満面の照れ笑いを浮かべた。「正直、俺、そんなこと全然考えてなかった！」

「そんぐらい考えとけやー」と八橋先輩が部長の頭をひっぱたく。

どこか懐かしいボケとツッコミの後、部長は真面目な顔に戻ると、「こうなったら仕方がない」といって、実に不真面目な提案をおこなった。「おまえら、ジャンケンしろ」

「――は⁉」「――ジャンケン⁉」

たちまち中庭に漲《みなぎ》る緊張。ニヤリと微笑む多摩川部長。無言で頷く八橋先輩。思わず距離を取って目と目を見交わす僕と赤坂君。ふざけた思いつきでも部長の言葉は探偵部では絶対なのだ。

「よ、よーし、ジャンケンだな。異存はないな、霧ケ峰！」赤坂君が腕まくりする。

「うん、負けたら部長。勝ったら副部長だね」

――ならば、絶対勝って来年も僕が副部長だ！

「んだよ!? なんで、負けたほうが部長なんだよ」多摩川部長は不満顔だ。

「まあ、ええやないか。――ほな、いくで」八橋先輩はレフリーのように僕らの間に立つと、真剣味溢れる大声で、おなじみの掛け声を発した。「せーのッ、最初はグー!」

ジャンケンポーン!

明るい春の陽射しの中、鯉ケ窪学園の中庭に、ひと際大きな歓声が響く。

その声は、僕らの頭上に広がる国分寺の青空へと吸い込まれていった――

# 解説

関根《せきね》亨《とおる》
（評論家、編集者）

国分寺の西にあるという鯉ケ窪《こいがくぼ》学園では、どういうわけか、ユーモラスな事件ばかりが発生しているそうだ。その事件は様々なトリックが駆使され、怪しげな人物が錯綜し、容易には真相へたどり着けない。そこで鯉ケ窪学園探偵部の出番である。

鯉ケ窪学園探偵部とは、趣味の集まりではない、現実的事件を解決する、素人探偵集団なのである。

どうだろう、東川篤哉《ひがしがわとくや》が生み出したところの、鯉ケ窪学園探偵部に、あなたも入部してみたくなってはこないだろうか。

本格ミステリーと学園はもともと相性がいい。学園、ことに高校を舞台にした作品群は数えきれないほどである。あなただけではなく、誰もが通り過ぎてきた、青春期の通過儀礼。クローズドな人間関係そして、体育館や理科室、放送室、音楽室、美術室など、多様な教科に設定された異空間など、ミステリアスな舞台にうってつけだからである。

その学園に事件が起きたとなれば、あなたも部員のつもりで、『探偵部への挑戦状』に表された七つの事件にぜひ挑戦していただきたい、東川篤哉が練りに練り上げた謎が、あなたを待っているのだから。

あなたの前に、本編の主人公・霧ケ峰涼《きりがみねりょう》を紹介しておこう。霧ケ峰涼はもちろんエアコンの名ではなく、広島カープと本格推理を愛する明朗快活な高校二年生。

霧ケ峰涼の初登場作品といえば、二〇一一年実業之日本社刊『放課後はミステリーとともに』（二〇一三年実業之日本社文庫刊）である。

同作は、鯉ケ窪学園で春から夏にかけて起きた学園内の事件に、探偵部副部長の霧ケ峰涼が挑む連作短編集。生物教師で、探偵部顧問である石崎浩見《いしざきひろみ》や、涼の同級生・高林奈緒子《たかばやしなおこ》もまた、探偵部を側面援助している。

ギャグをかましつつ展開する会話の妙、ユーモラスなキャラクターに秘められた伏線、完璧な論理で組み上げられた真相。東川自身が「代表作の一つ」（「月刊ジェイ・ノベル」二〇一二年一一月号インタビュー）と語るのも納得である。

本来であれば、霧ケ峰涼をさらに解説すべきなのだが、『放課後はミステリーとともに』第一話に施されたある叙述トリックゆえ、それは控えたい。

万が一、『探偵部への挑戦状』の本文を読む前にこの解説を目に通し、なおかつ『放課後はミステリーとともに』を未読だというあなた、『放課後は〜』第一話から読み始めれば、必ずやその理由を理解していただけるだろう。

副部長の霧ケ峰涼に対し、探偵部部長は、三年生の多摩川流司《たまがわりゅうじ》。その他、三年生の八橋京介《やつはしきょうすけ》、涼と同じく二年生の赤坂通《あかさかとおる》といった部員も存在している。後の三人、素人探偵集団だからこそやたらとはりきり、事件を余計に混乱させて回るという特技（？）を発揮している。

三人のおとぼけ推理が、果たして事件解決に役立ったかどうかは、二〇〇四年ジョイ・ノベルス刊『学ばない探偵たちの学園』（現・光文社文庫）、二〇〇六年ジョイ・ノベルス刊『殺意は必ず三度ある』（現・光文社文庫）の二作に詳しい。こちら二作は長編だが、探偵部員として登場するのは、多摩川たち三馬鹿高校生探偵のみで、霧ケ峰涼は登場しない。

反対に『放課後はミステリーとともに』は霧ケ峰涼を主役とし、三馬鹿は出てこないという設定になっている。それは先にも触れた叙述トリック上の理由による。

『探偵部への挑戦状』では、この三作それぞれがクロスオーバー。霧ケ峰涼、多摩川流司、八橋京介、赤坂通という、探偵部員オールスターキャストとなった。当然、推理もギャグの冴えも四人一丸となり、あなたを探偵部へと誘ってくれる。時系列的には、『放課後はミステリーとともに』と同じ年の秋から冬にかけての事件簿になっている。

「霧ケ峰涼と渡り廊下の怪人」

体育祭を二日後に控えた十月、帰宅途中の霧ケ峰涼は、妙な衝撃音を耳にする。周囲を探すと、渡り廊下の中央で気絶している陸上部部長・足立駿介《あだちしゅんすけ》と、彼を見守る三人の陸上部員男子を発見する。

『高校陸上界のスーパーヒーロー』を自称する足立は周囲から呆れられていたが、怪我人は怪我人。皆が心配する中、意識を回復した彼は、どういう状況で頭を打ったのか何も覚えていないという。

本文一四ページで、「二ヶ月連続で頭に傷を負い」と出てくるが、足立の一度目の登場は、『放課後はミステリーとともに』の「霧ケ峰涼の絶叫」なのであった。

渡り廊下の周囲に残るのは、三人の足跡のみ。陸上部員たちは倒れている足立を発見しただけで、原因は分からないらしい。しかも凶器らしきものも見つからなかった。

事件に興味を示したのは、探偵部顧問の石崎浩見。真相も凶器も、誰しもが眼前にあって見過ごしていた事実を、彼は体育祭当日という場で、指摘してみせたのである。

「霧ケ峰涼と瓢箪池の怪事件」

鯉ケ窪学園の学園祭『鯉高祭』で、探偵部一同はお好み焼き屋を出店することになった。『学ばない探偵たちの学園』で、多摩川たちトリオが、学園裏にある「カバ屋」というお好み焼き屋の常連になっているところからの発想であろう。

本文五三ページで多摩川が、「野球部のグラウンドからベースが盗まれた事件のとき」と語るのは、『殺意は必ず三度ある』を指す。涼が想起する「校舎の屋上から女子が墜落した事件」とは、『放課後～』所収「霧ケ峰涼の屋上密室」のことである。前述のように、両者は各事件で顔をそろえてはいないのだが、ここは東川流センスのご愛敬で、探偵部一同集合を、素直に喜びたい。

『鯉高祭』当日の夕刻、モテ男の大島敦史《おおしまあつし》が、正体不明の人物に襲われ、瓢簞《ひょうたん》池に転落してしまった。棍棒《こんぼう》のような凶器で大島は殴られたようだが、凶器も犯人も消え失せ、残ったのは大島の額に残る傷のみ。

本編の探偵役は八橋がつとめているが、解明のヒントは「消えた凶器」そのものにあった。凶器の正体は、瓢簞池への捜索で明らかになるが、そこでとある人物が浮上する。犯人がむざむざと自分の正体を明かすような凶器を使うだろうか。そこから八橋の推論は発展する。

推論の手がかりとして、学園祭の各部催しそのものが巧みな伏線になっていたことに、あなたは仰天するだろう。学園祭自体が謎を提示し、また解かれるための舞台としても構成されていたのだ。

「霧ヶ峰涼への挑戦」

『ミス鯉高祭』を多摩川と八橋が見に行ってしまい、お好み焼き屋台に残された涼のもとへ赤坂が戻ってきた。彼は非科学部主催のお化け屋敷に貸しだされていたのである。

三馬鹿探偵のうちの赤坂は、どこでも引き立て役になってしまう。だがその役回りは、後に大きく意味をもってくることに留意されたい。

ここでも相互作品紹介会話（？）がなされる。本文九七ページで、赤坂が話す「保健室の寝台で男子が死んだ事件」は、『学ばない〜』の発端。「エックス山のUFO騒ぎ」とは、『放課後は〜』中の「霧ケ峰涼とエックスの悲劇」で起きる騒動である。

涼の前に、大金《おおがね》うるるという美少女が現れた。彼女はその命名から、霧ケ峰涼を一方的にライバル視してくる。すでにこのエアコン名対決だけで、あなたは笑いのつぼにはまってしまうだろう。だがうるるの挑発にはまだ先があった。

屋上で〝名前対決〟を挑まれていたその時、離れた校舎の窓越しに、何やら惨劇らしき場面を涼は目撃。現場に駆けつけ「ガムテープで内側から目張りされていた教室」という密室を破る。

教室内部に存在していたのは「本当の死体」ではない。架空密室事件を起こしてみせたとのたまう、大金うるるの高笑いが待ち構えていたのだった。鯉ケ窪学園ミステリ研究会のうるるは、仲の悪い探偵部に対し、自らが仕掛けた推理ゲームを解くよう、挑戦をしてきたのだ。

遠隔状態で目撃された事件、目張りされていた教室、脱出経路不明の犯人、嘘をつかないとされた目撃者、これらオーソドックスな謎だけではない。大金うるるは、いや東川篤哉は、まだまだその先に幾重ものミスディレクションを張り巡らせている。

「霧ケ峰涼と十二月のＵＦＯ」

クール・ビューティーにして男性口調なのが、地学教師の池上冬子《いけがみふゆこ》。先にふれた「霧ケ峰涼とエックスの悲劇」以来の登場である。

年末の補習から解放された涼が池上冬子と恋ケ窪教会の前を通る。その庭で神父が仰向けに昏倒していた。神の御許においても、事件という名の運命はやはり涼の前に出現するようだ。それが、ＵＦＯマニア女教師と同行とあれば、なおさらである。

周囲には凶器とおぼしき黒い石が転がり、足跡は神父と、涼と池上冬子の三組のみ。足跡を残さないとは、人間以外の生物の仕業なのか？　宇宙人愛好家美人教師は興奮を隠せない。

やがて救急車と警察が到着。事件の担当は、国分寺署の祖師ケ谷《そしがや》大蔵警部。

この警部こそは、鯉ケ窪学園探偵部シリーズ三作すべてに登場、つまるところ、探偵部員たちにいつも翻弄される役回りなのである。今回もその例にもれず、池上冬子が注目した、教会の隣家に同行させられることになった。

　相も変わらず、未確認飛行物体発想から抜け出せない池上に、真相は飛来するのであろうか。


「霧ケ峰涼と映画部の密室」

　学園部室棟にある、映画部部室を訪れた涼は、友人の代役として、進行中の映画に出演することになる。

　撮影に付き合わされているうち、映画部部室から、四十インチのテレビが消失してしまった。撮影で部室に人が不在だった約一時間の間に持ち出されたことになる。

　部室棟の周囲に目撃者はいたが、四十インチのテレビを持ち出した人物など、誰も見ていない。目撃者の一人は荒木田《あらきだ》聡史《さとし》。彼も『放課後は～』では二話にわたり登場。植え込みで煙草をふかす不良だが、根が単純で嘘がつけず、目撃証言者として、これほどもってこいの人物はいない。

　植え込みに隠れているものの、荒木田はいつ動くか分からない。四十インチのテレビはどこから持ち出されたか。という二つのロジックに、一つの解答を与えたのは、またもや石崎であった。

今時、荒木田のような不良高校生の存在は貴重だ。不良キャラクター行動が、ロジックの大きな裏づけになることで、本格ミステリーの新たな道筋が得られるのだから。


「霧ケ峰涼への二度目の挑戦」

部室のない探偵部の集会場所として、雪に囲まれた空き家へ誘われた涼。同行の赤坂によれば、多摩川部長指示によるとのことだがそれは大嘘で、またもや大金うるるの差し金であった。

睡眠薬を飲まされた涼が目覚めると、かたわらには刺殺死体のふりをした赤坂が転がっている。そう、涼へ（そしてあなたへ）二度目に仕掛けられた架空事件は〝雪密室の刺殺死体〟なのだ。

平屋である空き家の四方に足跡はなし。玄関から門へと至る雪上には、涼と赤坂の足跡、そしてうるるたち仕掛け人の乗ったと思われる自転車のタイヤ痕のみ。犯人らしい足跡は存在しない、ということは、涼が犯人という状況に追い込まれてしまう。自らの疑いを晴らして、真犯人を突き止めなくてはならなくなったのだ。

二度目の挑戦では、携帯電話が圏外という設定にされ、連絡が取れなくなっている。果たして今まで人の推理を当てにしてきた霧ヶ峰涼、自らによって雪の密室が溶け

〈解け〉去ることを祈りたいが……。

「霧ケ峰涼とお礼参りの謎」

いよいよ三月、鯉ケ窪学園も進級、卒業の時期である。この時期、卒業する三年生から教師たちへお礼参りの習慣があるのだそうだ。さすがに怪事件や不可思議な生徒の多い、鯉ケ窪学園ならではは習慣である。

先生たちが戦々恐々となる中、餌食《えじき》となったのは、体育教師の柴田幸三《しばたこうぞう》であった。鯉が泳ぐ半月池のほとりに立つ彼を、今度は学ラン姿の男子が、またもや謎の武器で殴りつけたのだ。柴田は池めがけて、派手に水しぶきをあげることになる。

生徒たちも、どういうわけか池上冬子すらも笑いをこらえられない状況であったが、犯人は元より、池の中からも凶器らしきものは発見されない。石崎の推理により凶器の謎は解かれたが、犯人解明は涼に委ねられた。

そして三月といえば、三年生の多摩川部長と八橋は卒業ではないか――。

鯉ケ窪学園探偵部が今後どうなるのか、残念ながら誰にも分からない。しかし、あなたのミステリーマインドの中には、永遠に〈鯉ケ窪学園探偵部〉が存在し続けるはずだ。

ただ参考までに「月刊ジェイ・ノベル」ではすでに〈鯉ケ窪学園文芸部〉シリーズが第二話まで進められていることは明記しておきたい。完結はまだだいぶ先になるようだ。東川篤哉としては初挑戦となる作中作スタイルとなり、またもや叙述の彼方にあるサプライズに、将来あなたは立ち会うことになるだろう。

二〇一三年一〇月　実業之日本社刊

文庫化にあたり、加筆修正を行いました。

本作品はフィクションであり、
実在の人物・団体等には一切関係ありません。

# 実業之日本社文庫　最新刊

## 花や咲く咲く
あさのあつこ

「うちらは、非国民やろか」――太平洋戦争下に咲き続けた少女たちの青春と運命をみずみずしい筆致で描いた、まったく新しい戦争文学。（解説・青木千恵）

あ121

## 星々たち
桜木紫乃

昭和から平成へ移りゆく時代、北の大地をさすらう女の数奇な性と生を研ぎ澄まされた筆致で炙り出す。桜木ワールドの魅力を凝縮した傑作！（解説・松田哲夫）

さ51

## 処女刑事　大阪バイブレーション
沢里裕二

急増する外国人売春婦と、謎のペンライト。純情ミニパトガールが事件に巻き込まれる。性活安全課は真実を探り、巨悪に挑む。警察官能小説の大本命！

さ33

## 遊星小説
朱川湊人

怪獣、UFO、幽霊話にしゃべるぬいぐるみ、懐かしき「あの日」を思い出す……。短編の名手が贈る、傑作「超」ショートストーリー集。（解説・小路幸也）

し31

## 時限病棟
知念実希人

目覚めると、ベッドで点滴を受けていた。なぜこんな場所にいるのか？　ピエロからのミッション、ふたつの死の謎…。『仮面病棟』を凌ぐ衝撃、書き下ろし！

ち12

# 実業之日本社文庫　好評既刊

**伽古屋圭市**
**からくり探偵・百栗柿三郎**
「よろず探偵承り」珍妙な看板を掲げる発明家・柿三郎が、不思議な発明品で事件を解明!? "大正モダン"な本格ミステリー。（解説・香山二三郎）
か41

**伽古屋圭市**
**からくり探偵・百栗柿三郎　櫻の中の記憶**
大正時代を舞台に、発明家探偵が難〈怪〉事件に挑む。密室、暗号……本格ミステリーファン感嘆のシリーズ第2弾！（解説・千街晶之）
か42

**佐藤青南**
**白バイガール**
泣き虫でも負けない！　新米女性白バイ隊員が暴走事故の謎を追う、笑いと涙の警察青春ミステリー！　迫力満点の追走劇とライバルとの友情の行方は――？
さ41

**周木律**
**不死症《アンデッド》**
ある研究所の瓦礫の下で目を覚ました夏樹は全ての記憶を失っていた。彼女の前に現れたのは人肉を貪る異形の者たちで!?　サバイバルミステリー。
し21

**小路幸也**
**モーニング　Mourning**
80年代に大学時代を過ごした親友の葬儀で福岡に集まった仲間4人。東京に向けて、あの頃へ遡行するロングドライブが始まった……。（解説・藤田香織）
し11

**小路幸也**
**コーヒーブルース　Coffee blues**
このカウンターには、常連も事件もやってくる。そして店主と客たちが解決へ――。紫煙とコーヒーの薫り漂う喫茶店ミステリー。（解説・藤田香織）
し12

**小路幸也**
**ビタースイートワルツ　Bittersweet Waltz**
弓島珈琲店の常連、三栖警部が失踪。事情を察した店主ダイと仲間たちは捜索に乗り出すが……。甘く苦い過去をめぐる珈琲店ミステリー。（解説・藤田香織）
し13

# 実業之日本社文庫　好評既刊

知念実希人
## 仮面病棟
拳銃で撃たれた女を連れて、ピエロ男が病院に籠城。怒濤のドンデン返しの連続。一気読み必至の医療サスペンス、文庫書き下ろし！（解説・法月綸太郎）
ち11

西澤保彦
## 腕貫探偵
いまどき〝腕貫〟着用の冴えない市役所職員が、舞い込む事件の謎を次々に解明する痛快ミステリー。安楽椅子探偵に新ヒーロー誕生！（解説・間室道子）
に21

西澤保彦
## 腕貫探偵、残業中
窓口で市民の悩みや事件を鮮やかに解明する謎の公務員は、オフタイムも事件に見舞われて……。大好評〈腕貫探偵〉シリーズ第2弾！（解説・関口苑生）
に22

西澤保彦
## モラトリアム・シアター produced by 腕貫探偵
女子校で相次ぐ事件の鍵は、女性事務員が握っている？　二度読み必至の難解推理、絶好調〈腕貫探偵〉シリーズ初の書き下ろし長編！（解説・森 奈津子）
に23

西澤保彦
## 探偵が腕貫を外すとき　腕貫探偵、巡回中
神出鬼没な公務員探偵〝腕貫さん〟と女子大生・ユリエが怪事件を鮮やかに解決！　単行本未収録の一編を加えた大人気シリーズ最新刊！（解説・千街晶之）
に28

貫井徳郎
## 微笑む人
エリート銀行員が妻子を殺害。事件の真実を小説家が追うが……。理解できない犯罪の怖さを描く、ミステリーの常識を超えた衝撃作。（解説・末國善己）
ぬ11

東野圭吾
## 白銀ジャック
ゲレンデの下に爆弾が埋まっている――圧倒的な疾走感で読者を翻弄する、痛快サスペンス！　発売直後に100万部突破の、いきなり文庫化作品。

ひ11

# 実業之日本社文庫　好評既刊

東野圭吾
## 疾風ロンド
生物兵器を雪山に埋めた犯人からの手がかりは、スキー場らしき場所で撮られたテディベアの写真のみ。ラスト1頁まで気が抜けない娯楽快作、文庫書き下ろし！

ひ12

誉田哲也
## 主よ、永遠の休息を
静かな狂気に呑みこまれていく若き事件記者の彷徨。驚愕の結末。快進撃中の人気作家が描く哀切のクライム・エンターテインメント！（解説・大矢博子）
ほ11

木宮条太郎
## 水族館ガール
かわいい！だけじゃ働けない――新米イルカ飼育員の成長と淡い恋模様をコミカルに描くお仕事青春小説。水族館の舞台裏がわかる！（解説・大矢博子）
も41

木宮条太郎
## 水族館ガール2
水族館の裏側は大変だ！　イルカ飼育員・由香の恋と仕事に奮闘する姿を描く感動のお仕事ノベル。イルカはもちろんアシカ、ペンギンたち人気者も登場！

も42

木宮条太郎
## 水族館ガール3
赤ん坊ラッコが危機一髪――恋人・梶の長期出張で再びすれ違いの日々のイルカ飼育員・由香にトラブル続発!?　テレビドラマ化で大人気お仕事ノベル！
も43

皆川博子
## 薔薇忌
柴田錬三郎賞に輝いた幻想ミステリーの名作。舞台芸能に生きる男女が織りなす、妖しくも美しい謎に満ちた世界を描いた珠玉の短編集。（解説・千街晶之）
み51

連城三紀彦
## 顔のない肖像画
本物か、贋作か――美術オークションに隠された真実とは。読み継がれるべき叙述ミステリの傑作、待望の復刊。表題作ほか全7編収録。（解説・法月綸太郎）
れ11

実業之日本社文庫 ひ42

探偵部《たんていぶ》への挑戦状《ちょうせんじょう》　放課後《ほうかご》はミステリーとともに

2016年10月15日　初版第1刷発行
2023年7月28日　初版第2刷発行

著　者　東川篤哉《ひがしがわとくや》

発行者　岩野裕一
発行所　株式会社実業之日本社
〒107-0062　東京都港区南青山6-6-22 emergence 2
電話［編集］03(6809)0473［販売］03(6809)0495
ホームページ https://www.j-n.co.jp/
印刷所　大日本印刷株式会社
製本所　大日本印刷株式会社

フォーマットデザイン　鈴木正道（Suzuki Design）


ISBN978-4-408-55319-1（第二文芸）